궁안에 잠들어있는 꽃

왕세자 교육현장

단글

궁 안에 잠들어 있는 꽃 1
왕세자 교육현장

초판 1쇄 인쇄 2016년 5월 23일
초판 1쇄 발행 2016년 6월 2일

지은이 차혜진
발행인 오영배
기획 박성인
책임편집 김규영
제작 조하늬

펴낸곳 (주)삼양출판사 · 단글
주소 서울시 강북구 도봉로 173
대표 전화 02-980-2112 **팩스** / 02-983-0660
편집부 전화 02-980-2116 **팩스** / 02-983-8201
블로그 blog.naver.com/dan_gul
출판등록 1999년 3월 11일 제9-00046호

ISBN 979-11-313-0605-5 (04810) / 979-11-313-0604-8 (세트)

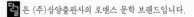 은 (주)삼양출판사의 로맨스 문학 브랜드입니다.

차혜진
장편소설

궁 안에 잠들어 있는 꽃 ①

왕세자 교육현장

담글

궁안에 잠들어있는 꽃

왕세자 교육현장

목 차

서장(序章)

자리에 다소곳이 앉아 있는 여인의 외모는 정말이지 아름다웠다.

그러나 그 예쁜 외모와는 어울리지 않게 그녀의 얼굴에서는 짜증이 풍겨 오고 있었으니, 이게 다 눈앞에 있는 사내 때문이었다.

격식 있는 별실에 고급스러운 음식. 한껏 차려입고 나온 남자와 여자, 그리고 그들의 중간다리 역할인 중매인까지. 그렇다, 이것은 전형적인 맞선 자리였다.

문제가 있다면 일말의 양심조차 느껴지지 않는 남자의 외모와 대화를 하면 할수록 깨닫게 되는 무식함.

여인은 절망에 빠졌다. 그런 그녀의 눈치를 보고 있던 중매쟁이 이규화는 미안해서 어쩔 줄 몰라 하는 표정을 짓고 있다. 그래, 당신이 생각해도 이 그림은 좀 아니지?

"……말씀 들은 것과는 조금 다르신 거 같은데…… 실례가 안 된다면 나이를 여쭈어 봐도 될까요?"

순간 남자의 표정이 어두워졌다.

흔들리는 눈빛으로 재빨리 중매인을 바라보지만 그 역시 당황하기는 마찬가지. 잠시 고민하던 남자는 이내 방 안이 떠나가라 껄껄 웃기 시작했다.

"하하, 올해로 서른다섯입니다."

여인의 낯빛이 흙빛으로 바뀌었다.

뭐? 서른다섯? 스물넷이라며. 지금 나이를 몇이나 속여 먹은 거야?

재빨리 이규화를 노려보지만, 그는 고개를 돌리는 것으로 여인의 시선을 피해 버렸다.

"하, 하지만 요즘 나이가 뭐 그리 중요합니까. 나이란 오직 숫자에 불과한 것이고……."

분위기가 이상해졌다는 걸 눈치챈 남자가 다급히 말을 덧붙였지만, 그녀의 마음을 돌리는 것은 불가능했다.

"아니요. 저는 매우 중요해서 말입니다. 그럼 먼저 일어나 보겠습니다."

자리에서 일어난 여자가 매정하게 돌아서자, 당황한 남자가 애꿎은 중매인을 붙잡고 큰 소리를 버럭 내질렀다.

"자네 뭐하는 건가! 이러면 이야기가 다르잖아!"

그의 호통 한 번에 벌벌 떨던 중매인이 여인을 붙잡고 늘어지더니 눈물을 글썽이며 매달렸다.

"아이고, 아가씨. 조금만, 조금만 더 자리에 있다가……."

간곡한 그의 부탁에 여인의 차가운 시선이 방 안에 앉아있는 남자에게로 돌아갔다. 한껏 여유로운 미소를 지으며 이쪽을 바라보고 있는 남자는 마치 '과연 네가 정말 갈 수 있을까?'라고 말하는 것만 같아 불쾌했다.

"저분께서 내신 중매비의 두 배를 지불하겠습니다."

그녀의 말에 남자의 표정이 일그러졌다. 졸지에 둘 중 한 명을 선택해야 하는 중매인만 난감한 상황이었다.

망설이는 그의 손에 큼지막한 주머니를 쥐여 준 여인은 치맛바람을 일으키며 방을 나섰다.

더는 저 남자와 엮이고 싶지 않다는 그녀의 결심이 고스란히 느껴질 정도의 빠른 걸음이었다.

"아이고……."

도망치듯 빠져나오는 여인의 모습을 밖에서 지켜보고 있던 여종 하나가 그녀에게 쪼르르 달려왔다. 척 보니 이번 중매도 꽝인 모양이었다.

"도성 최고의 중매쟁이라더니, 이규화의 명성도 한물갔나 보네요. 그저 돈만 많이 주면 자리를 만드니……."

"이제 이곳도 못 믿겠어. 다른 곳을 알아봐."

"암요, 아가씨. 아가씨가 어떤 분이신데요."

천유국에서 가장 아름다운 여자, 가장 결혼하고 싶은 여자 1위라는 명예를 벌써 5년째 거머쥐고 있는 어마어마한 여인이 제 아가씨구만. 어쩜 이러는지, 원.

회원 관리가 거지같다느니, 사람 보는 눈이 꽝이라느니 불만을 늘어놓으며 막 중매소를 벗어나는데 문 앞에서 그들을 기다리고 있던 남자와 마주쳤다.

"모시러 왔습니다, 하연 아가씨."

그를 알아본 여자의 걸음이 멈추더니 곧 표정이 구겨질 대로 구겨진다.

"오늘이었나요."

"예, 안타깝게도 오늘이었습니다."

자신을 반가워하지 않는 그녀의 반응에 어느 정도 익숙해진 남자는 그럴 줄 알았다며 웃는 얼굴로 꾸벅 인사했다.

"전하께서 찾으십니다. 속히 입궐해 주세요."

一花
여우와 도깨비

하늘 아래에 있는 나라 중 가장 윤택하고 평화로운 나라라 불리고 있는 천유국(國).

주변 국가들과 비교했을 때 그 토지는 몇 배로 컸으며, 백성들의 수 역시 어마어마했다. 자연히 군사 규모에서도 압도적으로 차이가 있어, 주변 나라에서는 천유국과의 전쟁을 꿈도 꿀 수가 없었고 이 때문에 천유국은 가장 평화로운 나라로 일컬어졌다.

밖에서는 백성들의 웃음소리가 울려 퍼지고 있는 반면 궐 안에는 늘 높은 목소리가 울려 퍼지는 곳이 있었으니 바로 이 나라 최고 권력자인 신후왕의 궁, 중앙궁(中央宮)이었다.

최근 신후왕에게는 한 가지 고민거리가 있었다.

나라의 미래와 부강을 위해서는 남녀가 평등해야 한다는 것이 그의 주장이었는데, 그중에서도 여인의 정치 참여는 현재 그가 가장 공을 많이 들이고 있는 문제 중 하나였다. 그리고 이 때문에 그는 벌써 몇 달째 한 여인을 설득하느라 진땀을 빼고 있었다.

"무슨 말을 하려는 건지는 이미 알고 있겠지?"

자고로 왕이란, 말 한 마디로도 사람의 목숨을 빼앗을 수 있을 정도로 절대적인 존재였다. 물론 나라의 중대사를 결정할 때는 대신들과의 의견 조율이 필요하겠지만, 이런 여자아이 하나 제 뜻대로 하는 건 식은 죽 먹기였다. 아니, 그래야 했다.

"궐에 들어오너라."

하지만 모든 일에는 늘 예외라는 것이 존재했으니, 그 예외 중 하나가 바로 눈앞에 앉아 있는 아름다운 여인, 서하연(曙荷娟)이었다.

"몇 번이나 말씀드렸지만 싫습니다."

몇 달째 계속되고 있는 이 입씨름에 지쳐 가는 건 하연 역시 마찬가지였다. 안 그래도 좀 전에 짜증나는 일이 있었던 터라 그녀는 평소보다 더 저기압이었다.

그러나 신후왕도 더는 물러설 수 없는 상황이었다.

"지금 어명을 거역하겠다는 것이냐."

계속되는 하연의 거절에 신후왕은 한숨이 푹푹 나왔다. 되도록 '어명'이라는 말은 사용하지 않으려 했지만 상황이 급하다 보니 저도 모르게 말이 튀어나와 버렸다.

이번 달 안에는 어떻게든 그녀에게서 승낙을 받아내야 했다. 이 나라 천유국의 미래가 그녀에게 달려 있는 거나 마찬가지였으니까!

서하연.

고위 귀족인 서가(家)의 아가씨인 그녀는 예문관(睿文館)의 총책임자이자 제 오랜 친우이기도 한 대선(大譔) 서건우의 딸이었다. 또한 신후왕이 계획하고 있는 '어떠한 일'에 아주 핵심적인 인물이기도 했다.

"……너 역시 다른 사람들처럼 내 계획이 터무니없다고 생각하느냐?"

"여성 인재 등용이라니, 애초에 말이 안 되지 않습니까."

하연은 자신의 의지를 굽힐 생각이 전혀 없었다. 여기서 물러섰다가는 그의 뜻대로 꼼짝없이 궐에 들어오게 되고 말 것이다. 여성의 지위를 인정해 주지 않는 이 사회에서 그런 식으로 눈에 띄었다가는 혼삿길이 막힐 게 분명했다.

좋은 집안의 남자에게 시집가 남은 인생을 조용하고 편하게 사는 게 그녀의 오랜 꿈이었다. 때문에 아름다운 외모를 더욱더 아름답게 가꾸었고, 머리 비고 껍데기만 멀쩡한 남자를 만나지 않기 위해 필사적으로 공부도 했다. 이렇듯 그동안 미래의 님을 위해 눈물 나는 노력을 해 왔는데 갑자기 궐이라니. 지금 그녀에게 필요한 건 오직 운명적인 상대와의 만남뿐이었다.

"여자가 바깥일을 하면 욕을 먹는걸요. 특히나 귀족 집안의 아가씨가."

집안이면 집안, 외모면 외모, 머리까지 이렇게 완벽한데 뭐하러 굳이 이런 모험을 감수한단 말인가?

마음 같아선 지금 제 손에 들려져 있는 이 종이 다발도 내팽개치고 싶은 걸 꾹 참고 있는 중이었다.

"하실 말씀은 다 하셨습니까?"

그녀의 목소리가 상기되었다. 상대가 왕인 건 별로 중요하지 않았다. 그도 그럴 것이 그녀에게 신후왕은 어렸을 때부터 봐 온 이웃집 아저씨나 다름없었다.

"그뿐만이 아니다. 너 때문에 예문관 대신들이 아주 독이 올랐단 말이다! 그 인간들 자존심이 얼마나 높은데……."

신후왕의 말에 하연은 작게 웃었다.

"그게 왜 저 때문입니까? 저는 전하의 어명을 따랐을 뿐인걸요."

그녀의 퉁명스러운 대답에 할 말이 없는 신후왕은 입을 다물었다. 과연 그녀의 말대로 모든 것은 자신의 실수였다.

언젠가 예문관 대신들이 찾아와 자신들이 낸 문제의 난이도를 확인해 보고 싶다며 그에게 문제를 미리 풀어 봐 줄 사람을 찾아 달라 부탁했고, 신후왕은 때마침 아버지를 따라 궐에 들어와 있던 하연에게 이 일을 제안했다.

꽉 막힌 예문관 대신들이 저들보다 훨씬 어린 계집아이가 검토관이라는 사실을 알 게 되면 난리가 날 게 뻔했으니, 그녀의 정체는 철저히 비밀에 부쳐졌다.

그렇게 평화가 찾아오나 했지만 한 가지 예상치도 못한 문제가 생겼으니, 그건 바로 하연의 실력이 그가 예상했던 것보다 훨씬 뛰어나다는 것이었다.

모든 문제를 너무나도 간단히 풀어 버리는 하연 때문에 예문관 대신들은 큰 충격에 빠졌다. 이에 국시를 주관하는 원래의 의무도 다 내던지고 정체불명의 검토관을 굴복시킬 궁리만 하고 있으니,

다음 국시가 코앞으로 다가왔음에도 불구하고 아직까지 그 어떤 준비도 되어 있지 않은 이유가 바로 이 때문이었다.

"그 정도의 학식이라면 네가 계집이라는 문제를 덮고도 남을 것이다. 여성으로서 최초의 교육관이 되는 거지. 어떠냐, 멋지지 않으냐?"

"……."

끈질긴 제안에도 하연은 끝까지 고집을 꺾지 않았다. 이제는 아주 지겨워 죽겠다는 얼굴을 하고 뚱하게 앉아있는데 이를 본 신후왕은 결국 오늘도 백기를 들었다.

"알았다, 알았어. 오늘은 내 이만 하마. 또 너무 붙잡고 있으면 네 아비가 나중에 잔소리를 늘어놓을 테니……."

그 말에 하연은 기다렸다는 듯 자리에서 벌떡 일어났다. 그러고는 절대 포기하지 않겠다는 눈빛으로 저를 바라보고 있는 신후왕을 향해 씨익 웃으며 말했다.

"오늘'은'이 아니라 오늘 '도'입니다. 그리고 내일 '도'일 겁니다. 이어서 앞으로'도'."

절대 자신의 마음이 바뀔 리가 없다며 그녀가 거듭 강조하자 더 이상 대꾸할 기력조차 남아있지 않은 신후왕이 고개를 떨궜다.

"돌아갈 때는 최대한 사람들의 눈에 띄지 않도록 주의하고."

"매번 말씀하지 않으셔도 알고 있습니다."

걱정하지 말라며 예를 갖춰 인사를 올린 하연은 그제야 집무실에서 벗어날 수 있었다.

"저 녀석……."

가만히 닫힌 문을 응시하던 신후왕이 입을 열었다.

"귀엽지 않으냐?"

신후왕의 옆에 서 있던 호위가 실실 웃고 있는 그를 힐끔거리더니 고개를 절레절레 저었다.

"전하, 어째서 그렇게까지 이번 계획에 하연 아가씨를 참가시키시려는 것입니까?"

그의 질문에 막 자리에서 일어난 신후왕이 근엄과는 거리가 먼 장난스러운 미소를 지으며 대답했다.

"저 아이라면 나도 감당하기 힘든 '그 녀석'의 고집을 꺾을 수 있을 거 같으니까."

그 녀석이라는 말에 궁인들은 일동 긴장. 아무리 그녀라 할지라도 그건 힘들지 않나 싶었다.

"……해랑 님께서 이 사실을 아시게 되는 날에는 난리가 날 겁니다. 하물며 여성 교육관이라니, 정말 하연 아가씨께서 하실 수 있을까요?"

걱정이 가득한 다른 사람들과 달리 신후왕은 혼자 들떴다.

"미친놈을 상대하려면 더 미친놈을 데려와야 하지 않겠느냐, 하하하."

그러고는 저 혼자 좋다고 껄껄 웃으며 쌩하니 앞서간다. 그 뒤를 따르던 호위와 궁인들이 무언의 눈빛을 교환하더니 고개를 절레절레 저었다.

'자신이 아끼는 아들과 친우의 딸에게 미친놈이라니…… 전하께서도 보통 정신이 나가신 게 아니야.'

"말이 나온 김에, 해랑이 녀석은 지금 어쩌고 있지?"

"아, 그게⋯⋯."

궁인들이 하나같이 눈치를 보며 대답하기를 망설였다.

"여전하신 거 같습니다."

신후왕은 깊은 한숨을 내쉬었다. 얌전히 있을 거라고는 기대도 하지 않았지만⋯⋯ 그래도 그렇지, 아비의 속을 썩이는 이 아들을 어찌하면 좋을꼬.

"⋯⋯한시라도 빨리 서하연을 궐 안에 들여야 해⋯⋯."

그에게는 이제 하연만이 유일한 희망이었다.

침울한 나라님의 마음을 아는지 모르는지, 천유국의 저잣거리에는 아주 활기가 넘쳐났다. 특히나 요즘은 꽃이 피는 시기인 만큼 축제가 많아 더더욱 떠들썩했다.

천유국에는 신랑 신부가 봄에 혼례를 올리면 집안에 좋은 일이 있을 거라는 말이 있기 때문에 이때가 가장 많은 새 신부, 새신랑이 탄생하는 때이기도 했다.

이렇듯 모두가 행복한 얼굴이었지만 단 한 사람, 북적이는 사람들 사이를 정신없이 헤치고 있는 사내가 있었으니, 그는 행복한 미소는커녕 금방이라도 울 거 같은 얼굴로 근처 책방으로 들어갔다. 그리고 책방 주인을 붙잡고 다짜고짜 물었다.

"혹시 도깨비 왔습니까?!"

마치 암호와도 같은 이 아리송한 말에 순간적으로 당황하던 주인이 뒤늦게 그 뜻을 알아차리고 고개를 끄덕였다. 그 이상한 표현을 알아들은 스스로가 대견했다.

"늦은 점심 때 와서는 안에서 나올 생각도 않고 있다네. 상당히 집중하고 있는 모양이야."

"아마 아닐걸요."

책방 주인이 가리킨 곳으로 향하던 남자가 씩씩거리며 뜨거운 숨을 내뿜었다. 그만큼이나 그는 지금 머리끝까지 화가 나 있었다. 저에게 아무런 한마디도 없이 사라진 누군가에게! 그리고 그 누군가의 탈주를 바로 눈치채지 못한 스스로에게!

"들어갑니다."

마음 같아선 이 문을 부수고 안으로 들어가, 바로 눈에 보이는 인간을 질질 끌고 나오고 싶었지만 그럴 수도 없었다. 화도 갖출 예의는 다 갖춰 가면서 낼 수밖에.

방 안에는 종이와 먹물 그리고 붓, 이것들과 함께 한 남자가 어우러져 누워 있었다. 한마디로 난장판이다.

"……아, 돌쇠야."

갑작스러운 방문자에 잠에서 깬 남자가 고개를 살짝 들어 올리더니 다시 풀썩하고 눕는다.

숨까지 헐떡이며 자신을 찾아와 준 이를 반기기는커녕 오히려 왜 왔느냐는 반응에 돌쇠는 발끈했다.

지금 이 상황에 대해서 할 말이 많은 그였지만, 일단은…….

"몇 번이나 말씀드렸지만, 제 이름은 돌쇠가 아닙니다."

언제부터인가 돌쇠가 되어 버린 그가 작게 투덜거렸다. 그러거나 말거나, 여전히 바닥에 누워 있던 남자는 습관적으로 근처에 두었던 무언가를 집어 들며 자리에서 일어났다.

"외출하시려거든 말씀하고 가시라고, 몇 번을 말씀드려야 아시겠습니까."

"알고는 있어, 다만 안 할 뿐이지."

"알고 계시면 하세요!"

결국 돌쇠가 폭발했다.

그러나 무심한 남자는 제 손에 들려있는 해괴망측한 가면을 얼굴에 쓰느라 여념이 없었다.

"내가 있을 곳이라고 해 봤자, 이곳밖에 더 있겠냐. 이제 슬슬 익숙해지는 게 어때?"

"해랑 님께 무슨 변고라도 생기면 어쩌나, 항상 걱정하고 있는 저도 좀 생각해 주세요. 그리고 여기서 이러지 마시고 돌아가서 편히 주무시라고요."

어느새 돌쇠는 울먹이기까지 했다. 이제는 신세한탄을 늘어놓기까지 할 정도였는데, 아니 진짜, 자신은 전생에 무슨 죄를 지었기에 이런 인간의 호위를 맡게 되었으며 이런 고생을 하고 있는 것일까.

"해랑?"

"……."

"밖에서는 그렇게 부르지 말라고 했을 텐데?"

"……죄송합니다, 무향 님. 여전히 익숙하지 않아서 그렇습니다."

"그럼 빨리 익숙해져."

가면을 뒤집어 쓴 해랑이 쪽방 문을 열고 밖으로 나갔다. 방에서 도깨비 가면을 쓴 사내가 나오면 놀랄 법도 하건만, 책방 주인은 이미 그것이 익숙한 건지 활짝 웃으며 다가왔다.

"어, 무향. 간만에 왔다 했는데 벌써 가는 건가? 다음 작품은?"

신을 신던 해랑이 말없이 자신이 나온 방을 가리켰다. 이에 열린 문틈으로 방 안을 들여다보던 주인의 안색이 점차 어두워진다.

어느 게 원고이고 어느 게 버리는 종이인지 구분이 안 될 정도로 방 안은 난장판이었다. 수많은 종이들이 뒤죽박죽 섞여 있는데 정말 너무하다는 생각밖에 들지 않았다.

"항상 말하는 거지만…… 정리 좀 해 주면 안 되나?"

대답 없는 해랑을 대신해 돌쇠가 고개를 절레절레 저었다. 바랄 걸 바라라는 뜻을 알아들은 주인은 한숨을 내쉬며 체념했다. 그래, 원래 저런 인간이었지.

"알았네, 알았어. 정리는 그렇다 치고 쓰기는 다 쓴 건가?"

"저 방 안에 있는 게 아마 절반 분량은 될 거야. 나머지는 나중에 갖다 주지."

"그래…… 그러니까 저 방에 흩어져 있는 종이들이 책 절반 분량 이라는 거지…….''

책방 주인은 정말 울고 싶었다. 저것들을 언제 다 긁어모으나, 그리고 정리를 하나. 한바탕 바빠질 거 같았다.

그럼에도 이 이상한 인간을 놓칠 수 없는 이유는 바로 그가 천유 국에서 어마어마한 인기를 얻고 있는 유명한 작가, '무향'이기 때문 이었다.

"그 나중이라는 게 언제쯤인지 살짝 말해 주면…….''

스스로도 너무 재촉하고 있다는 걸 알고 있는 건지 주인이 머쓱하게 웃어 보였다.

"무향이 쓰는 글은 전부 인기가 많아서 말일세…… 벌써부터 차기작은 언제 나오냐고 난리도 아니거든."

"글쎄? 다음 주에는 올 수 있을지도."

"좀 더 자주 오라고. 우리 쪽에서는 자네가 글을 많이 써 주면 많이 써 줄수록 좋으니 말이야."

책방 주인이 아쉽다는 표정으로 그에게 묵직한 돈주머니를 건네었다. 그러자 해랑의 옆에 서 있던 돌쇠가 재빨리 손을 뻗어 그것을 받아 들더니 쌩하니 나가 버리는 그의 뒤를 따랐다.

"해…… 아니, 무향 님. 무엇 때문에 글을 써서 돈을 모으시는 겁니까? 그래도 왕자의 신분이신데 굳이 이렇게 경제 활동을 하지 않으셔도……."

혹시라도 그의 심기가 불편해질까 두려워진 돌쇠가 최대한 조심스럽게 물었다.

여인의 마음을 사로잡는 특유의 문체와 감성적인 그의 글에 빠진 사람만 해도 어마어마했다. 물론 그 누구도 무향의 정체가 이 나라의 왕자라는 사실을 알 리가 없었지만.

"알면서 뭐하러 물어? 이게 다 먹고살려고 하는 거지."

"……."

반박하고 싶은 마음이 컸지만 돌쇠는 현명하게 더는 이 문제에 대해 캐묻지 않기로 했다. 지금 중요한 것은 이게 아니었으니까.

"저기, 해랑 님. 이제 슬슬 본격적으로 후계자 수업도 들으셔야 하고……."

"돌쇠야."

가면을 쓰고 있었지만, 그럼에도 강렬한 눈빛이 고스란히 느껴지는 듯했다. 그와 관련된 이야기는 꺼내지도 말라는 그의 눈빛에 돌쇠는 입을 다물었다.

"이 나라에 왕자가 둘이나 더 있는데, 나 하나 빠진다고 뭐 큰일이 있겠어."

"하지만 전하께서는……."

나름대로 최후의 수단이라며 '전하'라는 말까지 넣었지만 별 효과가 없었다. 아니, 오히려 역효과인 듯했다.

"그 영감은 내가 어찌 되든 관심도 없을 테니 걱정 마라."

재미있는 소리를 들은 사람처럼 저 혼자 웃으며 말하고 있었지만, 돌쇠는 왠지 그가 쓸쓸해 보였다.

'모두에게 버림받은 왕자.'

이것이 그의 또 다른 이름.

슬하에 아들이 셋인 신후왕은 그중에서도 해랑을 가장 아꼈다. 본인은 티를 내지 않는다고 했지만 눈치 빠른 대신들이 이를 놓칠리가 없었으니, 덕분에 그는 권력에 눈이 먼 자들에게 좋은 표적이 되었고 또는 질투의 대상이 되었다.

그렇게 어른들에게 시달림을 당하며 자란 그는 어느샌가부터 사람을 피하기 시작했고, 어머니가 돌아가시면서부터 그 증상은 더욱더 심해졌다.

결국 그는 사람들의 시선이 닿지 않는 궁인 영희궁(英姬宮)에 스스로를 유폐시켰다. 이게 벌써 수년 전의 일.

"사람의 앞날이라는 게 어떻게 될지 모르는 건데, 즐길 수 있을 때 즐겨야지."

지금은 아무렇지 않게 웃으며 말할 수 있게 되었지만, 오랜 시간 그를 모셔온 돌쇠는 사실 그가 외로움을 잘 타는 성격이라는 걸 알고 있었다.

그에게는 고독이 아닌, 누군가가 필요한 것이다. 곁에서 목소리를 높이고 상처받은 그 마음을 치유해 줄 누군가가.

　　　*　　　*　　　*

"……미치겠네."

하연은 인상을 찌푸렸다.

아까부터 머리가 너무 어지러웠다. 오전의 짜증나는 맞선도 그렇고 뒤이어 있었던 신후왕과의 면담도 그렇고, 오늘은 그냥 빨리 집에 돌아가 한숨 자고 싶다는 생각밖에 들지 않았다.

볼일도 끝났겠다, 이제 가벼운 걸음으로 집에 돌아가는 것만이 남았건만 들어오고 나갈 때 최대한 다른 이들의 눈에 띄어서는 안 된다는 신후왕의 당부 때문에 마음 편히 나갈 수도 없었다.

귀족 집안의 아가씨가 이유도 없이 궐에 자주 출입하는 모습이 다른 사람들의 눈에 좋게 보일 리가 없지. 게다가 지금 궐 안은 한창 후계자 문제로 날카로워져 있어, 작은 변화에도 민감하게 반응하니 말이다.

"아, 오늘은 마가 꼈나……."

오늘따라 궐 안을 돌아다니는 궁녀의 수가 너무 많았다. 바쁜 그녀들 때문에 하연은 궐문 근처에도 갈 수가 없었고, 요리조리 눈길이 닿지 않는 곳으로 피해 다니다 보니 어느새 궐 안 깊숙한 곳까지 발을 들여놓게 되었다.

"……여긴 또 어디야."

어렸을 때부터 아버지 손을 잡고 자주 출입한 궐이건만, 이곳은 한 번도 와 본 적 없는 곳이었다. 그만큼이나 구석진 장소였다. 아까까지만 해도 여기저기서 볼 수 있었던 궁녀들의 그림자조차 보이지 않는데, 마치 다른 세상에 온 것처럼 아주 조용했다.

"……궁?"

정신적으로나 체력적으로나 지친 하연의 눈에 궁의 지붕으로 추정되는 것이 보이기 시작했다.

"버려진 궁인가?"

호기심에 조금 더 가까이 다가간 그녀의 눈앞에 펼쳐진 것은 무성한 풀숲. 그리고 그 사이에 자리 잡고 있는 작은 규모의 궁 하나.

건물을 둘러싸고 있는 낮은 담은 군데군데 무너져 있었고 지붕 위의 기와들은 몇 장이 깨져 슬그머니 그 뼈대를 드러내고 있었다. 도대체 얼마나 관리를 하지 않았으면 이렇게 되는 건지 궁금할 정도로 상태가 엉망이었다.

안에서는 사람의 기척도 느껴지지 않아, 용기를 낸 하연은 조심스럽게 궁 안으로 들어섰다.

도대체 이곳은 뭐에 쓰는 궁일까, 누가 살았던 곳일까, 왜 이렇게 방치해 둔 걸까. 궁금한 게 너무 많았지만 당장 주변을 둘러봐도 현판 비스무리한 것은 보이지 않으니, 지금으로서는 이 궁의 이름도 알 수 없었다.

금방이라도 귀신이 튀어나올 것처럼 으스스한 분위기. 오싹한 한기까지 느껴져 무서워지기 시작한 그녀가 뒤늦게 제정신을 차리고 돌아서려 할 때였다.

"……."

하연은 그 자리에 굳어 버렸다. 너무나도 큰 공포감에 숨이 턱하니 막혔다.

언제부터 있었던 건지는 모르겠지만, 지금 그녀의 눈앞에는 자신을 뚫어져라 쳐다보고 있는 이상한 도깨비 가면을 쓴 남자가 있었다.

"도, 도, 도, 도깨비?!!!"

다 쓰러져 가는 궁과 도깨비 가면을 쓴 남자라니. 도대체 여기는 뭐하는 곳이야?!

너무 놀란 하연은 그만 새된 비명을 질러 버렸다.

그런데 그 도깨비의 상태가 왠지 이상했다. 궐 안이 떠나가라 소리까지 쳤음에도 불구하고 정체불명의 남자는 꿈쩍도 하지 않았다.

"……저, 저기요."

"……."

여전히 아무런 대꾸도 돌아오지 않았다. 조심스럽게 그의 코앞까지 다가간 그녀가 몇 번인가 손을 흔들어 보았지만 그럼에도 아무런 움직임이 없다.

이렇게까지 했는데도 아무런 반응이 없다니. 혼자 툴툴거리며 도깨비 가면을 관찰하던 하연은 숨을 죽였다. 그러자 지금까지 미처 듣지 못했던 고요한 바람 소리와 함께 쌔근거리는 고른 숨소리가 들려왔다.

"……설마 지금 자는 거야? 이러고 자고 있었던 거야?"

처음에는 놀랐고, 무서웠고 두려웠지만 이제는 기가 막혔다.

잠든 줄도 모르고 혼자 깜짝 놀라고, 말도 걸어 보고, 겁을 먹고, 화를 내고 있었다니 민망하기 짝이 없다.

"도대체 이 남자는 뭐지……."

옷차림이나 힐끗 보이는 골격으로 보나 남자가 틀림없다. 두 눈을 부릅뜨고 있는 해괴한 도깨비 가면 때문에 그렇지, 자세히 뜯어보니 날카로운 턱 선이며 새하얀 손이며 걷어붙인 팔뚝이며 겉으로 드러난 곳이 여리고 예쁘다.

가면부터가 그랬지만, 차림 역시도 보통 사람 같지가 않았다. 입고 있는 옷은 약간 후줄근해 보여도 그 재질만큼은 고급 비단이었다. 게다가 금색 실로 놓여 있는 수는 이름 있는 장인의 솜씨가 분명할 정도로 섬세했다.

처음 와 보는 궁. 그리고 처음 보는…… 아마도 사람. 버려진 궁에 있는 한 남자, 그것도 이상한 도깨비 가면과 비싼 옷차림의 남자.

나오는 결론은 한 가지밖에 없었다.

'미친놈이네.'

멍하니 가면을 바라보고 있던 하연은 손이 근질근질했다.

가면 안에 숨어 있는 그 낯짝을 구경하고 싶어졌다. 운 좋게도 상대는 잠들어 있으니 하려거든 지금이 기회였다. 그래, 재빨리 확인하고 이곳에서 나가면 될 것이다.

하연은 조심스럽게 도깨비 가면을 향해 손을 뻗었다. 뻗었는데…….

"엄마얏!"

획. 정말 순식간에 벌어진 일이었다.

잠들어 있는 줄 알았던 도깨비가 움찔하더니 눈 깜짝할 새에 그녀를 붙잡아 마룻바닥에 쓰러뜨렸다.

졸지에 도깨비 가면을 쓴 남자의 아래에 깔려 버린 하연은 심장이 철렁하고 내려앉는 거 같았다. 뿐만 아니라 지금 남자의 손이 제 목을 움켜쥐고 있는데 덜컥 겁이 났다.

벗어나기 위해 버둥거려 봤지만 그녀의 힘으로는 역부족. 이대로 목이 졸려 죽을지도 모른다는 생각에 그녀의 낯빛이 창백해졌다.

"……누가 보낸 거지?"

잠에 덜 깬 건지 꽉 잠겨있기는 했지만, 목소리로 보아 젊은 사내가 틀림없다. 그리고 상당한 경계심이 깃들어 있었다.

"아, 저기. 그러니까…….'

하연은 고민에 빠졌다. 뭐라고 대답하지? 딱히 누가 보내서 온 게 아니었다. 길을 헤매다 어쩌다 보니 이곳까지 흘러들어 오게 된 건데.

"일단 좀 놓아 주시면…….'

"나보고 널 어떻게 믿으라는 거냐."

진정하라는 그녀의 말에도 남자는 손에서 힘을 풀지 않았다. 오히려 대화를 시도하는 하연의 차분한 태도에 더 화가 난 듯했다.

"빨리 대답하는 게 너에게도 좋을 거야. 네 신원을 파악하기 전에는 놓을 생각이 없으니까."

다행히 목을 잡고 있는 손에는 어느 정도 힘이 빠져 괜찮았지만 붙잡혀 있는 팔은 장난 아니었다. 찌릿찌릿 저려 오는 팔에 하연은 미간을 찌푸렸다.

마치 자신이 엄청난 잘못을 저지르기라도 한 것처럼 취급하는 그의 태도가 마음에 안 들었다.

"……하긴, 나랑 이런 진한 애정 표현 해 보는 게 소원인 남자가 한둘이 아니기는 하지."

"뭐?"

"그래도 초면에 숙녀의 목을 조르는 건 예의가 아니지!!"

뜬금없는 말에 당황한 남자의 손에서 힘이 풀렸다. 이 틈을 놓칠 리가 없는 하연은 반격을 시도하기로 결심했다. 그래, 어디 한번 도깨비 한 마리 잡아 보자.

살아야겠다는 생각에 필사적으로 휘적거리던 그녀의 손에 빗자루가 잡혔다. 그것을 집어든 하연은 우선 내가 살고 봐야겠다는 생각에 본능이 이끄는 대로 휘둘렀다.

"윽. 이봐, 잠깐만!"

팔을 붙잡고 있다 보니 미처 피할 수가 없던 남자가 하연이 휘두르는 빗자루를 맞고는 주저앉았다.

간신히 이상한 남자에게서 벗어나는 데 성공한 하연은 뒤도 돌아보지 않고 무작정 달리기 시작했다.

'짤랑' 하고 무언가가 떨어지는 소리가 들렸지만 뒤를 돌아볼 여유조차 없었다. 그렇게 그녀가 헐레벌떡 달아나고 얼마 지나지 않아, 외출 중이던 돌쇠가 해랑이 있는 영희궁에 들어섰다. 익숙하게 어느 방으로 향하려던 그는 예상치 못한 장면을 목격하고는 걸음을 멈췄다.

"……해랑 님, 주무실 거면 방 안에서 주무시라니까요?"

기껏 책방에 있는 쪽방에서 데리고 돌아왔더니, 쾌적한 방을 내버려두고 정원 바닥에 누워 뭐하고 있느냐는 말투였다.

돌쇠의 말에 바닥에 뻗어 있던 해랑은 쓰고 있던 가면을 벗어 옆으로 던졌다.

잠에서 막 깬 상태라 그런지 사태 파악이 평소보다 늦었다. 인기척이 느껴져 눈을 떴고, 처음 보는 사람이 보이기에 침입자인 줄 알고 방어했던 것뿐인데.

"……궐 안에 여우가 있다, 돌쇠야."

"예?"

"그것도 엄청 사나운 여우였어."

그게 무슨 소리냐는 돌쇠의 말에 해랑은 인상을 찌푸리며 몸을 일으켰다.

그러다 문득 제 손바닥 아래에서 차갑고 매끄러운 무언가가 느껴졌다. 확인해 보니 웬 팔찌. 해랑은 특이한 문양이 새겨져 있는 팔찌를 멍하니 들여다보았다. 조금 전까지만 해도 이곳에 있었던 여인이 급하게 도망치다가 떨어뜨린 게 분명했다.

"여우? 도대체 무슨 일이 있으셨던 겁니까? 꿈이라도 꾸신 겁니까?"

정신 줄 놓고 앉아 있는 해랑에게 다가간 돌쇠가 걱정스럽게 물었다.

"나도 몰라. 어떤 예쁜 애한테 맞은 거까지는 기억나는데……."

"맞으셨다고요?"

놀란 돌쇠가 어깨를 붙잡고 연신 괜찮으냐 묻자, 이에 신경질적으로 고개를 끄덕인 해랑은 여인이 사라진 문을 바라보다가 작게 중얼거렸다.

"……그런데 내가 잘못한 거 같기도 하네."

*   *   *

"……."

하연은 기분이 좋지 않았다.

어제 보았던 도깨비가 제 머릿속에 너무나도 강하게 남아 버린 모양이었다. 꿈속에서조차 그 사내가 나타나 쫓아오는 바람에 그녀는 간밤에 잠을 설쳤고, 덕분에 신경은 날카로워질 대로 날카로워져 있었다.

그러나 가장 큰 문제는 따로 있었으니.

"아이고, 하연 아가씨 오셨습니까. 어, 오늘은 기분이 별로이신 거 같네요. 무슨 안 좋은 일이라도 있으셨습니까?"

"아주 기분 나쁜 일이 있었지요."

누가 장사하는 사람 아니랄까 봐 가게 주인은 특유의 친화력을 뽐내며 하연에게 말을 걸었다. 그리고 하연은 그것이 익숙한 듯 대답하며 가게에 마련되어 있는 의자에 앉았다.

"무슨 일인지는 모르겠지만, 이것 좀 드서 보세요. 이번에 거래하는 상단에서 들어온 이국의 차인데……."

과연, 천유국에서 가장 여인들이 들끓는다는 방물가게 주인답게 접대가 좋았다.

하연이 자리에 앉기 무섭게 차를 끓여 온 여주인은 의자를 끌어와 그 앞에 자리 잡고 앉았다.

이 가게의 좋은 점이 바로 여유롭게 차를 마시며 느긋하게 장신구들을 구경할 수 있다는 점이었는데, 이는 대접받기 좋아하는 귀족 아가씨들의 취향을 저격했고 하연 역시 그러했다.

물론 접대도 좋았지만 이곳에서 취급하는 장신구들은 하나같이 품질이 뛰어났다. 가격대가 꽤 나가기는 하지만 그녀의 주머니로 못 살 물건은 거의 없었다. 지금 그녀가 원하는 것을 제외하고는.

"일전에 오라버니께 생일 선물로 받은 팔찌 말인데요."

"아, 태월영 장인의 한정판 팔찌를 말씀하시는 거군요."

눈치 빠른 여주인이 하연이 말하는 물건을 빠르고 정확하게 떠올렸다. 역시, 이 정도는 되어야 천유국 제일의 방물가게 주인이라고 할 수 있지.

"……혹시 그때 그것과 똑같은 물건을 구할 수는 없을까요?"

"예에?"

조심스럽게 묻는 하연과 달리 여주인의 반응은 격렬했다. 어렵겠지. 당연히 어렵겠지. 그렇게 쉽게 구할 수 있는 물건이 아니라는 거 하연 역시 잘 알고 있었다.

어제는 그저 도깨비에게서 벗어났다는 안도감 때문에 미처 눈치 못 챘는데, 오늘 아침에 보니 항상 팔에 차고 다니던 팔찌가 사라져 있었다.

하필이면 가장 아끼는 팔찌에 초특급 한정판. 그것도 오라버니가 힘들게 구해 준 소중한 물건이었다.

"그 팔찌는 이 나라에서도 딱 다섯 개밖에 없는 한정판입니다. 손에 넣기 힘들다는 건 아가씨께서도 잘 알고 계시지 않습니까."

"알죠. 잘 알고 있죠."

그래, 알다마다.

그녀의 열여덟 번째 생일과 성인이 된 것을 축하하는 의미에서 오라버니가 준 선물이 아니던가. 미리 2년 전부터 예약 주문을 넣고 대기자 명단에 이름을 올린 끝에 최근에서야 겨우겨우 받은 물건인데, 그걸 모를 리가 없었다.

"설마."

눈치 빠른 주인장이 두 눈을 가늘게 뜨고는 그녀를 바라봤다.

"그 팔찌를 잃어버리셨다든가……."

"아니요, 그럴 리가요. 잘 있습니다. 다만 그…… 차고 다니기가 너무 아까워서 하나 더 사둘 수 있을까 해서 물어본 거뿐입니다."

당황한 하연은 재빨리 말을 얼버무렸다.

다행히 이것이 통한 건지 재빨리 의심의 눈초리를 거둔 주인이 머쓱하게 웃었다.

"다행입니다. 저희 가게에서 판매한 물건이 그것에 어울리지 않는 사람의 손에 들어갔다는 소문이라도 퍼지게 되면 저희 쪽 타격이 여간 큰 게 아니라서 말이죠. 아무래도 귀족 아가씨들 대상으로 한정판을 주로 취급하고 있으니까요. 호호."

"그럼요. 잘 알고 있지요."

얼굴은 웃고 있었지만 하연의 마음속에는 폭풍이 몰아치고 있었다. 이 일을 어쩌면 좋단 말인가.

이미 모든 귀족 가문의 아가씨들이 자신에게 다섯 개 중 한 작품이 있다는 걸 알고 있었다.

그런데 그것을 잃어버렸다는 사실이 밝혀지는 날에는 가뜩이나 좁은 아가씨들 정보 사회에서 소문이 퍼지는 건 순식간일 터. 거기에 관리 소홀이라는 꼬리표까지 달게 될지도 모른다.

그것만큼은 피해야 했다.

하연이 머리가 깨질 지경이라는 걸 아는지 모르는지, 여주인은 그저 신이 나서 새로 들어온 상품들을 그녀에게 권하느라 정신이 없었다.

그녀에게 서하연이라는 고객은 매우 특별했다. 아름다운 그녀는 천유국 여인들의 우상이었고, 그녀가 장신구 하나를 걸치고 길거리를 거닐기만 해도 같은 물건이 금세 동이 날 정도로 홍보 효과가 매우 컸기 때문이다.

"그런데 이것들은 왜 따로 빼놓은 거죠?"

이 물건 저 물건 눈앞에 들이밀며 하나하나 설명하기 바쁜 주인의 말에 영혼 없이 고개를 끄덕여 주던 하연이 뒤에 따로 모아놓은 장신구들을 가리키며 물었다.

"아, 요즘 혼례 철이 아닙니까. 혼례에 사용되는 패물들을 따로 모아 놓은 겁니다."

"하긴, 봄이라 그런지 혼례하는 모습은 자주 보이던데."

"그것 때문도 있지만, 곧 있으면 금혼령(禁婚令)이 내려진다니 다들 그 전에 급하게 혼사를 치르느라 난리도 아닙니다."

"금혼령?"

갑자기 웬 금혼령? 금시초문이라는 하연의 반응에 오히려 주인이 놀란 듯 두 눈을 동그랗게 뜨고 그녀를 바라봤다.

"소문 못 들으셨습니까?"

이에 하연은 고개를 절레절레 저었다. 어쩐지, 최근 들어 중매쟁이들이 매일같이 사주를 들고 찾아오더라니 다 이유가 있었구나.

"곧 첫 번째 왕자 저하의 왕자빈 간택이 있을 거라는 소문 말입니다."

"첫 번째?"

"예. 시현우 님이요."

어떻게 이 이야기를 아직도 모를 수가 있느냐며 주인이 잔뜩 흥분해서는 이름까지 일러 줬지만, 하연은 여전히 모르겠다는 표정이었다. 덕분에 주인은 몰려드는 답답함에 제 가슴을 쳐야 했다.

"하아…… 이런 쪽에 관심이 없으셔도 너무 없으신 거 아니십니까?"

"왕족은 별로라."

말 그대로. 하루에도 몇 번씩 맞선을 보는 그녀였지만 왕족은 절대 사절이었다.

작정하고 노려 보면 충분히 가능할 텐데 왜 그 복을 차는지 모르겠다며 아쉬워하던 주인이 하연이 퇴짜 놓은 장신구들을 정리하기 시작했다.

"그래도 모르는 일 아니겠습니까. 아가씨 역시 간택 명단에 들지."

주인의 이야기에 생각에 잠겨 있던 하연은 깜짝 놀랐다. 왜 거기서 자신의 이야기가 나오는 건데?

"아가씨의 가문은 서가(家)가 아니십니까. 서가 정도면 충분하지요. 게다가 아버지께서는 예문관 대선이신데……."

수다 떨기 좋아하는 성격답게 주인은 두 눈을 반짝이며 붉은 입술을 쉴 틈 없이 달싹였다.

혹시라도 나중에 정말 간택이 되면 자신과 이 가게를 잊지 말고 애용해 달라는 그녀에게 하연은 자신이 간택될 리가 없을 거라 단호하게 말했다.

지금 남들 결혼이 어쩌고, 첫 번째 왕자빈 간택이 어쩌고 할 때가 아니었다. 그녀는 빠른 시일 안에 잃어버린 팔찌를 되찾거나 새로 구해야만 했다.

심란한 마음에 나오는 건 한숨뿐. 일단 진정하고 차분하게 다시 한 번 기억을 더듬어 보자.

그 팔찌는 어제 궐에 갈 때도 차고 있었다. 그리고 집에 돌아와 아침에 일어나니 없어졌다는 걸 깨달았다. 집 안을 샅샅이 뒤졌지만 나오지 않았다. 그렇다면 어제 방문한 궐에서 잃어버렸을 가능성이 가장 컸다. 그것도 그 도깨비가 살고 있는 으스스한 궁 안에서.

"……다시 그곳에 들어갔다 나올 수밖에 없는 건가."

미친놈이 있는 그곳으로? 생각만 해도 끔찍했다. 게다가 그 미친놈은 저를 위협하던 인물이 아니던가. 그곳으로 다시 들어간다는 건 너무나도 위험한 일이었다.

그곳에 제 발로 다시 들어갔다가 험한 꼴을 당하기라도 하면 어떡해.

하연은 그 뒤로 한참이나 자리에 앉아, 소중한 팔찌와 그 말도 안 되는 곳으로의 재방문에 따르는 위험 부담에 대해 진지하게 고민했다.

곧 자리에서 일어난 그녀의 걸음이 궐이 있는 쪽으로 돌아갔다.

아무리 생각해도 지금은 그 팔찌를 되찾는 일이 더 중요했다.

그리고 도깨비라고 해도 늘 그곳에 있는 게 아닐 수도 있지 않은가.

"일단 한번 가 보기나 해 보자."

결국 하연이 그 으스스한 궁에 다시 발을 들여놓기 위해 나름대로 마음의 다짐을 하고 있는 그때, 문제의 궁에서는 오늘도 도깨비 가면을 쓴 남자가 마루에 축 늘어져 있었다. 하늘을 향해 뻗은 손에 들려있는 반짝이는 무언가를 뚫어져라 응시하며.

"……언제 오려나, 여우 아가씨."

찰랑거리는 팔찌를 제 팔에 끼워 보던 해랑이 피식 웃었다. 알아

보니 다시는 구할 수 없는 한정판이란다. 이것을 갖기 위해서라면 전 재산도 걸겠다는 사람이 있을 정도로 손에 넣기 힘든 보물이라는데, 이를 모르는 척할 리가 없었다.

결국 그 여우는 다시 돌아올 수밖에 없을 것이다.

二花
도깨비가 사는 궁으로

조용하던 궐 안이 단번에 소란스러워졌다.

"희빈!!"

한 여인이 높은 고함을 내지르며 어딘가로 향하고 있었다.

뒤에는 궁녀들이 그녀의 걸음을 따라잡느라 정신이 없었고, 앞에는 난감하다는 표정의 또 다른 궁녀들이 그들을 막아서느라 정신이 없다.

"잠시…… 잠시만요. 와, 왕후마마!"

"어허! 당장 길을 비키지 못하겠느냐!"

잔뜩 성이 난 여인의 정체는 이 나라의 안주인인 연주왕후였다.

스물한 살의 나이에 신후왕의 첫 번째 후궁이 된 그녀는 운 좋게 왕후의 자리에 오르기는 했지만, 죽은 전 왕후만을 사랑한 신후왕은 그녀를 총애하지 않았다.

그럼에도 그녀는 자신의 상황에 만족했다. 자신에게는 눈에 넣어도 아프지 않은 아들과 딸이 있었으니까.

그랬는데…… 그랬는데!

제 앞을 벽처럼 막아선 궁녀들을 노려보고 있던 연주왕후는 그들을 뿌리치고 막무가내로 방문을 열었다.

왕후로서의 품위와 체통은 집어던진 지 오래였다. 지금 그녀는 이 나라의 왕후가 아닌 어머니로서, 불여우 같은 여인에게서 제 아들을 지켜야만 했으니까.

그들이 들이닥친 방 안에는 소란스러운 이 상황 속에서도 여유롭게 꽃꽂이 따위를 즐기고 있는 여인이 있었으니, 바로 천유국 두 번째 왕자의 어머니인 희빈 윤씨였다.

"어머, 왕후마마 오셨습니까."

오로지 꽃에만 시선을 두고 있던 희빈이 뻔히 올 줄 알았으면서 과장된 표정을 지으며 인사했다. 여전히 자리에 앉아 꼿꼿이 등을 펴고는.

"불공을 드리러 절에 가셨다 들었는데, 빨리 돌아오셨군요."

연주왕후가 희빈 윤씨의 처소를 찾는 일은 아주 드물었다. 희빈은 왕후인 그녀도 어떻게 함부로 할 수 없는 상대였기 때문이다. 그러나 오늘만큼은 가만히 입술이나 깨물고 앉아 있을 수 없었다.

"내가 궁을 비운 틈에 내 아들 혼사를 멋대로 진행시키다니, 이게 무슨 짓입니까!"

불공을 올리기 위해 한 달 동안 절에서 지내다가 내려왔는데, 궐 안은 물론 궐 밖 저잣거리까지 사람들이 떠들썩했다. 어미인 자신도 모르는 사이에 진행되어 버린 제 아들의 국혼 이야기로 말이다! 소상히 알아보니 왕후인 자신이 아닌 희빈이 이번 간택의 모든 결정권을 갖고 있다는데, 이는 말이 안 되는 일이었다.

한 아들의 어머니가 화를 내는 모습에도 희빈은 여유로웠다. 그녀는 눈앞의 여인이 자신에게 꼼짝도 못 한다는 것을 너무나도 잘 알고 있었다.

"아아, 왕자빈 간택 이야기를 들으셨군요. 안 그래도 말씀드리려고 했습니다."

"희빈!!"

"그리 큰 소리로 말씀하지 않으셔도 다 들립니다. 진정 좀 하시지요. 아랫것들이 어찌 보겠습니까?"

왕후가 소리를 지르건 말건 다시 꽃을 드는 희빈의 태도를 나무라는 사람은 한 명도 없었다. 오히려 방 안에 있던 궁녀들은 키득거리며 꼼짝도 못 하는 왕후를 비웃고 있었다.

"슬슬 우리 왕자들도 왕자빈을 들여야 하는 나이가 되었습니다. 그러니 첫째가 그 본보기를 보이는 게 당연한 순차 아니겠습니까."

꽃의 향기를 맡으며 만족스러운 미소를 흘리던 희빈이 분노에 떨고 있는 왕후를 힐끔 바라보며 피식 웃었다.

"지금 그 자리에 서서 저를 내려다볼 수 있는 지금을 즐기세요, 마마."

부드럽게 미소 짓던 희빈이 갑자기 정색하자, 씩씩거리던 왕후의 표정이 어색하게 굳어졌다.

"원래대로라면 감히 쳐다볼 수도 없었을 테니 말입니다."

누가 봐도 위계질서상 문제가 있는 그림이었지만 왕후는 아무 말도 할 수 없었다.

그도 그럴 것이 지금 제 눈앞에 있는 여인은 이 나라 왕도 꼼짝을 못 한다는 '그' 희빈이었다.

그녀는 분명 이 나라의 후궁이었지만 사실은 일찍이 돌아가신 선대왕의 부인, 즉 신후왕의 형수였다.

수 년 전, 왕이 갑작스러운 병사를 당하며 동생이었던 신후왕이 왕위에 올랐다.

왕실 법도에 따르면 사가로 내보내져야 할 윤씨를 신후왕은 형님을 위한다는 마음으로 후궁의 자리에 앉혔고, 형님의 아들 역시 제 아들로 받아들여 왕위 경쟁에 참가할 수 있는 기회를 주었다.

그러나 희빈은 이에 만족하지 않고 남몰래 더 큰 야망을 품고 있었다.

"내 왕후의 자리에는 오를 수 없으니, 다른 자리를 노릴 생각입니다."

"다, 다른 자리?"

그게 무엇인지 대충 예상이 가기는 했지만, 쉽게 물을 수가 없었다. 안 그래도 그것은 궐 안 모든 이들에게 있어서 민감한 문제였으니까.

"왕의 어머니라는 자리 말입니다."

"……."

권력을 싫어하는 사람이 어디 있겠는가. 위에서 사람들을 내려다보며 즐길 수 있다는 건 참으로 매력적인 일이었다.

하지만 이처럼 그것을 원한다고, 솔직하게 입 밖으로 내는 것은 쉽지 않은 일이었다.

"왕의 총애를 받던 전 왕후는 그 약한 몸으로 버티다 얼마 못 가고 죽었지요. 후계자로 가장 유력시되었던 그녀의 아들은 그 충격에 시름시름 앓다가 지금은 요양 중이라 들었습니다. 최근에 들려오는 소식으로는 실성했다는 이야기도 있더군요. 그 젊은 나이에 가엽기는 하지만 차라리 다행이지 않습니까? 그 아이가 그리되지 않고 저에게 맞섰다면 지금쯤……."

'말하지 않아도 이 정도는 알아들을 수 있지?'라는 표정으로 희빈이 싱긋 웃었다. 그 미소에 왕후는 어리석은 스스로의 행동을 후회했다. 아무리 흥분해도 이곳에는 오지 말았어야 했다.

"사람들 앞에 서지도 못하는 쓸모없는 왕자를 제외하면, 이제 저와 왕후마마의 아들들이 남았군요."

"……."

"마마의 아드님께서는 현왕의 아들입니다. 그리고 제 아들은 돌아가신 선왕의 아들이죠. 아무리 후계자 선택이 평등한 조건에서 그 능력만을 본다고 해도……."

"며, 몇 번이고 말했지만 우리 현우는 왕위에 오를 생각이 없네! 나 역시 그러한 욕심도 없고 말일세. 지금도 보시게, 답답하다고 몇 개월째 궐을 떠나있지 않은가. 그러니 제발 그 아이만큼은 자유롭게 살 수 있도록 놓아 주게."

"암요. 그럼요. 잘- 알고 있습니다. 앞으로도 두 분의 생각이 바뛰지 않을 거라는 거 역시 잘 알고 있습니다. 그래도…… 만약의 경우라는 게 있지 않습니까."

"……."

아직 이야기가 끝나지 않았음에도 희빈은 왕후를 지나쳐 직접 방문을 열어 주기까지 했다. 더는 할 말 없으니 빨리 돌아가라는 무언의 압박에 왕후는 그저 부르르 몸을 떨 수밖에 없었다.

그러나 열린 문을 바라보기만 할 뿐 꿈쩍도 않고 서 있자, 그녀를 바라보던 희빈이 작게 한숨을 내쉬더니 얼굴에 만연했던 거짓 웃음을 싹 지우고는 경고했다.

"아들을 위한다면 제 말에 얌전히 따르시는 게 좋을 겁니다. 왕후마마."

그 말에 연주왕후는 꼭 쥐고 있던 두 손을 힘없이 떨굴 수밖에 없었다.

*　　*　　*

궐 안에는 많은 궁이 있었다.

그중에서도 대표적인 궁이 세 개가 있는데, 규모가 큰 순으로 보면 왕이 머무는 본궁인 '중앙궁(中央宮)', 그리고 왕후가 머무는 궁인 '희수궁(姬秀宮)', 또 후궁들이 머무는 '희안궁(姬安宮)'이 있다. 그리고 지금, 하연은 그 '이외'에 해당하는 이상한 궁 앞에서 얼어붙어 있었다.

"미치겠네……."

결국 오고야 말았다.

"어떡하지. 어떡하지."

발을 동동 구르며 난리를 피워 보지만 이러고 있는다고 해결될 문제가 아니라는 건 스스로도 잘 알고 있었다.

"……인기척은 없는데……."

용기를 내어 궐 안에 들어선 그녀의 눈에 열려 있는 방문이 보였다. 마치 들어오라는 듯 아주 활짝 열린 문.

슬쩍 보니 안에는 아무도 없는 듯했다. 주인도 모르는 방에 함부로 들어간다는 것이 조금 마음이 걸렸지만 지금은 그런 걸 신경 쓸 때가 아니었다. 제 목숨보다도 더 중요한 건 없었으니까!

언제 또 그 도깨비가 나타날지 모르니 최대한 빨리 수색을 끝내고 돌아가리라 마음먹은 그녀는 조심스럽게 신을 벗고 안으로 들어섰다.

방 안에 놓여 있던 장식장에 다가간 그녀는 이 서랍 저 서랍을 열어젖히며 문제의 팔찌를 찾기 시작했고, 이 장면을 조용히 지켜보고 있던 해랑은 어이가 없었다.

잠시 볼일이 있어 밖에 나갔다가 돌아와 보니, 그 사이 제 방에 여우 한 마리가 들어와 있었다. 그것도 그날 꼬리 빠지게 도망쳤던 그 여우였다.

지루하기만 하던 자신의 일상에 찾아온 범상치 않은 작은 사건.

그는 정신없이 장식장을 뒤지고 있는 하연을 지켜보며, 어떤 반응을 보여야 할지 즐거운 고민에 빠졌다.

그냥 없는 사람처럼 잠자코 있을까? 아니면 이 침입자를 응징할까?

　고민하던 해랑의 입가에 부드러운 미소가 지어졌다. 그는 조심스럽게 방 안으로 들어갔다.

　"혹시 이걸 찾고 있는 거야?"

　갑작스러운 목소리에 멈칫한 하연은 흔들리는 눈빛으로 천천히 고개를 돌렸다. 저를 바라보고 있는 도깨비 가면의 사내를 보기 무섭게 그녀의 머릿속은 새하얗게 변했다.

　도깨비다, 그때의 그 도깨비. 심지어 자신이 그렇게나 찾아 헤매던 팔찌는 그 도깨비의 팔에서 빛나고 있었다.

　심장이 툭하고 떨어지는 줄 알았던 하연은 깊게 심호흡했다. 그리고 도깨비에게 시선을 고정했다. 그때와 같은 봉변을 당할 수는 없지. 제 목숨을 지켜야 한다는 생각에 그녀를 일단 눈에 보이는 벼루를 덥석 집어 들었다.

　이를 본 해랑의 표정이 어두워졌다.

　"……잠깐. 너 설마 그걸 집어던질 생각은 아니지?"

　왜 아니겠어.

　"가, 가까이 오기만 해봐요!"

　벼루며 붓이며, 손에 잡히는 것은 무조건 집어던지는 하연 때문에 방 안은 순식간에 난장판이 되어버렸다. 먹물들이 사방으로 튀며 방 안 이곳저곳을 물들였고 붓들과 종이가 사방으로 흩어졌다.

　그렇게 얼마가 지났나, 집어던질 게 떨어지고 나서야 소동은 겨우 종료되었다. 그 짧은 시간 동안 생지옥을 경험한 해랑은 이제야 숨 좀 돌릴 수 있다며 털썩 주저앉았다.

방 안을 이 꼴로 만들어 놓은 장본인께서는 여전히 경계를 풀지 않은 채, 방구석에 서서 도깨비를 주시하기 바빴다.

"일단 진정해."

"진정하게 생겼어요?!"

"그렇게 겁먹을 필요 없어. 그 날은 내가 너무 놀라서 그랬던 거야. 사과할게."

일전에 제 목을 조른 일을 떠올린 하연의 얼굴이 다시금 창백해졌다. 그러나 순순히 사과를 하는 그의 태도에 그녀의 경계심도 조금씩 누그러졌다.

어느새 손수 차까지 끓여주는 친절한 도깨비의 모습에 그녀는 서서히 이성을 되찾았고, 그제야 자신이 만들어 놓은 방 안 꼴을 감상할 여유까지 생겼다.

스스로가 생각해도 이건 너무했다는 생각밖에 들지 않았다.

"죄송합니다. 정말 죄송합니다. 제대로 변상하겠습니다."

해랑은 미안해서 어쩔 줄 몰라 하는 하연을 바라보며 작게 웃었다.

좀 전까지만 해도 난리를 피우던 여자가 지금은 어쩔 줄 몰라 하고 있는 것이 너무나도 웃겼다.

"변상이라. 피해가 너무 큰데……."

"하지만 저만 잘못한 게 아니라는 점, 분명하게 밝혀 두는 바입니다."

순순히 사과를 하겠다는 건지, 아니면 잘잘못을 따지자는 건지 알 수 없는 그녀의 태도가 해랑을 즐겁게 했다.

"정말 미안하다고 생각하면 나를 좀 도와주든가. 다른 건 다 괜찮은데 솔직히 저것들을 혼자 처리하는 건 무리거든."

그렇게 말하며 그는 방 안에 있는 무언가를 가리켰다. 방구석에 아무렇게나 엉켜있는 검은 종이 뭉치가 보이는데, 이를 본 하연이 저게 다 뭐냐 묻자 한숨을 내쉬던 해랑이 그녀의 얼굴을 뚫어져라 바라본다.

"왜, 왜요."

"가까이서 보니까 조금 예쁘네."

그 말에 하연은 기분이 상했다. 뭐, 조금? 지금 조금이라고 했지? 누군가에게는 칭찬일지도 모르는 말이었지만, 그녀에게 있어서는 상당히 자존심이 상하는 말이었다.

"지금 말 다했어요? 이렇게나 예쁜데, 조금?"

처음 그녀의 손을 붙잡은 건 해랑이었지만, 이제는 상황이 바뀌었다. 그에게서 피할 생각밖에 없던 하연은 오히려 그를 붙잡고 방금 그 말 취소하지 못하겠냐며 으르렁댔다.

자신은 사실을 말했으니 취소할 생각이 없다며 투덜거리는 그에게 하연은 그럴 리가 없으니, 다시 한 번 제대로 보라며 바짝 다가가 앉았다.

도망치려고 할 때는 언제고, 이제는 부담스러울 정도로 가까이 다가와 반드시 제대로 된 칭찬을 듣고야 말 거라는 그녀의 행동에 해랑은 결국 웃고 말았다.

"이름이 어떻게 되지?"

갑자기 이름을 물어 오자 하연은 살짝 당황스러웠다.

이거 솔직하게 알려줘도 되는 걸까? 아니, 누가 봐도 수상한 사람인데.

"서……이완입니다."

얼결에 제 이름이 아닌 오라버니인 이완의 이름을 답해 버린 하연은 뒤늦게 후회했다. 다시 생각해 보니까 '서이완'이라는 이름은 너무 남성적인 느낌이 강했다. 기왕 거짓말할 거면 좀 더 여성스럽고 귀여운 이름을 대는 거였는데.

"안 어울리는 이름이네."

"그, 그래서, 저 정체불명의 종이들은 뭡니까?"

"아, 그거."

"……."

"넌 조금 예쁘게 생겼으니까……."

중얼거리며 자리에서 일어난 해랑이 방 안 한쪽 구석에 놓여 있던 탁자에서 새하얀 종이 뭉치를 꺼내 들었다.

"분명 도움이 될 거야."

그러니까 도대체 무슨 도움인데!

하연은 괜히 불안해졌다. 이거 도깨비를 잡으려다가 오히려 그녀가 도깨비의 밥이 될 판이었다.

*　　*　　*

"하연아, 아직도 생각……."

"없습니다."

오늘 역시 딱 잘라 거절하는 하연 때문에 신후왕은 미칠 거 같았다. 틈만 나면 회유를 목적으로 그녀를 불러들였지만, 그 굳은 결심을 흔들기란 쉽지 않았다.

애초에 몇 번만 더 부탁하면 지쳐서 승낙해 주겠지, 하고 너무 쉽게 생각한 것부터가 문제였다.

"말로만 평등, 평등. 이 사회가 아직 여성의 지위를 인정하고 있지 않다는 건 다섯 살짜리 아이도 알고 있는 사실입니다."

어색한 침묵이 이어졌다. 방 안에 들리는 소리라고는 그녀가 들고 있던 종이가 바스락거리며 넘어가는 소리뿐. 하지만 그것마저도 얼마 지나지 않아 멈추었다. 곧 하연은 자신이 작성한 답안을 신후왕에게 넘겼다.

"어째 시간이 지나면 지날수록 문제들이 더 형편없어지는 거 같은데, 정말 열심히들 하고 계시는 거 맞아요?"

신후왕의 표정이 일그러졌다. 며칠 밤을 새어 만든 문제를 단번에 푼 것으로도 모자라 열심히 하고 있는 게 맞냐고 걱정스럽게 묻기까지 하는데, 예문관 대신들이 이를 안다면 펄쩍 뛸 게 분명했다.

"그럼 전 이만 가 보겠습니다. 급한 볼일이 있어서……."

"잠깐."

"……."

웬일로 자신을 부르는 그의 말에 하연이 걸음을 멈추었다.

급한 마음에 부르기는 했는데 신후왕은 마땅히 할 말이 없었다. 아니, 있기야 하지. 이미 수백 번은 더 말한 '궐에 들어와라.'라는 말이 있기는 한데, 또 했다가는 짜증 낼 게 분명했다.

"혹시, 궐 안에 버려진 궁 같은 데서 귀신이나 도깨비를 봤다는 이야기 들어 보신 적 없으세요?"

"……네가 요즘 많이 피곤한가 보구나."

갑작스러운 그녀의 도깨비 타령에 신후왕이 고개를 갸웃하며 말했다. 그러자 하연은 아무것도 아니라며 얼버무리고는 방을 나서 버렸다. 그 뒷모습을 지켜보고 있던 신후왕은 그녀가 나가고 문이 닫히기 무섭게 피식 웃었다. 그러자 그 옆에 서 있던 호위가 인상을 찌푸렸다.

"또 거절당하셨는데 기분이 좋아 보이십니다. 게다가 곧 있으면 예문관 대신들이 들이닥칠 텐데요."

그리고 그들은 이번에도 완벽하게 풀려 있는 문제지를 보고 또 한바탕 난리가 나겠지.

보지 않아도 눈앞이 선했다.

"얼마 남지 않았다."

"예?"

"봐라. 누가 이기나. 후후."

늘 걱정이 된다며 발을 동동 구를 때는 언제고, 주군께서는 오늘따라 자신만만해 보였다. 그렇다는 건 뭔가 방법을 찾았다는 뜻인데…… 도대체 무슨 일을 꾸미고 계신 건지.

"그러고 보니, 얼마 전에 희빈마마께서 말씀하신 시현우 왕자님의 간택 문제를 허가하셨다고 들었습니다. 이유를 여쭈어 봐도 되겠습니까? 그게…… 희빈마마의 계략이라는 건 알고 계시지 않습니까."

"정식 후계자가 선택되기 전에, 귀족들 세력을 혼인으로 묶어 정리하려는 거겠지."

그의 대답에 호위는 고개를 끄덕였다. 이렇게나 잘 알고 있으면서 왜 그런 일을 간단히 승낙해 버린 건지 알 수가 없었다.

"물론 이번 일로 몇 명은 버리는 패가 되어 버렸지만 말이다, 정작 내가 간절하게 원하는 패 한 장을 얻을 수만 있다면 소수의 희생은 치를 생각이다."

"……그 간절하게 원하신다는 패가 하연 아가씨입니까?"

"그래."

신후왕의 입가에는 즐거워 보이는 미소가 지어졌다.

"그리고 어쩌면 벌써 만났을지도 모르겠구나. 방금 도깨비 어쩌고 하는 걸 보면……."

"궐 안의 도깨비라……. 아."

궐에 살고 있는 도깨비라는 말에 신후왕은 물론 궁인들의 머릿속에도 한 사람이 떠올랐다.

"한 사람밖에 더 있겠습니까."

"내 말이."

*   *   *

시험 문제를 검토하고자 한 달에 한 번씩 궐에 찾아오는 것도 귀찮은 일이었다. 그냥 사람을 시켜 문제를 집으로 보내 주면 안 되느냐 부탁을 해 봤지만, 신후왕은 시험 전 문제 유출의 가능성이 있다며 거절했다. 하긴, 아주 틀린 말은 아니었다.

그런데 내가 지금 이게 뭐 하는 짓이래.

아까부터 몇 번째인지 모를 같은 문장을 계속해서 베껴 쓰고 있던 하연은 문득 고개를 들어 주위를 둘러봤다. 이미 자신의 옆에는 같은 글씨와 같은 글자들이 적혀 있는 수십 장의 종이들이 차곡차곡 쌓여 있었다.

필사(筆寫).

"이걸 여러 장 베껴야 하는데 말이다, 너는 얼굴이 조금 예쁘니까 글씨도 예쁠 거야. 그렇지?"

얼굴이 예쁜 것과 글씨가 예쁜 것 사이의 상관관계를 전혀 이해할 수 없었지만, 그것보다도 더 이해가 안 되는 건 그가 요구한 분량이었다.

"얼마나 더 써야 합니까?"

"얼마 안 돼. 앞으로 한 이백 장 정도?"

"……그것 참, 얼마 안 되는 양이네요."

도대체 이 글이 뭔지는 모르겠으나 앞으로 이백 장이나 더 베껴 썼다가는 팔이 떨어질지도 몰랐다. 하연의 머릿속에는 제 고운 손에 굳은살이 생길지도 모른다는 걱정뿐이었다.

고작 몇 장 썼다고 벌써부터 무뎌지는 팔의 감각에 하연은 이제 울먹이기까지 했다. 그런 그녀를 아까부터 유심히 지켜보고 있던 해랑이 날카롭게 물었다.

"설마 벌써 포기하겠다는 건 아니겠지?"

마음 같아선 당장에라도 붓이니 벼루니 다시 한 번 집어 던지고 싶었지만, 그녀에게도 자존심이라는 게 있었다. 어디 있다 뿐이랴, 너무 강해서 늘 문제가 되고는 하지.

"제 사전에 포기란 단어는 없습니다."

"좋아. 그 기세로 내일까지 이백 장."

해랑의 말에 넘어가 버린 하연은 망연자실했다.

"도대체 똑같은 걸 이백 장이나 써서 무엇하려고……."

그냥 자신을 골탕 먹이려는 거 아니냐는 그녀의 질문에도 해랑은 그저 웃을 뿐이었다.

"나도 먹고살아야지. 내일까지 이걸 다 써야 하는데 네가 지금까지 쓴 걸 전부 걸레로 만들어 놓았잖아."

하연은 입을 다물었다. 입이 열 개라도 할 말이 없었으니까.

일단 쓰라고 해서 무작정 따라 쓰고 있기는 한데, 문득 지금 자신이 쓰고 있는 이 글이 무슨 글인지 궁금해졌다. '먹고살아야지.'라는 말을 보면 '밥줄'이라는 건데…….

바삐 움직이던 손을 멈춘 하연이 가만히 종이 위를 헤엄치고 있는 글자들을 읽어 내렸다.

"소설? 혹시 작가세요?"

"그럼 백수인 줄 알았어?"

그러게. 정말이지 의외였다. 가면 좀 벗지 않겠느냐는 말에 절대 안 된다며 헛소리를 하는 걸 보고 그저 도깨비 놀이에 심취한 사람인 줄 알았는데 작가라니. 어딘가에서 창작하는 사람들은 좀 특이하다는 말을 들었는데, 혹시 이 남자도 그런 건가 싶기도 했다.

이제 하연은 그가 무섭기보다 신기했다. 재물을 만들어 준다는 만능 도깨비 방망이는 없었지만 참으로 재능 많은 도깨비였다.

"그럴 리가요. 좀 더 위험한 직업을 갖고 계실 줄 알았지요. 무서운 범죄자라든가 흉악한 범죄자라든가, 뭐 그런."

"……어쨌거나 범죄자라는 거잖아."

"그것도 아니면 가면 장인 정도? 지금 쓰고 있는 그것도 사실은 수작업으로 만든 작품으로서……."

"안타깝지만 돈 주고 산 거야."

아무리 생각해도 이상하잖아. 이상한 가면을 쓴 남자가, 이런 이상한 궁에 처박혀 글이나 쓰고 있다니. 심지어 이곳은 다른 곳도 아니고 궐 안이었다. 이 나라 왕이 살고 있는 커다란 집. 아무나 함부로 들어올 수 없는 곳.

도대체 이 남자는 뭐하는 사람일까? 궐 안에 살면서 밥줄이나 먹고살 궁리를 하고 있다니. 하연은 이 남자에 대해 더 많은 정보를 얻어야겠다고 생각했다.

"그러고 보니까 나이를 묻지 않았네요. 나이가 어떻게 되시죠? 얼굴을 보여 주지 않으시니 연령대를 가늠하기 어려워서."

"스물."

"……."

"……뭘 더 기다리고 있는 건데? 왜, 뒤에 뭐가 더 따라붙을 거 같아?"

"아니, 그냥 뭐……."

스물이라는 건 올해 열여덟인 자신과 두 살밖에 차이가 나지 않는다는 말이었다. 그리고 스물한 살인 제 오라버니보다는 적은 나이였다. 적어도 네 살 정도는 차이 날 줄 알았는데.

"왜, 나에 대해 갑자기 궁금해지기라도 했어?"

"궐 안에 살고 있는 작가라니, 왠지 특이해서요."

하연의 말에 해랑은 잠시 고민에 빠졌다. 원래의 제 신분이라면 이곳에 있는 이유가 충분히 설명되겠지만 그걸 말하고 싶지는 않았다. 때문에 그는 그럴싸한 말을 만들기 위해 재빨리 머리를 굴렸다.

"음. 나는 이곳의 관리인이야. 여기는 워낙 구석에 있어서 누군가의 관리가 필요하거든."

"아하."

"글은 틈틈이 부업으로 쓰는 거고."

그제야 하연은 이해했다며 고개를 끄덕였다. 안 그래도 들어올 때 보았던 궁의 상태가 너무나도 엉망이었기 때문이다.

"이 정도 필사를 하는 걸 보면 유명한가 봐요?"

"그냥 어느 정도……."

스스로 어느 정도 유명하다고 말할 정도면 엄청나다는 뜻이었다. 하연은 믿을 수 없다는 눈으로 그를 바라봤다. 그러고는 막 완성된 또 한 장의 종이를 그에게 넘겼다. 그러자 맞은편에 자리 잡고 앉아 있던 해랑이 무심한 얼굴로 종이 모서리에 도장을 쿡 찍었다.

"무……향? 무향? 이게 필명이에요?"

"혹시 들어 본 적 있어?"

가면 때문에 어떤 표정을 짓고 있는지 알 수 없었지만, 그의 목소리에는 약간의 기대가 담겨 있었다.

"전혀요. 이런 거에 별로 흥미가 없어서."

"……."

확실히 이런 소설에는 쥐꼬리만큼도 관심이 없었지만, 이번 기회에 한번 읽어 볼까, 하며 종이를 들어 올렸다. 베끼더라도 어느 정도는 내용을 알고 있는 편이 낫지 않을까 싶어서였다.

"……."

종이에 빼곡하게 적힌 글을 읽어 내리던 하연은 입을 다물었다. 그냥 대충 훑는 정도로 읽을 생각이었는데 어느샌가 푹 빠져 버렸다.

손에서 종이를 내려놓지 못하던 그녀는 한참 만에 고개를 들었다. 묵묵히 글을 쓰고 있는 해랑을 바라보는 그 얼굴에는 당황한 표정이 역력했고, 목소리는 떨리고 있었다.

"그, 그래서 돌쇠를 살해한 범인은 이 셋 중에서 누구예요?"

"……재미있어?"

"이거 엄청 재미있어요."

그녀는 솔직했다. 어마어마하다며, 이렇게 재미있는 글은 제 인생에 처음이라는 과찬까지 늘어놓자 해랑이 괜히 일에 집중하며 중얼거렸다.

"……빨리 쓰기나 해."

모른다고 할 때는 살짝 아쉬워했으면서, 막상 제 눈앞에서 글을 읽는 그녀를 보니 창피한 건지 목부터 귀까지 순식간에 붉게 달아올랐다. 우물거리듯 그가 말했지만 하연은 그 말이 들리지 않았다.

새로운 세계를 발견한 사람처럼 그녀의 눈은 반짝반짝 빛나고 있었다. 단순히 흥미 본위로 쓴 글 따위, 별 영양가 없는 책이라고 생각했는데 그것은 착각이었다. 일하라는 그의 독촉마저 들리지 않을 정도로 그녀는 글에 푹 빠져 들었다.

그는 도깨비가 분명했다. 사람을 홀리는 글을 쓰는 도깨비.

*   *   *

"전하! 도대체 그 검토관의 정체가 무엇입니까!"

"이제 그만 말씀해 주시지요, 전하!"

요 며칠 궐 안은 조용할 날이 없었다. 그것도 동시다발적으로 시끄러운 적은 이번이 처음이었다.

특히나 오늘, 중앙궁을 찾아온 한 무리의 노인들 때문에 신후왕은 머리가 깨질 거 같았다.

결국 오늘도 완벽한 답안과 마주한 그들은 절망했고, 그 높은 자존심을 버리고 머리까지 숙여 가며 부탁하고 있었지만 신후왕은 대답할 수 없었다.

상대가 어린 계집이라는 사실을 알게 되면 그들이 들고 일어날 게 분명했으니까.

때문에 신후왕은 그녀의 정체를 밝히기 전에 미리 약속을 받아 둘 생각이었다. 그들이 빼도 박도 못 하게.

"크흠. 일단 진정하고……."

웅성이던 방 안이 조용해졌다. 자, 이제부터는 말솜씨에 달렸구나.

신후왕은 대신들이 들이닥치기 전에 미리 짜 두었던 이야기대로 잘 풀려나가기를 바라며, 조심스럽게 입을 열었다.

"예문관 전체가 달려들어도 한 명을 이기지 못하다니, 이보다 더 창피한 일은 없을 것이다."

갑작스럽게 시작된 잔소리에 대신들의 표정은 점점 흙빛으로 변했다. 그렇게나 말이 많던 사람들이 아무 말도 못 하고 있었다.

자존심이 상하기는 했지만, 왕께서 하시는 말씀은 전부 사실이었으니까.

"그래서 내가 몇 날 며칠 밤을 새어 가며, 바닥에 떨어진 예문관의 위상을 회복시킬 방법을 생각해 봤는데……."

꿀꺽. 항상 왕을 이겨 먹으려던 이들이 웬일로 긴장한 듯 서로 눈치를 보았다.

수년간의 경험으로 보건대, 곧 주군의 입에서 나올 그 '방법'이라는 것은 결코 평범하지 않을 게 분명했다.

그들이 왕을 모신 지 얼마나 되었는데. 이제는 그 표정만 보고도 무슨 생각을 하는지 대강 알 수 있을 정도가 아니던가.

"그 아이를 예문관 교육관으로 들이는 것이 어떻겠는가?"

"……예, 예?!"

"내가 볼 때는 앞으로도 이 아이를 이기는 것은 어려울 거 같은데, 이렇게 계속해서 질 바에야 차라리 같은 편으로 만드는 게 낫지 않겠냐는 말이다."

"하, 하오나 전하……."

"싫다는 건가? 그렇다면 할 수 없지."

할 수 없다는 표정으로 입을 다무는 신후왕의 반응에 대신들은 굳어 버렸다. 사람을 질릴 정도로 몰아붙이는 게 그의 특기인데 이렇게 쉽게 물러나다니, 뭔가가 있는 게 분명했다. 그리고 그들의 기대에 부흥하듯 한숨을 내쉬던 신후왕이 혼잣말하듯 작은 목소리로 중얼거렸다.

"……그 아이라면 국시에 합격하는 건 누워서 떡 먹기일 테고, 궐에 들어오면 분명 다른 기관에서 먼저 데려가려고 난리가 날 텐데……. 이런 좋은 기회를 버리려 하다니…… 쯧쯧. 이러니 머릿수가 많은 값을 못 하지."

궁지에 몰린 예문관 대신들이 서로 눈치를 보기 시작했다. 곧 그들만의 작은 회의가 열렸고, 이를 지켜보고 있던 신후왕의 입가에는 뿌듯한 미소가 지어졌다. 그래, 모든 것은 계획대로.

"……좋습니다. 그 아이를 예문관에 들이겠습니다. 뭐, 실력이라면 저희들이 잘 알고 있으니 새삼 따로 검증할 필요는 없겠지요."

"그대들도 그렇게 생각한다니 다행이군! 암, 그 아이는 어마어마하지. 분명 예문관에 아주 큰 도움이 될 인재야."

한 가지 특이 사항이 있다는 게 문제지만.

사실 신후왕의 마음속은 남모르게 새까맣게 타들어 가고 있었다.

"그럼 나와 약조를 한 것이다."

"예."

"나중에 번복할 수 없다는 말이다."

"예. 알겠습니다."

그는 이야기가 대충 잘 흘러가고 있는 이때야말로, 가장 큰 문젯거리를 공개하기에 적절한 때라는 생각이 들었다.

"그런데…… 그…… 음, 그 아이에게는 아주 작은 문제가 한 가지 있다."

"'문제'라고 하시면……?"

대신들의 눈썹이 사납게 일그러졌다. 우물쭈물하는 신후왕의 태도에, 그들은 안 좋은 낌새를 눈치챘다.

"그 아이가 말이지…… 사실은……."

"……?"

"계집아이다."

"……."

한바탕 난리 칠 줄 알았던 대신들은 의외로 조용했다.

하지만 이는 폭풍전야의 고요함과 같았으니, 평온한 미소를 보이는가 싶던 그들의 눈이 순식간에 뒤집어졌다. 그러고는 미리 약속이라도 한 듯, 대신들이 동시에 날카롭게 외쳤다.

"전하!"

주사위는 던졌다. 이제는 신후왕도 이판사판이었다.

* * *

"……얼굴이 왜 그래? 간밤에 제대로 못 잤어?"

마루에 대(大)자로 누워 하연을 기다리고 있던 해랑은 문 열리는 소리가 들려오기 무섭게 벌떡 일어나 그녀를 맞이했다. 자신이 들어서기 무섭게 한달음에 달려 나오는 그 모습에 하연은 왠지 그가 강아지 같다는 생각이 들었다.

사실 어제 죽기 살기로 필사 이백 장을 끝냈기 때문에 하연이 이곳에 올 이유는 없었지만, 헤어지는 길에 자신을 붙잡고 오늘도 꼭 오라 신신당부하던 그 때문인지 아침 일찍 눈이 떠졌다.

이상한 궁이 신경 쓰였고, 눈앞의 이상한 남자가 신경 쓰였고, 그리고 또 하나.

"돌쇠…… 돌쇠의 안타까운 죽음에 대한 진상을……."

"진짜 끈질기다."

뒷내용이 궁금해서 올 수밖에 없었다는 그녀의 말에 해랑은 살짝 어이가 없으면서도 재미있었다. 그리고 점점 더 재미있어질 것 같다는 생각이 들었다.

"미안하지만 그거 뒷내용은 아직 안 썼어."

"뭐라고요? 그럼 오늘은 왜 오라고 하신 겁니까? 이백 장 필사는 어제 분명히 다 끝냈잖아요!"

자신은 사기를 당한 거라며 바락바락 외쳐대는 하연을 바라보길 얼마, 그가 대충 바닥에 던져두었던 겉옷을 걸쳤다.

"자, 그럼 가자."

못마땅한 표정을 하고 그의 뒤를 따르던 하연이 계속해서 어딜 가는 건지만이라도 알려 달라 종알거렸지만, 해랑은 아무런 대꾸도 않고 묵묵히 걸음을 재촉했다.

무성한 수풀들을 헤치고 얼마간 걸으니 작은 문이 보였다. 자세히 보니 궐의 후문. 아무래도 저곳을 통해 나가려는 거 같은데 그곳에는 여러 명의 병사들이 서 있었다.

"저기……."

"쉿."

도대체 이게 뭐하는 건지 물으려던 하연은 그의 손에 의해 입이 막혀 버렸다. 조용히 하라던 그가 갑자기 분주해졌다.

병사들이 서 있는 후문에서 아주 조금 떨어진 곳까지 접근한 그는 수풀을 뒤지더니 나무를 엮어 만든 것으로 추정되는 사다리를 꺼내 들었다. 그러고는 다른 곳들보다 세 뼘 정도 낮은 담벼락이 있는 곳에 그것을 고정시켰다.

"아니, 멀쩡한 문을 내버려 두고……."

"이러는 편이 더 재미있잖아? 자, 빨리 올라가."

이러면 안 된다는 건 알고 있었지만, 하연은 그의 말에 따를 수밖에 없었다. 결국 그들은 위험하게 담을 넘었다. 다행히 반대쪽에 커다란 나무가 있어 그들이 빠져나오는 모습을 가려 주었다.

"……이럴 줄 알았으면 너울이라도 쓰고 오는 건데."

설마 다시 밖으로 나올 줄이야. 입궐 때는 최대한 눈에 띄지 않으려 했기 때문에 수수한 차림을 했는데, 이 상태로 밖을 돌아다니는 것은 '언제 어디에서나 아름답게'라는 그녀의 신조에 어긋났다.

"욕심도 많네. 그럼 이거라도 줄까?"

해랑이 제 품에서 꺼낸 또 다른 가면을 건네자, 하연은 기가 막힌다는 얼굴로 그를 바라봤다. 도대체 가면을 몇 개나 들고 다니는 거야?

"아, 그거 나중에 돌려줘야 해. 아무리 탐나도 가져가면 안 돼."

"걱정 마세요. 하나도 탐나지 않으니까."

마치 약 올리는 것처럼 들려오는 그의 말에 하연은 발끈해서 외쳤다.

차라리 가면을 쓰는 게 나을 거라고 생각했지만, 이는 착각이었다. 대낮에 이상한 가면을 쓴 남녀가 당당히 거리를 활보하고 있으니 이보다 눈길 가는 광경이 또 있을까?

"그런데 우리 어디 가는 겁니까?"

"저번에 나에 대해 모른다고 했지."

뜬금없이 왜 또 그 말이 나오는 건지.

"오늘은 내가 얼마나 대단한 사람인지 보여 주겠어."

표정을 알 수 없었지만, 그는 왠지 모르게 의기양양해 보였다. 자신 있게 앞장서는 그 뒤를 따르던 하연은 작게 한숨을 내쉬었다.

아무래도 일전에 그에 대해 모른다고 했던 것을 말하나본데, 이제 보니까 속이 퍽 좁은 사람이었다. 아니, 그것보다도…….

"뭐해? 안 오고."

하연은 자신을 향해 뻗은 그의 손을 멀뚱히 바라보았다. 척 보니 잡으라는 건데 외간 남자와 손을 잡고 걸어 본 적이 단 한 번도 없는 그녀로서는 난감하기만 했다.

그런데 저쪽에서는 너무 아무렇지 않게 요구하고 있는데 자신만 너무 어색해하고 있는 건 또 그렇잖아. 그래서 하연은 일단 그 손을 잡았다.

기분이 이상해.

"익숙하지 않은 걸 쓰고 있어서 그래? 불편해?"

해랑이 비틀거리는 하연의 가면을 슬쩍 들어 올리더니, 그 안에 감추어져 있던 붉게 달아오른 얼굴을 바라보며 걱정스레 물었다.

"괜찮아?"

"······그냥 좀 더워서 그러는 겁니다."

너무나도 아무렇지 않게 하는 행동 하나하나가 그녀를 당황스럽게 했다.

놀란 하연이 대충 얼버무리자, 다행히 그게 설득력 있었는지 해랑은 '그럼 다행이고.'라는 말을 중얼거리며 다시 앞장섰다. 물론 여전히 그녀의 손은 놓지 않은 채.

당황스러움에 손바닥은 어느새 땀으로 흥건히 젖어 버렸다. 잡는 사람도 기분이 나쁠 만한데, 그는 그녀의 손을 놓기는커녕 오히려 힘을 주어 꽉 쥐었다.

"다 왔다. 저기야."

그가 어딘가를 가리켰지만 하연은 멍하니 해랑의 도깨비 가면을 올려다보고 있을 뿐이었다. 아직 얼굴도 본 적이 없는 사내이건만, 이렇게 손 한 번 잡았다고 정신이 없다니.

아무래도 며칠 통 잠을 자지 못한 탓이 틀림없었다. 아니면 그의 말대로 익숙하지 않은 가면을 쓰고 돌아다닌 탓일 것이다. 그래, 그것 이외에는 이 알 수 없는 현기증을 설명할 방법이 없을 테니까.

이윽고 도착한 곳은 책방. 이곳은 하연도 몇 번인가 방문한 적 있을 정도로 천유국에서 규모가 가장 큰 책방이었다.

"정말 안 들어올 거야?"

"예."

책방 뒷문에 서서 해랑이 다시 한 번 물었다.

함께 들어가자는 그의 말에 그녀는 고개를 절레절레 저으며 뒤로 물러섰다. 가뜩이나 지금 머리가 복잡해 속이 울렁거리는데, 저 안에 들어가면 더 어지러울 거 같았다. 차라리 밖에서 바람을 쐬는 게 더 나을 거 같다고 생각했다.

"그럼 잠깐만 기다리고 있어. 대금만 받으면 되니까."

얌전히 기다릴 테니까 빨리 볼일 끝내고 돌아가자는 의미에서 하연은 고개를 크게 끄덕였다. 그제야 그녀의 손을 놓은 해랑은 홀로 책방 안으로 들어섰다.

하지만 얌전히 있겠다는 약속은 호기심이 왕성한 하연에게는 지킬 수 없는 어려운 일이었으니, 닫힌 뒷문을 바라보던 그녀는 슬금슬금, 조심스럽게 뒤로 돌아 소란스러운 책방의 앞쪽으로 향했다.

"……꽤 이름이 알려졌다고 하더니, 정말이었나 보네."

웅성웅성.

천유국의 여인들은 그리 책을 읽지 않았다. 때문에 책방이란 곳은 여인들보다 사내들에게나 어울리는 장소이건만, 이곳은 달랐다.

조용한 뒷문과 달리 앞문 쪽에는 남녀 할 거 없이 사람들이 뒤섞여 난장판이었다.

어마어마하게 긴 행렬이 하연의 옆까지 뻗을 정도로 그 인파가 대단했다.

"무향의 최신작! 내가 오늘을 얼마나 기다렸는데!"

"선착순 이백 명이라니, 이거 될까 모르겠네. 그러게 좀 더 일찍 나오자고 했잖아."

멍하니 그들의 외침을 듣고 있던 하연은 피식 웃었다. 많은 이들이 이렇게나 반기는 '무향'이라는 작가를, 자신은 실제로 알고 있다고 생각하니 기분이 이상했다.

저마다 손에는 돈주머니를 들고 그의 글을 갖겠다며 난리치는 모습을 보니 왠지 모르게 뿌듯했다.

이 줄의 끝이 어딘지 직접 확인해보고 싶었던 그녀가 신나게 걷고 있는데 갑자기 얼굴에서 무언가가 흘러내리는 느낌이 들었다.

이런.

사람 많은 곳에서 민낯을 드러내고 싶지 않았던 하연은 재빨리 가면을 고쳐 쓰려고 했지만, 너무 허둥댄 탓인지 끈이 엉켜 잘 묶이지 않았다. 할 수 없이 손으로 끈을 붙잡고 있는데, 짜증 섞인 누군가의 목소리가 들려왔다.

"혹시 아가씨께서도 무향의 소설을 사러 오신 건가요?"

"아, 그게……."

이곳이 줄이냐는 남자의 질문에 하연은 고개를 절레절레 저었다. 아무래도 애매한 위치에 서 있는 저 때문에 어디가 줄인지 헷갈린 모양이다.

"이곳은 줄이 아닙니다. 무향의 소설을 사러 오신 거라면 이곳이 아니라 저쪽에 서야……."

결국 엉성하게 쓸 바에는 아예 벗어버리는 게 낫다 판단한 하연은 늘 그랬던 것처럼 대외용 미소를 선보이며 대답했다.

그녀를 바라보는 남자의 눈이 반짝이는가 싶더니 좀 전의 짜증 가득한 목소리는 어디로 가고 이제는 싱긋 웃는다.

"그렇군요. 사람들이 이리 많은 걸 보니, 꽤나 오래 기다려야겠습니다. 저기…… 혹시 괜찮으시다면 기다리는 동안……."

겉으로는 열심히 웃고 있던 하연은 속으로 한숨을 내쉬었다. 척하면 척이지. 남자의 얼굴에서 떠날 생각을 않는 수상쩍은 미소를 그녀가 놓칠 리 없었다.

"이런, 죄송합니다. 지금 일행이 기다리고 있어서요."

바로 자리를 뜰 수도 있었지만 그녀는 아름답고 지적인 여성이 었기 때문에 이런 상황에서도 노골적으로 싫은 기색 없이 미소로 대처할 필요가 있었다.

"그럼, 이만……."

그녀의 미소에 헤벌쭉 웃고 있던 남자가 퍼뜩 정신을 차리더니 돌아서려는 하연을 붙잡아 세웠다.

이 손을 뿌리치다 못해 들고 있던 가면을 남자의 얼굴을 향해 던져 주고 싶었지만, 빌린 물건이다 보니 그럴 수도 없었다.

"저기…… 다른 용건이라도……?"

설령 용건이 있다고 해도 듣고 싶은 마음도 없었지만, 그래도 하연은 예의상 물었다.

그런데 그때,

"미안하지만, 그 녀석은 내 일행이다."

볼일이 끝난 건지 도깨비 사내가 불쑥 나타나서는 하연을 제게로 잡아끌었다. 갑자기 잡아당겨진 하연은 중심을 잃고 그대로 그의 품 안에 쏙 들어가 버렸다. 이리 바짝 달라붙어 있으니 머리 위에서 씩씩거리는 그의 숨소리가 고스란히 들려왔다. 아무래도 뛰어왔나 봐.

한편, 그녀가 기다리고 있던 일행이 사내였다는 사실에 추파를 던지던 남자의 표정이 굳어지더니 곧 알아들을 수 없는 말을 중얼거리며 재빨리 사라졌다.

"고마워요. 안 그래도 어떻게 떨쳐 내야 하나 고민하던 중이었는데."

혼이 빠지게 도망간 남자의 뒷모습을 바라보고 있던 하연이 말하자, 해랑이 한숨을 내쉬더니 그녀의 손에 들려 있던 가면을 낚아채듯 빼앗았다.

"그런 것치고는 너무 환하게 웃던데?"

"일종의 기본적인 예의랄까요. 여자들은 다 그래요. 설령 싫어하는 남자라고 해도 그 앞에서는 예뻐 보이고 싶은 거라고요."

"내숭."

"어쩔 수 없습니다. 이게 이 시대 여자들의 사는 방식이니까요."

"힘들게도 살고 있네."

바람 빠진 웃음을 지어 보이던 해랑이 저를 뚫어져라 바라보고 있는 하연을 돌려 세우더니, 방금 빼앗은 가면을 씌워주었다. 그리고 뒤로 가 다시는 끈이 절로 풀리는 일이 없도록 아주 꽉 묶어 주기까지 했다.

"잠깐, 그런데 내 앞에서는 그렇게 안 웃었잖아. 물건이나 집어 던지고 말이야."

"그쪽에게 잘 보여 봤자, 저에게 무슨 득이 있다고요."

첫 만남에서 이미 보일 수 있는 추태란 추태는 거의 다 보여 준 마당에 이제 와 청순가련한 척하는 것도 우습잖아.

"가자."

"어딜 또요?"

"그냥 따라와 봐."

*   *   *

"그만 좀 두리번거려. 사람들이 이상하게 쳐다보잖아."

"아니, 그건 꼭 저 때문만은 아닌 거 같은데요. 그쪽 얼굴에 쓰고 있는 그 이상한 물건 때문이라고는 생각 안 하세요?"

"아, 이게 탐나서 쳐다본 거였나."

그럴 리가 없잖아.

푸짐하게 차려진 상을 가운데에 놓고 앉아 있던 하연과 해랑은 한 마디씩 주고받았다.

오늘은 자신의 주머니가 두둑하니 먹고 싶은 게 있으면 뭐든 말해 보라는 말에 조금 기대했건만, 그를 따라 온 곳은 고급스러운 가게가 아니라 조촐하지만 활기찬 주막이었다.

귀족 집안의 아가씨로 자라, 이런 곳은 한 번도 와 본 적이 없는 그녀의 눈에는 그저 이 모든 게 신기할 따름이었다.

반면 툭하면 궐 밖을 나와 돌아다녔던 해랑에게는 익숙한 장소였다. 너무나도 자연스럽게 음식을 주문하는 그의 모습에 하연은 작은 존경심마저 들 정도였다. 물론 그 존경심이 그리 오래가지는 못했지만.

"맛있는 거 사 준다고 해서 따라온 거였는데……."

"설마 못 마시는 건가?"

맛있는 건 둘째 치고, 뜬금없이 술잔을 건네는 그의 행동에 하연

은 당황스러웠다. 이걸 받아야 할지 말아야할지 고민하던 그녀는
일단은 잔을 받았다.

"어렴풋이 예상하기는 했지만, 정말 여인에 대한 배려심이 바닥
이시네요."

"첫 만남에서 다짜고짜 빗자루로 난동 부린 여인을 배려할 필요
는 없다고 생각하는데."

그러니까 그건 정당방위였대도 그러네!

"……그나저나, 볼일이 다 끝났으면 그만 돌아가지 여기는 또 왜
온 겁니까? 해도 저물기 시작했는데, 이런 시간까지 여자를 데리고
돌아다니는 건 좀 그렇지 않나요."

그녀의 질문에 해랑은 대답 대신 쓰고 있던 가면을 만지작거리
더니 능숙하게 끝부분만을 살짝 올려 단숨에 한 잔을 비웠다.

이에 은근히 그의 얼굴을 궁금해하던 하연은 집고 있던 전이 젓
가락 틈새를 빠져나갔다는 사실도 알아차리지 못할 정도로 그에게
시선을 집중했다. 완벽하게 벗겨진 건 아니었지만 그래도 만난 지
며칠 만에 공개된 붉은 입술에 하연은 움찔했다.

괜히 저 혼자 민감하게 반응하고 있다는 사실이 민망해진 하연
은 말없이 그가 주는 술만 꼴깍 넘겼다.

"그대로 헤어지는 건 아쉽잖아."

"전 하나도 안 아쉬운데요."

"……나는 이렇게 누군가와 마주 앉아 편하게 이야기를 나눌 기
회가 별로 없거든."

"……."

"그래서 지금 꽤 기뻐하는 거야."

가면 때문에 기쁘다는 그 얼굴은 확인할 수가 없었지만.

뚱한 얼굴로 저를 응시하는 하연을 바라보던 해랑은 작게 웃으며 그녀의 빈 잔을 다시 채웠다.

"뭐 하나만 물어봐도 돼요?"

"뭔데."

"그래서 돌쇠를 죽인 범인은 누구예요?"

"⋯⋯."

귀찮을 정도로 끈질기다는 생각이 들었다. 미리 알면 재미없다는 형식적인 말로 대답을 피하던 해랑이 어느새 가벼워진 술병을 들며 인상을 찌푸렸다.

언제 다 마신 거지? 대화를 나누며 한 잔 두 잔 마시다 보니 어느새 순식간. 그러고 보니까 기분도 알딸딸한 것이, 취기가 올라오는 거 같았다. 아니, 자신은 그렇다 치고.

"⋯⋯너 정말 술이 세구나."

너무 태연하게 계속해서 마시는 하연 때문에, 해랑은 저도 모르게 주량을 넘어선 상태였다.

첫 잔을 들이켤 때와 별반 차이가 없는 하연과 달리, 해랑은 뒤늦게 정신이 몽롱해지기 시작했다. 아무 이상 없던 눈꺼풀마저도 갑자기 무거워져 결국 그는 눈을 감아 버렸다.

"⋯⋯잠깐. 이봐요, 이봐! 무향 님!"

어쩐지 불안하더라니. 하연이 그의 어깨를 흔들며 정신 차리라고 외쳤지만, 이미 해랑은 정신 줄을 놓은 뒤였다. 조금 전까지만 해도 아무렇지 않았던 사람이 이리 풀썩 쓰러지다니, 그녀로서는 너무나도 어이가 없는 상황이었다.

"여기서 정신 줄을 놓아 버리면 저보고 어떻게 하라는 건데요!"

밥 한 끼 얻어먹으려 따라 나섰다가 이게 무슨 봉변이래. 역시 해가 지기 전에 빨리빨리 집에 돌아갔어야 했는데. 이래서 어른들 말 틀린 거 하나 없다 하는구나.

새삼 교훈을 깨달은 하연은 일단 그의 돈으로 대충 계산을 치르고 멍하니 그를 바라봤다.

이제부터가 문제였다. 그냥 내버려 두고 도와줄 사람을 부르러 갈 수도 있었지만, 그 사이 이 남자가 무슨 일을 당할 수도 있고 제정신도 아닌 상태로 혼자 길을 헤맬지도 모르니까. 할 수 없지.

"어디 깨어나기만 해 봐. 이 값은 톡톡히 받아낼 테니까."

저보다 훨씬 몸집이 큰 사내를 부축한 하연이 끙끙거리며 한 걸음 한 걸음 내딛고 있을 때, 궐 안은 해가 진 저녁임에도 불구하고 분주하게 돌아갔다.

궐의 중앙에 위치한 가장 큰 정문이 열리는가 싶더니, 그곳에서 몇몇의 궁녀들이 빠르게 빠져나와 뿔뿔이 흩어졌다.

그들의 품안에는 금색의 보자기로 곱게 싸인 정체불명의 물건이 하나씩 들려있었다.

각자의 목적지를 향해 걸음을 재촉하던 궁녀들이 제각기 다른 집 앞에 도착했다. 그리고 그 집들 중에는 '서가(家)'라는 문패가 달린 으리으리한 기와집도 있었다.

*　　*　　*

"……."

멀뚱멀뚱.

사실 일어난 지는 꽤 됐지만 해랑은 멍하니 천장을 올려다보고 있었다. 눈에 익지 않다 생각했는데 역시나, 그것은 제 기억 속에 없었다.

자신이 알고 있는 천장이라고는 색이 바랜 벽지가 칠해져 있거나, 쏟아져 내릴 거 같은 새파란 하늘이 전부일 텐데. 지금 그의 눈 앞에 있는 건 금칠이라도 한 건지 번쩍번쩍 빛나는 화려한 천장이 었다.

조심스럽게 몸을 일으킨 해랑이 이내 지끈거리는 머리를 감싸 쥐며 다시 풀썩하고 누웠다.

희한하게도 어제의 일이 기억나지 않았다. 대금을 받으러 책방에 갔고 돌아오는 길에 주막에 들른 데까지는 기억이 났지만 그 뒤부터는 가물가물.

무슨 일이 있었던 건지 기억해 내고야 말겠다는 의지로 안간힘을 쓰던 해랑은 곧 한숨을 내쉬며 포기했다. 생각하면 생각할수록 괜히 머리만 더 아파 왔다.

일단 지금 이곳이 어딘지부터 파악해야겠다며 질끈 감았던 눈을 뜨는데, 다시 뜬 그의 눈에 들어온 건 낯선 천장이 아닌 하연의 얼굴이었다.

무슨 말을 걸면 좋을지 고민하고 있다는 게 그녀의 얼굴에 대놓고 쓰여 있다. 분명 거짓말 같은 거 못 할 거라 저 혼자 판단 내리던 해랑은 괜히 웃음이 나왔다.

"……예쁘네."

그러자 해랑을 내려다보고 있던 하연의 미간이 찌푸려졌다.

"바른 소리를 하는 걸 보니 이제 정신 차린 거 같은데. 그만 일어나시죠?"

보통 '예쁘다'라는 말을 들으면 쑥스러워하든가 부끄러워하는 반응이 정상일 텐데, 하연은 너무나도 자연스럽게 그것을 받아들였다. 그만큼 많이 들어온 말이었기 때문이다.

"윽…… 나 어떻게 된 거지?"

"술을 드시고 그대로 뻗으셨지요. 꼴사납게."

몸을 일으키니 머리가 깨질 거 같았다. 그나저나 같이 마셔 놓고 왜 그녀는 이리도 멀쩡한 건지. 대작하다가 여자보다 먼저 술에 취해 결국에는 정신을 잃기까지 하다니, 해랑은 창피해 죽을 거 같았다.

몰려오는 민망함에 제 머리를 긁적거리던 그가 손끝에 닿은 딱딱한 감촉에 두 손으로 얼굴을 만지작거리더니 물었다.

"가면 안 벗겼네?"

"네."

"내 얼굴 궁금해하지 않았나?"

"궁금했지요. 그래도 의식 없는 상대를 노리는 건 좀 그렇잖아요?"

해랑은 놀랐다. 그녀가 자신을 볼 때마다 항상 가면을 빤히 쳐다

보는 것이 분명 제 얼굴을 궁금해하는 눈치였다. 그런데 이런 황금 같은 기회를 스스로 차버리다니, 바보인 건지 아니면 사람이 좋은 건지.

"윽, 머리 아파. 솔직히 말해 봐. 나 정신 잃은 틈을 타 한 대 쳤지? 아무리 숙취라지만 이렇게까지 고통스러울 리가 없어."

"제가 왜 진즉에 그 생각을 못 했을까요. 어차피 기억도 못 할 텐데 한 대 진하게 패줄걸."

그 점에 대해서는 하연도 정말 아쉽게 생각했다. 어제 이 남자를 끌고 이곳까지 오느라 고생한 걸 생각하면 몇 대 정도는 가벼운 형벌일 텐데.

"여긴 어디야?"

"근처 객주."

마음 같아선 그를 데리고 어떻게든 집까지 가려 했지만, 도중에 그것이 불가능한 일이라는 것을 깨달았다. 주막에서부터 집까지의 거리는 상당했고, 그녀 혼자 그를 끌고 가는 데에는 한계가 있었다.

결국 그녀가 선택한 건 바로 근처에 있는 객줏집이었다. 그것도 엄청난 고급, 아주 많이 비싼 곳으로. 그 주머니를 탈탈 털어버릴 기세로 말이다.

그렇게 있는 돈을 몽땅 쏟아부어 객주에서 가장 큰 방을 잡아 그를 대충 던져놓고 가벼운 마음으로 집으로 갔다가 상태를 확인하러 새벽같이 와 본 것이다.

일어났으면 빨리 돌아갈 것이지, 그는 다시 벌러덩 누워 버렸다. 지금쯤 영희궁에서 난리가 나 있을 돌쇠를 생각하니 돌아가고 싶지가 않았다.

반면 새벽에 몰래 살짝 집에서 빠져나온 거라 한시라도 빨리 집에 돌아가야 하는 하연은 마음이 급했다.

"서이완."

"……왜요."

하연이 한 박자 늦게 반응했다.

맞다, 저건 날 부르는 거였지, 참.

다행히 그는 이 어색함을 눈치채지 못한 건지 턱을 괴고, 싱글벙글 웃으며 하연을 바라봤다. 물론 표정이 보이지 않는 그가 웃고 있다는 건 온전히 하연의 추측이었지만.

"내 벗이 되라."

뜬금없는 고백 아닌 고백에 하연은 당황했다. 아니, 당황하다기보다는 어이가 없었다. 이 인간이 아직 술이 덜 깼나?

그동안 세는 것조차 힘들 정도로 많은 남자들에게 사랑 고백을 받아 본 그녀였지만, 그것에 비하면 방금 전 해랑의 것은 상당히 예의 없는 고백이었다.

아니, '고백'도 아니지. 순수하게 우정을 나누자는 제안이었으니까. 그런데 어째서, 그 많고 다양했던 사랑 고백보다도 얼굴도 모르는 이 남자의 친구 신청에 마음이 술렁이는 걸까?

"친구도 가려 사귀어야죠."

벗이 되라는 제안을 단칼에 거절한 하연 때문에 해랑의 머릿속 회로가 잠시 정지 상태에 빠졌다. 방금 자신이 거절당했다는 게 믿기지 않는다는 듯 벌떡 일어난 해랑은 거의 따지고 들 기세였다.

아니, 사귀자고 한 것도 아니고 결혼하자는 것도 아니고, 단순히 친구로서 앞으로도 잘 지내 보세, 한 건데 그것도 싫어?

"눈이 높은 거야, 아니면 낯가림이 심한 거야?"

"근묵자흑이라고 했습니다."

"……."

"게다가 친구라는 이름의 시종이 될 거 같아 거절합니다."

어제에 걸쳐 오늘까지, 자신에게 얼마나 피해를 끼쳤는지 생각해 보라는 뜻이었다. 그러자 자리에 앉아있던 해랑이 양심은 있는 건지 끙끙거리다가 입을 꾹 다물어 버렸다.

"이건 실수였달까. 간만에 기분이 좋아 떠들어 대느라 주량을 잊은 것뿐이라고. 원래의 나는 나이에 비해 꽤 점잖은 사람이야."

억울하다며 어제의 기억은 지워 달라 부탁하고 있었지만, 하연은 한숨을 내쉬며 고개를 저었다. 어디 그 말을 믿을 수가 있어야지.

그때였다.

똑똑.

누군가 방문을 두드리는 소리가 들려오더니 뒤이어 객주에서 일하는 직원으로 추정되는 이의 목소리가 들렸다.

"혹시 하연 아가씨라는 분이 여기 계시나요?"

"아, 네."

"아래에 손님이 오셨습니다. 집에서 보낸 심부름꾼이라는데……."

자신을 데리러 온 게 틀림없다며 하연이 돌아섰다. 어느새 다시 이불을 돌돌 말고 누워버린 해랑을 보고는 빨리 일어나라고 소리를 버럭 질렀지만 그는 꿈쩍을 하지 않았다.

"멀쩡한 모습 확인했으니 됐습니다. 그럼 알아서 돌아가세요."

"그래, 그래. 또 보자."

결국, 기왕 비싼 숙소 빌렸으니 좀 더 자다가 알아서 돌아가겠다는 그를 내버려두고 밖으로 나왔다.

그녀가 나가고 문이 닫히는 소리까지 들리고 나서야 돌아누워 졸린 연기를 펼치던 해랑이 슬그머니 일어나더니 닫힌 문을 멍하니 바라보며 중얼거렸다.

"…… '하연'이라."

뭔가 위화감이 든다 싶었는데 이제야 무언가가 확실하게 보이는 기분이 들었다. 분명 그녀는 자신의 이름을 '서이완'이라 소개했는데 말이다.

"거짓말 못 하는 얼굴을 하고선."

"아가씨! 제 말 듣고 계세요?"

집으로 가는 내내 하연은 자신을 데리러 온 단에게 잔소리를 들어야만 했다. 그러나 그녀는 그것을 듣고 있는 척을 할 뿐, 아무런 대꾸도 하지 않았다.

"달랑 쪽지 한 장 남겨놓고 사라지시면 어떡해요?"

"미안."

"웬일로 늦잠을 주무시기에 깨우러 갔다가 방에 안 계셔서 얼마나 놀랐는지 아세요?"

샐쭉한 얼굴로 대충 산책 갔다고 말해뒀으니 알아서 입 맞추라

충고까지 해주는 그녀에게 하연은 고맙다는 의미로 싱긋 웃어주었다. 그런 그녀를 빤히 바라보는 단의 표정이 예사롭지 않다.

"아가씨답지 않아요."

"응?"

"제가 아는 아가씨는 여자들의 우상이에요. 누군가를 만나러, 그것도 남자를 만나러 새벽에 몰래 집을 빠져나가고 그러는 사람이 아니었다고요."

"아니…… 술에 취해 정신을 잃은 사람을 그냥 두고 볼 수 없잖아."

"그러니까요! 설령 상대가 고주망태로 길거리에 쓰러져 결국엔 객사를 했다고 해도 눈 하나 깜빡하지 않는 게 원래의 아가씨라고요!"

계속되는 단의 말에 하연은 아무런 대꾸도 하지 못했다. 들어보니까 정말 그런 거 같았으니까.

"안 하던 행동을 하니까 불안해요."

하연은 그녀에게 과민반응이라 당당하게 말해 주고 싶었지만, 가만 생각해 보니 그 말에도 일리가 있었다. 요 며칠 스스로 생각해도 왜 그렇게 행동했을까, 하는 부분들이 꽤 있었으니까. 충분히 거절할 수도 있었고 충분히 무시할 수도 있었을 상황들이 많이 있었는데.

"그냥 조금 신경이 쓰이는 거뿐이야."

마땅한 이유를 찾기 위해 머리를 굴리던 하연이 대답했다. 그것이 그녀가 생각해 낸 최선의 답변이다. 하지만 단은 여전히 납득이

가지 않는 눈치였다.

그렇게 떠들다 보니 어느새 집 앞에 도착했다.

대문을 지나 늦어진 아침 식사를 하러 방으로 향하려는데, 집안의 분위기가 왠지 모르게 이상했다.

"아, 이제 왔구나."

하연과 단은 깜짝 놀랐다. 어찌된 일인지 그녀의 오라버니인 이완은 물론, 아버지인 서건우까지 마당에 나와 그녀를 기다리고 있었다. 그것도 무언가에 쫓기듯 다급해 보이는 모습으로.

"그게 말이다…… 나도 지금 너무 갑작스러워서 뭐가 뭔지……."

교육자답게 늘 차분한 모습만을 보이던 자신들의 아버지가 이리도 당황하는 모습을 보고 있으니 하연은 괜히 불안해지기 시작했다.

그때, 쉽게 말을 잇지 못하는 서건우의 뒤로 상궁과 그녀를 따르는 궁녀 몇 명이 모습을 드러내더니 하연의 앞으로 몰려들었다.

"왜, 왜들 이러시는……."

갑작스러운 상황에 하연은 어렴풋이 위기의식마저 느꼈다. 이게 다 무슨 상황이냐는 눈빛으로 어쩔 줄 몰라 하는 아버지를 바라봤지만, 그 역시 답답함에 발만 동동 구르고 있을 뿐.

누군가가 이 상황을 설명해 주면 참 좋을 텐데, 왠지 묻기 전에는 아무런 대답도 들려주지 않을 거 같았다. 이에 참다 못한 하연이 물으려는데 다행히 궁녀가 더 빨랐다.

"어제 저녁에 찾아뵙고자 했는데, 부재중이시기에 다시 모시러 왔습니다."

선두에 서 있던 상궁의 말에 뒤로 줄지어 있던 다른 궁녀들이 그녀를 향해 깍듯이 허리를 숙여 인사했다.

　"축하드립니다. 이번 첫째 왕자 저하, 시현우 님의 왕자빈 간택 후보에 오르셨습니다."

　"……네?"

　"내일 모레 입궐하셔야 하니 채비를 해주시길 바랍니다."

　이게 무슨 일이래.

　놀란 하연이 오라버니인 이완과 아버지 건우를 바라봤지만 그들 역시 지금 이 상황이 말도 안 된다고 생각하는 건지 당황한 기색이 역력했다.

　분명 자신이 맞느냐 물었는데 맞단다. 틀림없단다.

　하연은 절망했다. 뭔가 말도 안 되는 일이 벌어질 징조가 틀림없었다.

＊　　＊　　＊

　오지 않으려고 하면 얼마든지 안 올 수 있었다. 딱히 약점을 잡힌 것도 없었고, 무언가를 놓고 간 것도 아니었으니까.

　'또 보자.'라는 말을 듣기는 했지만, 그것은 다시 만나자는 약속이라고 볼 수 없었다. 사람들 사이에서 사용되는 형식적인 인사말일 수도 있으니까.

　즉, 어제의 그 일을 마지막으로 그와의 인연은 끝난 걸지도 모른다는 뜻이었다.

하지만 그녀는 오늘도 이곳에 오고야 말았다. 아침까지 방문에 대한 이유를 생각해 봤지만 끝내 떠오르는 건 없었고, 결국에는 이유도 찾지 못한 상태에서 무작정 여기로 오고 말았다.

호기심. 조금 많이 양보해서 정체 모를 무언가에 대한 이끌림 정도로 해두지.

"……."

들어서기 무섭게 왜 왔느냐는 얼굴로 대하면 어쩌나 했는데, 그녀의 걱정과는 다르게 도깨비는 지금 다른 일에 몰두 중이었다.

화려한 수가 놓여 있는 비단 옷은 바닥에 질질 끌려 흙먼지를 한가득 묻히고 있었고, 그 새하얗던 손 역시 흙 범벅이 되어 버렸다.

바닥에 주저앉아 무언가를 하고 있는 그의 뒷모습은 흡사 흙 놀이를 즐기는 어린아이 같아 보이기도 했다.

아니, 나이도 충분히 먹은 사람이.

"……지금 뭐 하는 거예요?"

"아, 왔어?"

보지 않고도 목소리만으로 하연이라는 걸 알아차린 해랑이 재빠르게 벌떡 일어나 해맑게 웃으며 인사했다. 물론 본인은 나름대로 활짝 웃어 보겠다고 애를 썼겠지만, 그녀에게 전해지고 있는 것은 늘 똑같은 표정으로 저를 노려보는 도깨비 가면뿐.

"보다시피 잡초 정리."

그가 한쪽에 가지런히 쌓아올린 잡초들을 자랑스럽게 가리키며 대답하자, 복잡하기만 하던 하연의 머릿속에 문득 엊그제 그와 나눈 대화가 떠올랐다.

잡초 정리라. 궐을 관리하는 관리인이라더니 정말인가 보네.

생긴 건 손 하나 까딱하지 않을 거같이 생겨서는 일은 참 야무지게도 잘한단 말이야. 그러고 보니까 일전에 자신이 어지럽힌 방 정리 역시 그가 다 했고.

"곧 끝나니까 조금만 기다려. 어디 가지 말고."

하연의 입에서 '알겠다.'라는 대답이 나올 때까지 고집스럽게 질문한 그가 다시 자리를 잡고 앉아 잡초 뽑기에 열중했다. 그 모습을 바라보고 있던 하연은 고개를 갸웃거리다 조용히 그의 곁에 다가가 옆에 앉았다.

"도와줄까요?"

"아니, 괜찮아. 그나저나 평소보다 일찍 왔네? 오후쯤이나 돼서 올 줄 알았는데."

"사실 오늘은 누굴 좀 만나러 왔는데, 보기 좋게 문전박대를 당했거든요."

드디어 끝이 보이기 시작한 잡초들과의 힘겨운 싸움을 벌이던 해랑이 고개를 번쩍 들어 그녀를 바라봤다. 이거 안 묻고 그냥 넘어갈 수가 없었다.

"누구?"

하긴 생각해 보면 그녀는 이 궐 안을 아무렇지 않게 출입하고 있었지. 아무리 그래도 궐 안인데 누구나 함부로 출입할 수는 없을 터. 필시 그녀는 이 궐에 걸음 할 수 있을 정도의 신분일 것이다.

"그건 비밀입니다."

"벗에게 비밀이 어디 있어? 우정이라는 이름이 울겠다."

"우리 친구 아닙니다. 친한 척하지 말아 주세요."

"너무하네. 그럼 좀 더 깊은 관계가 좋을까?"

"좀 더 깊은 관계라면…… 숙적?"

"남녀 사이에 깊은 관계라고 하면 하나밖에 없겠지."

손을 탈탈 털던 해랑은 씻어야겠다며 훌쩍 자리를 떴다. 멍하니 그를 바라보고 있던 하연은 그 뒤를 졸졸 쫓았다.

"……남자야? 네가 오늘 만나려고 했다던 사람."

"네. 이 나라에서 가장 제멋대로인 사람이죠."

"그 사람에게는 무슨 볼일인데?"

"한바탕 따지려고요."

확실히 전보다 깔끔해 보이는 정원을 쭉 둘러보던 하연은 무얼 하러 왔냐는 그 질문에 솔직하게 대답했다.

그녀가 오늘 만나고자 했던 이의 정체는 다름 아닌 신후왕이었다.

자신과 관련 없을 줄 알았던 이번 왕자빈 간택 문제에 휘말리게 되어버린 것에 대해, 그에게 따지려고 왔다.

사실은 어제 그 소식을 듣기 무섭게 곧장 궐에 쳐들어오고 싶었지만, 현실상 불가능했기 때문에 그 분노를 아침까지 겨우 참고 참아 이리 왔건만, 신후왕은 바쁘다는 이유로 만나 주질 않았다.

이건 자신을 피하고 있는 게 분명했다. 그렇다는 건 스스로의 죄를 인정했다는 것과 마찬가지. 이거 큰일이었다. 내일 당장 간택전을 치르기 위해 입궐해야 하는데, 설득은커녕 이렇게 만나주지도 않다니.

"내 인생은 망했어."

"무슨 일인지는 모르겠지만, 일단 들어가자. 차 한잔 줄 테니까 진정해."

*　　*　　*

"아, 그래요? 여기 임대료도 받는군요?"

"그래. 요즘 세상 살기 너무 힘들어."

아무렇지도 않게 거짓말하는 해랑의 모습에 돌쇠는 괜히 죄책감이 몰려와 하연과 눈을 마주칠 수가 없었다.

죄책감도 죄책감이지만, 지금 그의 머릿속은 전에 없이 복잡했다. 왜인지 모르게 자신이 모시는 주군은 글쟁이가 되어 있었고, 자신은 그 주군이 만들어 낸 이야기에서 억울한 죽임을 당한 피해자가 되어 있었다.

가장 중요한 건 해랑이 아무렇지 않게 어울리고 있는 여인의 정체. 도통 감이 잡히질 않으니 문제였다.

"아무래도 가는 길에 한 번 더 만나 봐야겠어요."

하연은 돌아가는 길에 다시 한 번 중앙궁에 들를 생각이었다. 아까는 어쩌면 정말로 신후왕이 바빠서 만나지 못한 걸 수도 있었으니까.

"벌써 가는 거야? 내일도 올 거지?"

"제가 그렇게 한가해 보여요?"

"올 수 있다고? 다행이네."

제멋대로 받아들이며 고개를 끄덕이는 그를 본 하연은 입을 다

물었다. 그리고 조용히 생각에 잠겨 스스로에게 물었다.

아쉬워하는 건가? 그렇다는 건 이 남자 역시 저를 신경 쓰고 있다는 뜻일까?

"대답은."

'알겠다.'라는 대답이 들려오지 않자 불안한 건지, 배웅을 위해 따라나섰던 해랑이 몇 번이고 물었다. 무슨 대답이라도 하지 않으면 정말 나갈 때까지 붙잡고 귀찮게 할 게 분명하다. 그게 요 며칠 그와 함께 지내며 알아 낸 몇 가지 사실 중 하나였다.

"내일은 안 됩니다. 아주 중요한 약속이 있거든요."

"또 남자?"

"한 번도 만나 본 적은 없지만, 여자분이라고 알고 있어요."

내일은 간택 문제 때문에 희빈마마를 만나러 입궐해야 했다. 물론 같은 궐 안에 있어 가깝기는 하지만, 아무래도 자유롭게 돌아다니지는 못할 테니까.

"그럼 건투를 빌어 주세요."

"음?"

해랑은 뜬금없이 건투를 빌어 달라는 말을 알아들을 수가 없었다. 그러거나 말거나 입가에는 옅은 미소를 짓고 있는 하연의 눈빛은 금방이라도 전투에 참전하려는 군인처럼 매섭게 번뜩이고 있었다.

이해 할 수 없는 말을 남기고 쌩하니 나가 버린 하연 때문에 해랑은 문 앞에 달랑 남겨졌다.

"해랑 님, 도대체 저분은 누구죠?"

언제부터 지켜보고 있었던 건지, 커다란 나무 뒤에 몸을 숨기고 있던 돌쇠가 나와 그의 곁으로 다가오며 물었다.

그 질문에 하연이 사라진 문 너머를 멍하니 지켜보고 있던 해랑이 빙글 돌아서더니 그에게 말했다.

"사실은 나도 잘 몰라."

"예?"

목소리에 살짝이나마 웃음기가 담겨 있었다. 하지만 그 반응에 돌쇠는 오히려 더 깊은 혼란에 빠져 버렸다. 방금 전까지만 해도 그렇게나 친근하게 대화를 나누더니, 이제 와서 모르는 사람이라니.

"스스로를 '서이완'이라고 소개했지만 본명은 아닌 거 같거든."

"그럼 수상한 사람이라는 거잖아요. 계속 만나서도 괜찮으시겠습니까?"

"뭐 어때."

"어떻긴요! 만약 희빈께서 보낸 사람이라면……."

"그럴 리가 없잖아."

심각한 돌쇠와 달리, 해랑은 여전히 큰일이 아니라는 듯 가볍게 넘어가고 있었다. 오히려 그는 아주 태평하고 즐거워 보였다.

"그걸 어떻게 장담하시는 겁니까."

그 질문에 제 방으로 들어가던 해랑은 문을 닫으려다가 잠시 멈칫했다. 그러고는 나름대로 꽤 긴 시간 동안 고민한 끝에 한다는 말이.

"예쁘니까."

제 딴에는 아주 만족스러운 대답이라고 생각하는 건지 그는 유쾌하게 웃었다. 하지만 이렇게 익숙하지 않은 그의 모습을 보면 볼수록 돌쇠의 머릿속은 더더욱 꼬여만 갔다.

'믿음'과 '아름다움' 사이의 상관관계에 대해 생각하던 돌쇠는 결국 둘 사이에서 아무런 연결점을 찾지 못했고, 답답함에 한숨을 내쉬었다.

"그냥 내 감이 그렇게 말하고 있어."

어느새 가면을 벗은 해랑은 씨익 웃으며 방문을 닫았다.

돌쇠를 밖에 남기고 방 안에 혼자 들어온 해랑은 바닥에 털썩 앉았다.

이곳은 너무나도 고요했다. 사실은 원래부터 그랬지만, 최근에서야 너무 조용하다는 걸 깨닫게 되었다. 이곳이 변한 게 아니다. 저의 마음이 변한 거지.

하연이 있어 시끌벅적했던 조금 전 상황이 왠지 아주 먼 과거의 이야기처럼 느껴졌다. 벌써 그립구나. 보통 그녀가 돌아가고 나면 빨리 내일이 오기만을 기다렸는데, 내일은 올 수가 없다고 했으니 아마 다음 만남까지의 시간은 아주아주 길게 느껴지겠지.

왜 이렇게 그녀가 그리운지, 그 이유에 대해서 한 번쯤 진지하게 생각해 봐야 할 거 같았다.

하지만 지금은 머리가 복잡하니 나중에. 일단 지금은 간만에 찾아온 이 즐거움과 설렘을 마음껏 즐기고 싶었으니까.

그래, 서두를 필요는 없다.

앞으로도 자신은 이곳에 있고, 그녀는 항상 자신을 찾아와 줄 테니까.

三花
귀한 꽃을 잃으신 겁니다

"당신이 그 유명한 서하연이군요."

"저도 당신의 이야기는 익히 들었습니다."

넓은 방 안에 하연을 포함한 세 명의 여인이 옹기종기 모여 앉아 있었다. 궐에 들어온 지 몇 시진이 지났지만, 그녀는 아직도 정신이 없었다.

왜 자신이 이곳에 와 있는 건지 그 이유는 물론, 지금 이 상황이 어떻게 돌아가는 것이며 앞으로 자신이 어떻게 될지, 아무것도 알 수가 없었다.

하연은 생각했다.

신께선 자신에게 아름다운 외모를 내려주셨지만, 누군가와 평범하게 사랑하는 건 원하지 않는 게 분명하다고. 어쩌면 이러다 평생 독신으로 늙어 죽을지도 모르겠다.

매번 맞선을 볼 때마다 운명적인 만남을 기대했지만 번번이 꽝. 지금까지 '이 사람이다'라는 느낌은 한 번도 받지 못했다. 그럼에도 언젠가 만날 운명의 상대를 찾기 위해 열심히 노력하고 있는데 이제는 예상치 못했던 높은 벽이 앞을 가로막다니.

"……그런데 우리들밖에 없는 건가요?"

주위를 두리번거리던 하연이 물었다. 아무리 기다려도 자신을 포함한 이 세 명의 여인들이 전부였다. 척 보니 이 이상은 오지도 않을 거 같았다.

그러고 보니까 상궁은 '간택'이라고 했지, 그게 초간택이라고는 하지 않았다. 설마 지금 이게 삼간택이라면 옴짝달싹도 할 수 없는 상황에 빠져버렸다는 것이다.

이렇게 중간중간 으레 거쳐야 할 절차들이 통째로 빠진 것을 보니 일을 빨리 해치우려는 누군가의 의도가 다분히 느껴졌다. 누군지 몰라도 머리를 아주 잘 썼구나.

"사람 수가 적을수록 경쟁률이 낮으니, 오히려 좋은 거 아닙니까."

"그래요. 적어도 이 중에 한 명은 왕자빈이 될 테니까요."

그러나 하연을 제외한 다른 두 여인은 이 이상한 상황을 깨닫지 못한 건지, 그저 경쟁자가 적어서 좋다며 잔뜩 들떠 있었다. 그리고 저들끼리 신이 나 수다를 떨기까지 했다.

하연은 그런 그녀들을 한심하다는 듯 바라보며 한숨을 내쉬었다. 지금 심각한 건 나밖에 없어?

"그러고 보니, 아랫마을 유 대감의 둘째 아들이 당신에게 혼담을 넣었다는 게 사실인가요?"

"저도 들었습니다. 그런데 거절하셨다고요."

아랫마을 유 대감의 둘째 아들?

인상까지 찌푸려가며 그게 누군지 떠올리기 위해 안간힘을 써봤지만, 하연은 끝내 그 사람의 얼굴을 기억해내지 못했다. 지금까지 중매를 통해 선을 본 게 얼마나 많은데 그걸 일일이 기억하겠어.

"제가 또 그랬나 보네요."

다만, 당사자인 자신보다도 이렇게 잘 알고 있을 정도면 엄청난 상대인 모양이었다.

"세상에! 그런 분을 마다하다니."

"그분과 혼담을 진행시키고 싶어 중매를 서 달라 조르는 처자들이 줄을 선다는데……."

여인들의 부러운 시선을 한 몸에 받고 있었지만, 하연은 기분이 좋지 않았다. 그러면 뭐해. 궐 밖에서는 화려한 경력을 갖고 있는 자신도 이러다가는 평생 수절하며 살아야 할지 모르는데.

"사내들의 마음을 얻는 특별한 방법이라도 있습니까?"

"노력하세요. 그러면 됩니다."

잔뜩 기대를 품고 묻는 여인들에게는 미안했지만, 하연은 지금 기분이 좋지 않았다. 퉁명스러운 그녀의 태도에 여인들의 표정이 순간 굳더니 이내 날카로워진 눈매로 하연을 바라보기 시작했다.

이를 본 하연의 여종 단은 괜히 자신이 가시방석에 앉아 있는 느낌이었다.

물론 궐 안에서 난리를 피울 리가 없었지만, 현재 그녀의 상태가 언제 폭발해도 이상하지 않을 정도로 위험한 상태라는 건 알 수 있었다.

그녀의 예상대로 하연은 지금 예민해질 대로 예민한 상태였다.

이 셋 중에서 자신이 간택되어도 문제, 간택되지 않아도 문제였다. 우선 왕자빈으로 간택되면 자신은 평생을 사랑하지 않는 사람의 곁에서 살아야만 했다. 듣자하니 그 첫 번째 왕자라는 사람은 방랑벽이 있어 지금도 궐에 없다는데, 얼굴 보기 힘든 남자랑 어떻게 사느냔 말이다. 그리고 간택이 되지 않을 경우에는 왕실의 법도상 평생 독신으로 살아야 했다.

수많은 남자들에게 사랑받았던 화려한 서하연의 인생이 이렇게 끝나는 건가.

심각한 하연을 제외한 다른 두 여인이 신나게 이야기꽃을 피워 가고 있을 때, 밖에서 누군가의 인기척이 느껴지더니 문이 열리고 궁녀들이 들어와 꾸벅 인사했다.

"아가씨들께서 머무실 곳이 준비되었습니다. 지금부터 저희가 모시겠습니다. 혹시 나중에라도 지내시는 데에 불편한 점이나 궁금한 게 있으시다면 언제든지……."

"저기."

"예."

드디어 별실로 이동한다며 한층 더 들뜬 여인들과 달리 유난히 낯빛이 어둡던 하연의 말에 궁녀가 바로 대꾸했다.

"개인적으로 희빈마마를 뵙고 싶은데, 가능할까요?"

그녀의 한마디 때문에 방 안은 술렁였다. 하연은 이판사판이었다. 아무것도 안 하고 이대로 끝날 수는 없었으니까.

다른 아가씨들은 그녀가 어떻게든 희빈에 눈에 들기 위해 수작을 부리는 거라 생각했지만, 그러거나 말거나. 하연의 머릿속에는 한시라도 빨리 이곳에서 벗어나겠다는 생각밖에 없었다.

당황하기는 궁녀들도 마찬가지였다. 놀란 눈으로 잠시 머뭇거리던 상궁이 차분히 대답했다.

"크흠. 희빈마마라면 차후에 모든 아가씨들을 만나러……."

"제가 좀 급해서 그러는데 꼭 좀 부탁드리겠습니다. 정 안 되겠다 싶으시면 한번 여쭤봐 주시는 것만으로도 괜찮습니다."

굽히지 않는 하연의 태도에 당황한 상궁들이 어찌하면 좋겠느냐는 눈빛으로 서로를 바라봤다.

그러나 그들 모두 난감하다는 표정을 지으며 고개를 절레절레 저을 뿐, 어느 누구의 입에서도 명쾌한 답변을 들을 수는 없었다.

결국 알겠으니 잠시만 기다려 보라는 말을 남긴 채 그들은 방을 나섰고, 곧 놀란 얼굴로 희빈마마께서 개인적인 만남을 승낙하셨다는 반가운 소식을 들고 돌아왔다.

* * *

"듣던 대로 아름다운 아이구나."

두 아가씨의 부러워 죽겠다는 시선을 받으며 희빈의 처소에 들어선 하연은 인사를 올리고는 자리에 앉았다. 눈앞의 희빈이라는 여인은 꼭 '뱀' 같았다. 번뜩이는 눈으로 눈앞의 사냥감인 쥐를 바라보고 있는 사냥꾼.

물론 그녀가 사냥감인지 아닌지 판단하기는 아직 일렀지만.

"듣자 하니 그 외모에 뛰어난 학식까지 갖추고 있다지? 과연, 예문관 대선의 여식이구나."

들려오는 칭찬에도 하연은 기쁘거나 하지 않았다. 그저 티 안 나게 눈을 굴려 가며 희빈을 관찰하고 있을 뿐이었다.

적을 알고 나를 알면 백전백승이라고, 방 안에 들어와 단 한 마디도 하지 않고 있던 하연이 잔잔한 미소를 보이며 앞에 놓인 찻잔을 들어 올렸다.

관찰 결과, 아무래도 피하기보다는 공격하는 게 나을 듯싶었다.

"절 왕자빈으로 간택하실 생각이 없으시다는 거, 잘 알고 있습니다."

그녀의 말에 여유로운 미소를 짓고 있던 희빈이 깜짝 놀랐다. 어느새 입가에 장착되어 있던 미소에서는 여유가 사라졌고, 남은 건 눈앞에 앉아 있는 아름다운 여인에 대한 흥미와 경계였다.

"왜 그렇게 생각하지?"

"이 간택은 형식상 진행하는 것 뿐. 사실은 내정자가 있는 게 아닌가요?"

한참동안 그녀를 응시하던 희빈이 옆에 있는 문갑에서 두루마리 하나를 꺼냈다.

"그래. 너는 이번 간택에 내정자가 있다는 걸 알고 있구나. 그래도 그 내정자가 너일 수도 있지 않느냐."

"저는 절대 아닙니다."

하연이 단호하게 말했다. 그녀는 자신이 간택되지 않으리라는 것에 큰 확신을 갖고 있었다.

간택되었다는 소식을 들은 뒤부터 그녀는 이번 간택에 대해 심각하게 고민하게 되었고 그 결과 뒤에 숨겨진 검은 속내를 알아차렸다.

웬만해서는 정치적인 문제에 휩쓸리고 싶지 않았지만, 이렇게 된 이상 할 수 없지.

조금만 생각해도 답이 나왔다. 희빈과 신후왕은 사이가 좋지 않고, 자신의 아버지인 서건우는 신후왕과 죽마고우이다. 즉, 희빈과 반대파에 속해있다는 뜻.

자신이 희빈의 주도하에 이루어진 간택에 선택되었다는 말이 무슨 뜻이겠는가. 하연뿐만 아니라 지금쯤 한창 하연의 뒷담을 펼치고 있을 두 여인도 그랬다. 그녀들의 아버지 역시도 희빈의 반대파에 서 있는 고위 귀족일 것이다.

초간택이라면 모를까, 지금 그녀가 있는 자리는 삼간택이다. 최종 간택에 오른 여인 중 한 명은 왕자빈으로 선택되겠지만, 나머지 탈락한 둘은 후궁이 되거나 사가로 나가게 되어 평생 수절하며 살아야 했다.

간택된다고 해도 문제인 게, 첫 번째 왕자는 방랑벽으로 유명한 사내였다. 궐에 잘 돌아오지 않는 남편 때문에 홀로 독수공방을 해야만 한다니.

즉, 희빈은 이번 간택에서 자신을 경계하는 귀족 가문의 딸 세 명을 인질로 잡을 수 있게 된다는 뜻이었다.

"어째서, 네가 왕자빈에 간택되지 않았을 거라 생각하는 거지?"

"전 똑똑하니까요."

사실 하연도 이 자리에 오기 전까지는 확신이 없었다. 하지만 이렇게 직접 만나 보고 나니 확신이 생겼다.

분명 처음 만나는 사이임에도 불구하고 그녀는 자신에게 '그 외모에 뛰어난 학식까지 갖추고 있다지?'라고 말했다. 이는 저에 대해 철저한 조사를 했다는 뜻.

나중에 언제 저를 위협하려 들지 모르는데 첫 번째 왕자에게 영리한 여인을 부인으로 주지는 않을 것이다.

여기까지 생각한 그녀는 한숨을 내쉬었다. 아까 두 여인은 왕족에게 시집갈 수 있다는 생각에 잔뜩 들뜬 거 같았지만, 그녀는 달랐으니까.

하연은 애초에 성격이 못돼서 남이 의도한 대로 술술 따라 주고 싶지는 않았다. 게다가 지금까지 좋은 남편감을 만나기 위해 노력해 온 게 얼마인데 얼굴도 모르는 남자의 부인, 혹은 독신으로 평생을 살고 싶지는 않았다.

"……나를 만나고 싶다고 한 건…… 아마 너만 유일하게 지금 이 사태를 눈치챘다는 말이겠지. 그래, 나에게 하고 싶은 말이 있다고 했지. 어디 해 보거라."

"감히 희빈마마께 한 가지 제안을 드리려고 왔습니다."

"제안?"

희빈의 눈썹이 만족스럽게 휘어졌다. 아직 들어보지 않았지만, 눈앞의 이 작은 여인과의 대화는 퍽 흥미로웠다.

"제가 중앙궁에 자주 출입하고 있다는 건 이미 알고 계시겠지요."

"그래. 말이 나왔으니 솔직히 말하마. 전하께서 꽤 너를 눈독 들이시기에 내가 먼저 가져 보려고 욕심을 내 봤지. 알아보니 덤으로 그 서건우의 여식이고 말이야. 이런 걸 두고 일석이조라 하는 거 아니겠느냐?"

"그렇다면 이야기가 더 쉽겠군요."

"뭐?"

"저는 이 나라의 하늘께서도 쉽게 얻지 못하는 꽃입니다."

"……그 말은 나 역시도 힘들 거라는 말인가?"

그렇다고 대답하고 싶었지만, 하연은 그저 싱긋 웃기만 했다. 괜히 상대 기분 긁어 놓을 필요는 없지.

"좋다. 그럼 네가 원하는 대로, 내가 너를 이번 간택에서 빼내어 준다면 내 편에 설 생각이 있느냐?"

"저는 한쪽에 서는 걸 좋아하지 않습니다."

귀찮은 건 싫다. 중립이 최고다. 욕심 내지 않고 중간에 서서, 여유롭게 양쪽에서 타오르는 불을 구경하며 즐기리라.

"아까 분명히 제안이라고 했던 거 같은데…… 네가 원하는 건 간택에서 물러나는 것. 그럼 나에게도 뭔가 이익이 있어야 하지 않겠는가?"

"그래서 말씀드리지 않았습니까. 대신에 그 누구의 편에도 서지 않겠다고 말입니다."

순간 하연의 말을 이해하지 못한 희빈의 표정은 일그러졌다. 그러나 곧 그 말뜻을 알아들은 그녀는 피식 웃더니 아주 큰 소리로 웃기 시작했다.

"하하하. 아주 당돌한 아이구나! 내가 이대로 간택을 진행하면 내 반대편에 서겠다는 협박인 게냐?"

한바탕 웃던 희빈이 어느 정도 진정하고 웃음을 멈췄다. 그러고는 자신을 가만히 바라보고 있는 하연을 응시했다.

"시도는 괜찮았지만, 이런 협박에 넘어갈 내가 아니다. 간택은 이대로 진행할 거다. 어디 할 수 있으면 한번 벗어나 보려무나."

하연은 아무런 대답도 하지 않았다. 그렇다고 겁에 질린 것도 아니고, 자신의 계획이 틀어졌다는 사실에 안타까워하는 얼굴도 아니었다.

그냥 무표정. 무표정이지만 진지한 얼굴로 희빈을 바라보고 있을 뿐이었다. 기죽지 않은 하연의 태도에 오히려 당황한 건 희빈이었다. 어쩌면 이 아름다운 여인은 제가 생각했던 것보다 더 경계해야 하는 대상일지도 몰랐다.

"오늘 마마께서는 아주 귀한 꽃을 잃으신 겁니다."

후회해도 이미 늦었다는 의미가 담긴 경고.

아주 순간이었지만, 올라갔던 희빈의 입가가 파르르 떨렸다.

하연이 밖으로 나오자 안절부절못하며 그녀를 기다리고 있던 단이 바로 달려왔다. 이대로 배정받은 처소로 돌아가는 건가 했는데, 하연이 그 길이 아닌 다른 길로 들어서자 깜짝 놀라며 물었다.

"아가씨! 어디 가시는 겁니까?"

"잠깐 급히 갈 데가 있어."

품위 없어 보인다는 이유로 빠른 걸음을 자제하던 하연이 웬일로 걸음을 서두르기 시작했다. 그만큼이나 그녀는 지금 마음이 급했다. 어쩌면 이것이 마지막일지도 모르는 기회였다.

"어디에 가시는데요?"

"지금쯤 내가 오기만을 목이 빠지게 기다리고 있을 인간이 있는 곳."

생각하면 생각할수록 짜증이 났지만 어쩔 수가 없었다. 방금 전 희빈과의 대화에 그녀는 화가 머리끝까지 나 버렸다.

"지금 난, 이것저것 가릴 상황이 아니야."

어차피 머리를 숙여야만 하는 상황이라면 최대한의 이익을 안겨 주는 쪽에 숙이겠다.

"어쩐지 쉽게 물러난다 싶었지."

재빠른 걸음으로 그녀가 도착한 곳은 이 나라의 하늘께서 계시는, 궐 안에서도 가장 큰 궁의 앞이었다. 웅장한 궁의 현판에는 '중앙궁'이라 새겨져 있었다.

문을 지키고 서 있던 병사들은 갑작스러운 여인의 등장에 의아해할 법도 했지만 그러지 않았다. 마치 그녀가 올 거라는 걸 미리 듣기라도 한 듯, 그들은 아무 말 않고 하연에게 길을 열어 주었다.

마음에 들지 않지만 하는 수 없지. 마지막 남은 그 방법을 쓰는 수밖에. 이대로 끌려가듯 시집가는 것만 해결할 수 있다면 뭐든 못 하겠는가?

설령 그것이 이 나라 왕의 말도 안 되는 계획의 실험 대상이 되는 거라 해도 말이다.

*　　　*　　　*

"이미 잘 알고 계시겠지만, 저는 돌려 말하는 거 못 합니다."

"그래. 잘 알고 있지."

신후왕은 피식 새어 나오려는 미소를 꾹 참아 내며 대답했다. 툭 하면 제 제안을 매몰차게 거절하던 하연이 먼저 찾아오다니! 그야 말로 따로 기록해 두고 싶을 정도로 가슴 벅차는 날이었다.

반면에 하연은 지금 이 기분을 죽을 때까지 잊지 않고 기억해 둘 생각이었다. 나중에라도 꼭 복수를 해 줄 것이다.

"일전에 저에게 말씀하신 거, 그거 받아들이겠습니다."

"정말? 정말 그리해 주겠느냐?!"

안 그래도 혹시나 하연이 이 말이 아닌 다른 이야기를 하면 어쩌나 은근히 걱정했던 그는 이를 놓치지 않기 위해 바로 대답했다. 아니, 대답하는 것으로도 모자라 자리에서 벌떡 일어나기까지 하며 그녀의 말을 반겼다. 덕분에 그의 곁에 붙어 있던 호위는 눈살을 찌푸려야 했지만.

"일전의 일이라는 건 네가 궐에 들어오는 그 일이 맞겠지?"

"그럼, 다른 일도 있습니까?"

"아니, 없지. 그 일뿐이지!"

얄미워 죽겠어.

아까부터 시시각각 변하는 신후왕의 표정을 관찰하고 있던 하연 은 인상을 찌푸렸다.

"그 대신에 저 역시 전하께 부탁드릴 게 있습니다."

"그래. 어디 말해 보거라."

"저를 삼간택에서 제외시켜 주세요. 전하라면 그 정도 권한은 갖고 계시겠지요?"

"물론이다."

하연은 매서운 눈초리로 실실 웃고 있는 신후왕을 응시했다. 매번 쩔쩔 매는 모습만 보다가 이리되니 기분이 썩 유쾌하지 않았지만, 그래도 저를 사냥감 정도로 생각하는 희안궁의 뱀이 성을 내는 모습을 상상하니 흡족했다.

"좋습니다. 기왕 전하의 편에 서기로 했으니, 정확하게 제가 무엇을 해야 하는지, 전하께서 저에게 원하시는 게 뭔지 들어 둬야겠습니다."

"계속 말했듯, 나는 네가 여성 인재 등용의 시작이 되었으면 한다. 이게 첫 번째다."

"이런, 저에게 부탁하시는 일이 하나가 아니라 두 가지였군요?"

괜히 물어봐서 일이 늘어난 거 같았다.

인상을 찌푸린 그녀와 달리 신후왕은 신이 났다. 일이 술술 풀리는 거 같아 기분이 날아갈 거 같았다. 그래서 사실은 나중에 가서야 은근슬쩍 권유해 보려던 계획까지 술술 털어놓았다. 그녀를 궐 안에 불러들이는 두 번째 이유이자, 궁극적인 목표.

"나는 네가 궐에 들어와 예문관의 교육관이 되어 어떤 녀석을 고쳐 줬으면 한단다."

"……예문관은 교육을 담당하는 곳이지 치료를 하는 곳이 아닙니다."

"그 녀석의 교육관이 되어 줬으면 좋겠다는 뜻이지."

"……상대가 누군지 알아야겠습니다."

하늘이 무너져 내리기라도 하듯 하연은 고개를 푹 숙였다. 사실 그 대상이 어떤 존재인지는 대강 예상할 수 있었다.

이 나라의 왕이 너무나도 친근하게 '그 녀석'이라고 부르고 있다. 그리고 궐 안에서 가르쳐야 하는 사람이라면 적어도 왕의 친족 중 하나라는 건데, 만약 운이 나쁘면…….

"나에게 네 또래의 아들 셋이 있다는 건 이미 알고 있겠지? 물론 넌 그 누구에게도 관심 없는 거 같지만 말이다."

그 말에 하연은 고개를 끄덕였다. 그 말대로 그녀는 특이하게도 왕자들에게는 손톱만큼의 관심도 없었다. 때문에 그들의 얼굴은 물론이요, 이름과 나이 등 알고 있는 게 아무것도 없었다. 이번에 간택 사건에 연루되며 반강제적으로 알게 된 시현우라는 이름을 제외하고는.

"잠시만요. 설마 저보고 왕자 저하의 교육을 맡아 달라는 말씀은 아니시겠지요? 방금 셋 중 한 명에게서 벗어난 저에게?"

"뭘 그리 놀라. 교육관이 되어 달라고 했지, 누가 결혼을 하라고 했느냐? 너무 앞서 가는구나."

물론 그렇게 되어 주면 더할 나위 없이 기쁘겠지만. 차마 거기까지는 말 못 하겠는지 신후왕은 속으로만 그렇게 되기를 빌고 또 빌었다.

이에 기가 막힌 하연은 답지 않게 목소리까지 떨며 어떻게든 제 머릿속에 있는 생각을 제대로 전달하기 위해 안간힘을 썼다.

"그…… 아, 이걸 어떻게 설명하면 좋지. 세대 차이 나는 아저씨도 쉽게 이해할 수 있도록 설명해야 하는데……."

"세대 차이 나서 미안하구나."

둘만 있을 때는 편하게 '아저씨'라고 부르라 한 건 본인이면서, 막상 그래 주니 그건 또 별로인 모양이다.

"딱 봐도 그림이 나오지 않습니까? 왕자 저하와 미모의 여성 교육관. 사제지간의 존경과 신뢰는커녕, 남녀 사이의 불손한 감정이 피어오른다는 뻔한 전개! 이런 건 한 번도 생각해 보지 않으셨습니까?"

"그건 그것 나름대로 재미있어 보이지만, 일단 진정하거라."

그러니까 제발. 신후왕은 제발제발제발. 뻔해도 좋으니 그런 전개가 일어나기를 다시 한 번 빌고 또 빌었다.

하지만 그런 기적 같은 일이 일어나기 위해서라도 일단 지금은 아니라고 딱 잡아떼야만 했다.

"……어떤 분이십니까."

상대에 대한 정보를 달라는 말에 지금까지 밝았던 신후왕의 분위기가 한층 어두워졌다.

"마음에 병을 앓고 있는 녀석이란다. 어릴 때부터 어른들에게 이리저리 치인 탓에 사람들과 마주하는 걸 극도로 두려워하게 되었지. 자신이 정해 둔 일정 공간에서는 나오려 하지 않고 말이다."

왕자가 셋이나 있다는 말은 익히 들어 알고 있었지만, 설마 셋 중에 그런 왕자가 있었다니.

하연은 문득 이 나라에 살고 있는 국민으로서 좀 더 나라 안의 일에 관심을 가져야겠다고 생각했다.

"한 마디로 가장 후계자에 어울리지 않는 녀석이다."

잠깐. 그럼 말이 이상하지 않은가. 타인과 만나는 것을 꺼린다는 사람이 과연 자신을 만나려고 할까.

"요점만 간단하게 말씀해 주셨으면 좋겠습니다."

남의 집 가정사에 관심 없고 누군가에게 찾아온 불행에 흘릴 눈물 역시 없었다.

그녀가 단호하게 요점만을 요구하자 신후왕은 감정이 메말랐다느니 너무 매정하다느니 등의 말을 중얼거렸다.

"네가 그 아이를 밖으로 데리고 나와 주렴."

"예?"

"곧 있으면 대신들이 슬슬 후계자를 선택하라며 목소리를 높여 올 거다. 현우는 아예 궐에 돌아올 생각을 안 하니 제외. 그리고 그 문제의 녀석도 제외하고 나면 희빈의 아들이 후계자로 선택되겠지."

"모든 아들을 평등하게 사랑한다…… 아니었나요?"

은근하게 비꼬는 하연의 말투에 신후왕은 그저 쓴웃음을 보일 뿐이었다.

"……나 역시 왕이기 전에 아버지니까 말이다. 셋 다 사랑하지만 평등하게 보는 건 역시 어렵구나."

너무나도 순순히 인정하는 그 모습에서 한 나라의 왕이 아닌 아버지의 모습을 본 하연은 더 파고들지 않기로 하며 고개를 끄덕였다.

"알겠습니다. 그 제안 받아들이겠습니다."

"그럼 이제……."

"아, 하지만 한 가지."

"음?"

"저에게 총 두 개의 부탁을 하신 셈이니, 아무래도 계산이 달라져야 하지 않을까요?"

그 말에 신후왕이 껄껄 웃었다. 조금 전까지만 해도 세상이 무너진 얼굴로 앉아있던 여인은 어디 가고 이제는 눈을 반짝이며 흥정을 하고 있는 여인이 눈앞에 있었다.

하지만 하연에게는 아주 중요한 문제였다.

아니, 그렇잖아. 여성 인재 등용의 뜻을 이루는 것뿐만 아니라 또 다른 요구사항이 있으니 신후왕이 자신에게 바라는 건 총 두 가지. 그리고 그녀가 바라는 건 삼간택에서 빼내 달라는 부탁 한 가지. 즉, 자신이 무언가 하나를 더 바라도 된다는 뜻이었다.

"하하. 그래, 네 말이 맞구나. 어디 네가 원하는 걸 말해 보거라."

"그 다른 하나는 지금 말고, 나중에 말씀드리겠습니다. 아주 필요할 때 쓰고 싶으니까요."

"좋다. 네 부탁이라니 조금 불안하기는 하지만, 네 뜻이 그렇다면 그래야지. 원하는 게 있으면 언제든지 찾아와서 말하거라."

말로는 불안하다고 했지만, 큰 걱정을 덜었다는 생각에 신후왕의 마음만큼은 가벼웠다.

"그나저나 네가 이렇게 협조해 주니 정말 다행이다. 사실 이제는 정말 어떻게 해야 할지 몰라서 눈앞이 막막하던 참이거든."

활짝 웃고 있는 신후왕과 달리 하연은 그렇게까지 환하게 웃을 수 있는 상황이 아니었다.

"전 지금도 충분히 막막하지만 말입니다."

막막하기는 했지만 그녀 역시 통쾌하기도 한 감정을 완벽하게 숨길 수는 없었다.

자, 과연 희빈께서는 자신을 손아귀에서 놓쳤다는 사실을 알고 어떤 반응을 보이시려나?

* * *

"지금 그게 무슨 말이냐!"

희빈의 목소리가 높게 울려 퍼졌다. 이는 곧 한바탕 폭풍이 몰아칠 것을 알리는 신호와도 같았다.

어떻게든 이 궐 안에서 버티기 위해 언제나 기죽지 않고 여유로운 모습을 유지하고 있던 그녀였다. 크게 목소리를 높인 적 역시 드물었다. 그것만큼이나 경박해 보이는 게 없을 뿐만 아니라 목소리를 높이며 흥분한다는 자체가 상대에게 심리적으로 지고 있는 것이나 다름없었으니까.

원래 자신이 가져야 했던 것을 하루아침에 잃게 된 그 순간부터, 그녀는 마음을 독하게 먹을 수밖에 없었다. 그렇게 십수 년을 버텨왔다.

그 긴 세월의 결과물이 고작 이런 계집애 하나 때문에 흔들리게 되다니!

결국 화를 참지 못하고 터져 나온 그녀의 고함 소리는 희안궁 밖에 있는 안뜰에까지 울려 퍼질 정도로 컸다.

"그, 그것이…… 전하의 어명이라……."

"어명? 아니, 전하께서는 왜 하필 그 아이를 빼내겠다는 거야!"

"그건 저희도 잘……."

　자신들은 그저 위에서 내려온 명령에 따랐을 뿐 잘못한 것이 없다며 당당하게 말하고 싶었지만, 아무리 그래도 상대가 상대였기 때문에 궁녀들은 숨이 막힐 지경이었다.

"감히 그 계집이!"

　지금쯤 어딘가에서 생글생글 웃고 있을 그 아이를 생각하니 희빈은 속이 뒤집히는 거 같았다.

　다시 한 번 하연과 이야기를 해보고 싶었던 희빈은 직접 왕자빈 후보들이 머물고 있는 처소에 걸음 했다가 기가 막힌 이야기를 들었다.

　원래라면 그녀가 머물고 있어야 하는 방은 텅텅 비어 있고, 그녀의 흔적은 어디에도 보이지 않았다. 행방을 물으니 전하께서 직접 삼간택 명단에서 제외시켰다는 말도 안 되는 답변이 돌아왔다.

　그녀와 대화를 나누었던 그 날, 보통내기가 아니라는 생각이 들었다. 적보다는 같은 편으로 두는 게 나을 거 같아 왕자빈 간택으로 어떻게 회유해 볼 생각이었는데…….

　이번에는 그녀의 계획이 와장창 무너져 내렸다.

"……설마 정말로 삼간택에서 빠져나갈 줄이야……."

　'간택'이라는 이름의 연극에서 자신이 얻게 될 최고의 전리품이 빠져나가다니!

"마마, 어떻게 하실 생각이십니까? 전하께서 직접 그 아이를 제외시키라는 명을 내린 이상, 저희 쪽에서는 어떻게 할 방법이 없지 않습니까?"

"나도 알고 있다!"

쯧. 희빈은 뒤늦게 후회했다. 가질 수 없다 생각하니 아까워 미칠 거 같았다. 그리고 이상하리만치 마음이 불안해지기 시작했다.

주인이 없는 빈 방 안을 정신없이 맴돌던 그녀가 두 손을 덜덜 떨기까지 하자 궁녀들이 더더욱 몸을 사렸다.

"내가 그 아이를 너무 얕봤어."

"예?"

"그 아이의 날개를 꺾을 수 있을 거라 생각했다니. 어리석었던 게야."

그 말을 듣고 있던 상궁은 깜짝 놀랐다. 절대 자신의 실수나 치부를 인정하지 않는 희빈이 이렇게나 순순히 반성하다니! 오랜 세월을 그녀의 곁에 있었지만 거의 처음 있는 일이나 다름없었다.

"나에게 이렇게 대항할 수 있는 아이를 현우에게 넘겨줬다가는…… 언젠가 왕위를 노리고 달려들지 몰라."

혼자 중얼거리며 생각을 정리하던 희빈의 머릿속에, 문득 그날 하연이 물러나며 남기고 간 마지막 경고가 떠올랐다.

'오늘 마마께서는 아주 귀한 꽃을 잃으신 겁니다.'

"하하…… 확실히 귀한 꽃이구나."

"……희빈마마?"

불안에 떨던 상궁의 목소리가 이제는 희미하게 떨렸다. 번뜩이는 눈빛. 그리고 차가운 미소. 그것은 자신이 모시는 마마께서 아주 드물게, 재미있는 걸 발견했을 때 보이는 반응이었다.

"그런 꽃이라면, 어떻게든 돌려받아야지."

＊　　　＊　　　＊

"안녕하세요. 돌쇠 씨."

"안녕하세요."

활짝 웃으며 인사하는 하연과 달리, 돌쇠는 떨떠름한 표정으로 인사를 받아주었다. 해랑이 봤다면 한 대 맞고도 남을 만큼의 무례한 행동이었지만 그는 지금 이 상황이 매우 불편했다.

일전에 해랑에게 최근 들어 이곳에 자주 걸음하고 있는 여인에 대해 물으니, 무향의 애독자라고 했다. 겸사겸사 필사를 도와주고 있는데 같이 있으면 심심하지 않아서 좋다는 말까지 덧붙였다. 그것도 활짝 웃는 얼굴로.

이상하잖아. 너무도 이상하잖아.

웬만해서는 사람들과 어울리는 것을 꺼리고 피하던 그가 눈앞에 서 있는 이 여인에게만큼은 벽을 만들지 않는다는 게 돌쇠에게는 매우 낯선 장면이었다.

그러나 자신은 아직 그녀를 완벽하게 받아들이지 않았으니, 우선 서로 안 지 얼마 되지 않아 신용도가 충분하지 않다는 게 그 표면적인 이유였지만 사실 가장 큰 불만은 따로 있었다.

"저기…… 저번에도 말씀드린 거 같지만, 제 이름은 '돌쇠'가 아니라…….'

왜 자꾸 자신을 '돌쇠'라 부르는 건지 그 이유를 묻고 싶었다. 해랑이 몇 번인가 그녀의 앞에서 그렇게 불렀더니 어느 날부터인가 이리되어 버렸다.

"무향 님께서 그냥 그렇게 부르시는 거뿐이고요, 사실 제 이름은…….'

"이름은?"

그게 본명이 아니라며 바락바락 주장할 때는 언제고, 막상 하연이 집중하자 돌쇠는 입에 풀칠이라도 한 것처럼 입을 딱 다물었다. 예의상 그를 기다려 주고 있던 하연은 더는 기다릴 가치가 없다 판단한 건지 자연스럽게 넘어갔다.

"그래서, 무향 님은 어디에 계세요?"

"……방에서 주무시고 계십니다."

결국 돌쇠라는 이름을 받아들이기로 한 그가 울상을 지으며 해랑의 위치를 알렸다. 그러자 하연은 기가 막힌다는 표정으로 방금 전 돌쇠가 가리킨 방향을 돌아봤다.

"아니, 이 대낮에? 일은요?"

아무리 비어 있는 궁이라지만, 관리인이라면서 그래도 되는 거야?

"……그러게 말입니다. 아가씨께서 제대로 한마디 해 주세요."

웬일로 자신과 생각하는 게 같으냐며 돌쇠 역시 한숨을 내쉬었다. 자신이 말해 봤자 듣지 않는다며 결국 그는 하연에게 모든 것을 떠넘기고 돌아섰다.

정말 앞으로 뭐가 어떻게 되려는 건지 알 수가 없었다. 자신이 돌쇠이고, 저 방에 계시는 분이 무향인 거부터가 잘못 끼워진 첫 단추였다.

총총걸음으로 해랑의 방으로 향하는 하연을 바라보던 돌쇠가 작게 중얼거렸다.

"도대체 언제까지 이 연극을 해야 하는 건지……."

한편, 돌쇠가 알려 준 방 안에 들어선 하연은 한심하다는 시선으로 방 안을 둘러보았다.

대낮부터 깔려 있는 이부자리와 그 안에서 숙면 중인 가면을 쓴 남자. 그리고 주변에는 먹물 범벅이 된 종이와 붓들이 아무렇게나 나뒹굴고 있다.

"……또 밤을 샜구나."

버럭 소리를 질러 깨울까 했는데, 종이를 한가득 채운 글자들을 보니 새삼 그가 대단하다는 생각이 들었다. 이런 게 바로 직업 정신이로구나.

하연은 최대한 조용히 다가가 자리 잡고 앉았다. 그리고 멍하니 잠이 든 그를 바라보았다.

"아니, 어떻게 잘 때도 가면을 쓰고 자는 거지?"

얼마나 가면을 좋아하면 자나 깨나 놓치지 않으려고 하는 걸까, 감탄하고 있는데 문득 한 번도 그의 맨 얼굴을 본 적이 없다는 걸 깨닫고 얼굴이 궁금해졌다.

사실은 예전부터 궁금했던 거지만 이를 확인하기에 이보다 더 좋은 기회가 없었다.

"……잠시 실례하겠습니다……."

결국 호기심을 이기지 못한 그녀는 해랑의 얼굴을 가리고 있는 가면을 향해 손을 뻗었다. 물론 그 충동적인 계획은 가면에 손이 닿기도 전에 물거품이 되어 버렸지만.

"의식 없는 사람은 상대 안 하는 거 아니었나?"

"자, 자고 있는 거 아니었어요?"

이런, 하필이면 범행 직전에 들켜 버리다니. 손까지 잡힌 마당이니 시치미를 뗄 수조차 없었다. 이렇게 된 이상 얼굴에 철판 깔고 강제로 밀어붙이는 수밖에 없었다.

"갑자기 엄청난 관심이 생겼습니다."

"관심이라……. 이거 기뻐해야 하는 건지, 안타까워해야 하는 건지……."

"당연히 기뻐해야 하죠. 지금 누가 관심을 가져 주고 있는 건데."

끝까지 뺀질거리며 일어날 생각 없어 보이던 해랑이 그제야 하연의 손을 놓아 주었다. 왜 갑자기 제 얼굴을 궁금해하는 건지는 알 수 없었지만, 아직은 누군가에게 얼굴을 보여 주는 게 불편했다.

하지만 또 모르지. 언젠가 그녀의 앞에서라면 이 가면을 벗고도 아무렇지 않게 대화할 날이 올지도. 언제나 그런 가능성은 존재한다. 다만 망설이고 있을 뿐.

얼굴을 공개할 수 없다는 그의 말에 하연은 불만스러워하며 입술을 삐죽였다. 그런 그녀를 멍하니 올려다보고 있던 해랑은 잠시 아무 말도 하지 않았다. 아니, 할 수가 없지.

말없이 하연을 바라보던 해랑은 손을 뻗어 흘러내린 그녀의 머리카락을 다정하게 쓸어넘겨 주며 물었다.

"얼굴은 상관없는 거 아니었어?"

"……앞으로 당신에 대해 좀 더 자세히 알아볼까 싶어서요."

"지금으로도 충분한 거 같은데?"

"아니요. 생각해 보니까 나는 당신의 이름도 모르고, 심지어는 이렇게 얼굴도 모르잖아요."

예전에 그와 책방에 갔을 때 '무향'에 열광하던 사람들을 보며 하연은 저도 모르게 우쭐한 기분이 들었다. 그들이 모르는 무향을 나는 알고 있다. 다른 사람들과 달리 나는 '특별'하다는 그 느낌이 좋았다.

그런데 다시 생각해 보니 자신 역시 '무향'이라는 필명만을 알고 있을 뿐 그의 본명을 몰랐으며, 이렇게 대화를 나누기는 하지만 가면 속 감춰진 그의 맨 얼굴도 몰랐다. 결과적으로는 그들과 다를 게하나 없다.

"……꼭 눈에 보이는 것을 알아야 그 사람을 다 알고 있다고 할수는 없어."

"눈에 보이는 것도 모르는데 내면을 어떻게 알아요?"

"그렇게 따지면 너야말로."

아주 잠깐 주저하던 해랑은 그냥 고개를 돌려 버렸다. 발끈해서말을 꺼내기는 했는데 뒤늦게 후회했다. 하지만 이미 내뱉은 말을주워 담는다는 건 불가능했다.

"……너도 그거 네 본명 아니잖아."

"……."

이런. 그 작은 목소리를 용케 들은 하연은 당황스러웠다. 그러고 보니까 그의 앞에서 자신은 언제나 '서이완'이었지, 참.

척 보니 자신이 거짓말을 했다는 걸 알고 있는 눈치인데, 한창 몰아붙이고 있는 중에 이 문제를 걸고넘어질 줄이야.

"생각보다 눈치가 빠른데요?"

"왜 나한테 거짓말했지?"

"거짓말이라니요. 그렇게 말할 거까지는 없잖아요. 당신에게도 '무향'이라는 가명이 있듯, 저도 본명을 알려 주기 싫었던 거뿐이에요."

"그 점에 대해서는 뭐라 반박을 못 하겠네."

그렇지? 먼저 가명을 댄 건 그쪽이니까 말이야.

"……그리고 솔직히 만난 지 얼마 되지도 않은, 그것도 얼굴에 이렇게 묘한 걸 뒤집어쓰고 있는 수상한 남자에게 쉽게 정보를 알려 주는 게 더 이상하지 않을까요?"

"큭. 그것도 그러네."

하연은 '묘한 것'이라 지칭한 가면을 툭툭 치며 말했다. 그러자 해랑이 기분이 나빠하기는커녕 짧게 웃으며 인정했다. 그나저나, 도대체 얼굴 보여 주는 게 뭐라고 이렇게나 거부하는 걸까?

"그럼 왜 안 되는지, 그 이유라도 알려주세요."

"너무 잘생겨서. 반하면 어떡해?"

"별걱정을 다 하시네."

너무 어이가 없어도 웃음이 나오는구나.

"……제가 반하면 곤란합니까?"

마치 그런 일이 일어나서는 안 된다는 식으로 들려와, 안 묻고 넘어갈 수가 없었다. 그 질문에 해랑은 전보다 더 무겁고 긴 침묵으로 그녀를 올려다봤다.

"응. 곤란해."

"왜요?"

"나랑 엮이면 엮일수록 네가 골치 아파질 테니까."

이건 또 어떻게 받아들여야 할까? 이름도 안 알려줘, 얼굴도 안 보여줘, 골치 아픈 문젯거리도 안고 있어.

좀 더 정확히 말해 보라며 따져 물어야 했지만 그럴 수가 없었다. 그의 표정은 알 수 없었지만, 직감적으로 더 파고들면 안 될 거 같았다.

무엇보다도 좀 더 다가갔다가 제대로 시작조차 못한 무언가가 바로 끝이 나 버릴까 두려웠다.

"아직도 내 얼굴이 보고 싶어?"

"……아니요."

가면 속 그의 얼굴을 확인한다는 건, 마치 이 모든 것들이 끝나는 신호처럼 느껴졌다. 어떻게든 얼굴을 확인하고 싶었던 하연은 이제 반대로 그것을 거부했다.

본인의 입으로 거부할 수밖에 없던 그녀는 갑자기 우울해졌다. 이를 눈치챈 해랑은 마치 착한 아이를 달래듯 그녀를 가볍게 안아 주었다.

"나에 대해 너무 자세히 알면 알수록, 네가 불행해질 거야."

"……."

"난 네가 불행해지길 바라지 않아."

그 뒤로는 정말 아무렇지 않게 평소처럼 시간이 흘러갔다. 어떻게 지났는지도 모를 정도로 아주 순식간에.

이만 가 보겠다는 인사를 할 때까지도 하연은 정신이 없었다. 그리고 익숙하게 밖으로 나와, 어느새 멀어진 낡은 궁을 바라보고 있으니 그제야 머리가 맑아지며 뒤늦게 상황 파악이 됐다.

자신은 첫사랑이라는 것과 매우 유사한 감정을 그에게 느꼈고, 그는 그런 자신을 거절했다.

"……고백하기도 전에 차인다는 게 바로 이런 기분인가?"

슬프지는 않지만 그렇다고 유쾌한 기분도 아니었다. 굳이 말하자면 답답한 그런 기분이었다.

*   *   *

"아무리 제가 예쁘다고는 하지만, 그렇게 뚫어져라 바라보시면 부담스럽습니다."

하연은 지금 삐뚤어질 대로 삐뚤어져 있어, 평소보다 더 위험한 상태였다.

상대가 누구인지는 그녀에게 중요하지 않았다. 설령 그것이 나이가 지긋하고 고집이 세기로 유명한 예문관의 고위 대신들이라고 해도 마찬가지였다.

도망이라도 칠까 봐 걱정됐는지, 예문관의 대신들은 하연을 한

가운데에 놓고 주변을 빙 둘러 앉아 있었다. 그녀는 이러한 자리 배치에 불만이 아주 많았다.

안 그래도 어제 막 불쾌한 일을 겪은 뒤라 속이 꼬일 때로 꼬여 버린 하연은 분풀이 상대가 필요했고, 하필이면 거기에 예문관 대신들이 덥석 걸려 버렸다.

"남자들은 쉽게 들어가는 그 대궐 문턱 한번 넘어가기가 참 힘듭니다. 안 그렇습니까?"

그녀의 눈이 경고했다. 예문관의 고위 대신들은 오늘 날을 잘못 잡았다. 그러나 이러한 사실을 눈치채지 못한 그들은 그저 초반에 기를 죽여 놓겠다며 이글거리는 눈으로 하연을 흘겨보기 바빴다.

'어디 한번 계속 해 보시지. 이 서하연을 이길 자신이 있다면 말이야.'

"음…… 그러니까 우리에게 늘 물을 먹이던…… 아니, 우리를 꽤나 애먹이던 상대가 이 아이였군요. 전하."

"말했던 대로 예쁜 아이지 않느냐?"

"하하."

시간차로 한 번씩 돌아가며 어색하게 웃는 것이, 꼭 메아리처럼 들렸다.

"네가 얼마나 영리한 아이인지에 대해서는 전하께 익히 들어 알고 있다. 항상 궁금했는데 이리 만나니 일단은 반갑구나."

불러다 놓은 지 벌써 몇 시간째인데 아직도 기본 인사라니.

계속해서 이야기를 빙빙 돌릴 뿐, 어느 누구 하나 그녀에게 단도직입적으로 말을 걸지는 못했다. 이렇게 계속해서 시간을 끌면 끌수록 하연의 짜증은 늘어갈 뿐이라는 걸 왜 이렇게들 모르는 걸까? 지켜보는 신후왕의 입장에서는 답답할 따름이었다.

"저 역시 그동안 그렇게나 형편없는 문제를 내 주신 분들은 어떤 사람일까, 늘 궁금하던 참이었습니다. 하지만 뭐, 지금 상황을 보니 대충 알 만하군요."

"……."

저 같은 여인 하나 상대하겠다고 수십 명의 대신들이 모여든 것에 대한 비판이었다. 이에 그들은 할 말이 없었다.

대신들의 얼굴이 붉게 달아오르고 있는 모습을 구경하던 신후왕의 입가에는 미소가 지어졌다. 늘 단체로 덤벼들던 그 얄미운 이들이 하연에게 속수무책으로 당하고 있는 모습이 너무나도 통쾌하고 즐거웠다.

그러나 한편으로는 오늘따라 더 기분이 안 좋아 보이는 그녀가 걱정되기도 했다. 원래부터 좋은 성격은 아니었지만 평소에는 예열 과정이라고 해야 할까, 열을 올리는 데에도 순서라는 게 있었는데 오늘은 빨라도 너무 빨랐다.

"너와 같이 뛰어난 지식을 갖고 있는 여인이 우리나라에 있다는 건 정말 기쁜 일이다. 하지만……."

"그, 그래! 네 실력은 의심하지 않는다. 우리가 걱정하는 건 과연 네가 여인의 몸으로 힘든 궐 생활을 견딜 수 있을지에 대한 문제니까."

"책으로 습득한 지식과 실전은 차원이 다르지. 실제로 남…… 보통의 교육관들 중에서도 신입 기간 중 도망치는 이들이 여럿이다.

하물며 너는 여자인데……."

하연은 아까부터 자꾸 남자, 여자, 남자, 여자 하는 것이 너무나도 신경 쓰였다. 물론 그것이 어쩔 수 없는 일이라는 걸 잘 알고 있으면서도 불쾌했다.

그들의 말대로 남자와 여자의 체력적인 차이는 어떻게 할 수가 없다. 하지만 정신적인 문제라면 이야기가 달랐다.

"언제 포기할지 모르는 마당에…… 만약 나중에라도 견디기 힘들다는 이유로 물러나면, 우리는 원래 그 자리를 차지해야 했을 인재 한 명을 잃게 되는 것이고……."

"서론이 너무 깁니다."

질질 끌고 싶지 않으니 하고 싶은 말만 해 달라는 그녀의 요구에 대치 중이던 대신들이 움찔했다. 그러다가 더는 안 되겠는지 결국 운을 뗀다.

"전하께서 바라시는 일이니 찬성하기는 했지만, 그래도 우리는 아직 여성 인재 등용에 대한 확신이 없다."

"그 점은 저 역시 동의합니다."

신후왕의 눈치를 보며 큰맘 먹고 한마디 하던 대신들이 당황했다. 힘겹게 내뱉은 본심이었는데 하연이 너무나도 간단하게 받아들이니까 할 말이 없었다.

솔직히 하연 역시 이 짓을 하고 싶어서 하는 것도 아니었기 때문에, 굳이 그 법안에 지지하는 척까지 할 필요는 없었다.

"하지만 저에게는 이것을 해야만 하는 아주아주 개인적인 이유가 있기 때문에 물러설 수 없습니다."

"감히 나랏일을 사적인 이유로!"

대신 한 명이 드디어 꼬리를 잡았다며 당당하게 목소리를 높였지만 이 역시 오늘만큼은 천하무적인 하연에게 소용없었다.

"그렇게 따지면 사적인 자존심 때문에 여전히 국시 문제를 출제 못 하고 계시는 대신분들이야말로 옷 벗으셔야겠습니다."

"······가, 감히!"

"압니다. 건방진 계집이라는 거. 하지만 대신분들도 아시다시피······."

왕의 앞이라고 꾹 참고 있던 그들을 대신해 하연은 스스로를 욕했다. 하지만 여전히 그 표정만큼은 당당하다.

"저, 그럴 자격 있지 않습니까."

다들 꿀 먹은 벙어리가 되어 버렸다.

사실 지금 이 자리는 그녀가 궐에 들어오기 전에 잔뜩 겁을 줘 스스로 물러나게 할 생각으로 야심차게 마련한 무대였는데, 지금 나가고 싶은 건 그녀가 아니라 대신들이었다. 할 수만 있다면 당장 도망이라도 치고 싶다!

"쓸데없는 대화는 이쯤에서 그만하기로 하고."

주도권이 하연에게 넘어가 버렸다. 아니, 무슨 말만 하면 잡아먹을 듯이 덤비는데 어디 무서워서 입을 열겠어?

입이야 대신들 쪽이 많았지만 정작 말할 입은 없으니, 할 수 없지. 제 기능 못 하는 입을 대신해 귀가 배로 일하는 수밖에.

"제가 여러분들께 한 가지 제안을 하겠습니다."

"······제, 제안?"

"원래 저는 어느 한쪽 편드는 걸 싫어하지만, 이번만큼은 저에게도 사정이라는 게 있어서 말입니다. 대신분들께서 저에게 손을 내미신다면 잡을 의사가 있는데, 어찌하시겠습니까?"

"윽……."

예문관 대신들이 술렁이기 시작했다.

"이미 들으셨겠지만, 얼마 전 희빈마마께도 같은 질문을 드렸었지요."

협박 비슷한 특이한 재촉에 서로 눈치를 보던 대신들이 잠시 시간을 달라며 저들끼리 머리를 맞대고 비밀 회의에 들어갔다.

"어쩔 겁니까?"

"어쩌긴요. 계집애입니다, 계집애."

"하지만 희빈마마께서 탐내고 있는 아이인데…… 만약 우리가 여기서 놓치면……."

"다른 건 몰라도 적으로 돌리면 골치 아플 게 분명합니다. 보세요, 저 성격을."

적으로 돌리기에는 위험할 거 같고, 그렇다고 같은 편으로 두기에는 타인의 시선이 신경 쓰였다. 어느 것도 자신들에게 이익이 될 거 같지는 않아 보였지만.

'반대로 생각하면 잃을 게 너무 많아!'

최선의 선택이란 없었다. 그렇다면 적어도 최악의 선택을 피할 수밖에.

"좋아, 알겠다. 너를 예문관의 교육관으로 받아들일 테니, 곧 있으면 시행되는 국시에 응시해 어디 한번 합격해 보려무나."

"예."

"그리고 한 가지 조건이 있다."

조건이라는 말에 하연의 미간에는 다시 한 번 주름이 잡혔다. 누가 봐도 갑(甲)은 저인데, 뭐 저리들 당당한 건지 원.

"조건이요? 정확하게 어떤⋯⋯."

"크흠. 듣자 하니 전하께서 너에게 그 구제불능 왕자의 교육을 부탁하셨다던데⋯⋯."

궐 안의 다른 대신들까지도 이리 당당하게 왕의 앞에서 '구제불능'이라 부를 정도면 얼마나 말이 안 되는 인간인 걸까? 그런 인간의 교육관이 되어야 한다니, 하연은 점점 불안해지기 시작했다.

"예. 그렇습니다만."

"언제까지고 기다릴 수 없는 노릇. 석 달 안에는 만족스러운 결과를 낼 것, 이것이 조건이다. 우리는 널 실력만 믿고 받아들이기로 한 거니 결과물이 있어야 하지 않겠느냐."

석 달이라.

"알겠습니다. 그 정도면 충분하겠지요."

지금 사람 무시하는 것도 아니고.

대신들은 나름대로 머리를 굴렸다고 생각하겠지만, 사실 하연에게도 생각이 있었다. 신후왕과의 약속은 계속해서 숨으려는 그 구제불능 왕자를 바깥세상에 데리고 나오는 것, 딱 거기까지였다. 그 일만 성공하면 그딴 교육관 따위 바로 그만둘 거라 다짐하고 또 다짐하던 차였다.

"또한 전하의 명에 따라 우리는 앞으로 너를 다른 교육관들과 같은 취급을 할 것이다. 특별 대우를 바라지 않았으면 좋겠군. 그러므로 너 역시 수습 기간 동안은 다른 신입생들과 함께 궐 안에서 지내야 한다."

"……당연히 별실이겠지요?"

너무 당연한 걸 물은 건가 싶었지만 대신들의 의미심장한 미소를 보니 묻지 않고는 넘어갈 수 없는 문제였다.

"그럴 리가."

역시나. 내 이럴 줄 알았지. 어떻게든 제 발로 나가게 만들겠다는 거로군.

기가 막힌다며 코웃음을 치던 하연이 상석에 앉아 있는 신후왕을 바라봤다. 그 역시 이건 자신도 모르는 이야기라며 당황해서는 어쩔 줄 몰라 했다.

"잠깐. 아무리 그래도 혼인도 하지 않은 처녀를 어떻게 외간 남자들과 한 방에서……."

"전하께서 말씀하시지 않으셨습니까. 이 아이에게만 특별히 별실을 내어줄 수는 없지요."

"그거랑 이거랑은 다르지!"

"예문관에 이 아이를 맡기셨으니, 이제 이 아이에 대한 일은 저희들 소관입니다."

신경 꺼 달라는 말에 신후왕이 발끈했다. 하지만 하연 역시 고개를 끄덕이고 있으니 이는 나서지 말라는 뜻이었다. 그가 편을 들면 들수록 입장이 난처해지는 건 자신이었으니까.

과연 하연이 저들의 상관인 예문관 대선, 서건우의 딸이라는 걸 알아도 이렇게 나왔을까? 아니, 아마도 공주님 모시듯 지극정성을 다했겠지.

그들의 놀란 얼굴이 보고 싶은 신후왕은 입이 근질근질했지만 꾹 참았다. 하연의 부탁이 없었다면 아마 진즉에 말하고도 남았으리라.

그러나 하연과 약속한 게 있었다. 혹시라도 자신이 실수하면 아버지께 피해가 갈 테니, 궐에 있는 동안에는 자신의 신분을 다른 사람들에게 말하지 말아 달라는 것이 그녀의 부탁이었다.

"좋습니다. 받아들이겠습니다."

"서하연!"

"그리고 또? 이참에 생각해 두신 게 있으시다면 전부 말씀해 주시지요. 저를 내쫓고 싶어 이것저것 궁리해 두신 것들이 한두 개가 아닐 테니 말입니다."

"한 가지 더 있다."

어디 누가 이기나 한번 해 보자.

"사사로운 감정으로 인한 문제가 발생해서는 안 된다. 지금까지 궐 안의 대신들은 모두 사내라 별다른 걱정이 없었지만, 이제는 상황이 바뀌었으니 확실히 해 둬야겠지. 우리는 교육관으로서 모범이 되어야 하니까."

"……."

"지금 우리가 하는 말이 무슨 뜻인지 알고 있겠지?"

그 말의 속뜻을 모를 리가 없었다. 그러니까 지금, 궐 안에서 연애질하지 말라는 거 아니야. 분명 알아듣기는 했지만 그녀는 대답할 수 없었다. 그리고 그녀가 처음으로 쉽게 대답하지 못하고 망설이는 모습을 지켜보고 있던 대신들의 입가에는 처음으로 미소가 지어졌다.

드디어 찾았다. 이 아이의 약점을!

딱히 약점이라고 할 거까지는 없었지만, 놀랍게도 그녀는 최근에 한 남자를 만났다. 그리고 놀랍게도 그와 어울리게 되며 하루에 다섯 번도 나갔던 맞선 순회를 뚝 끊게 되었다.

아마도 지금 제 눈에는 그 사람이 아닌 다른 이가 들어오지 않을 거 같았다. 그리고 이러한 상황은 꽤 오래갈 거라는 생각도 들었다. 그러던 중 어제 둘의 관계에 약간의 흠집이 생겨 버린 것이다.

"다시 한 번 묻겠다."

기세등등한 대신들이 하연을 바라보며 이죽거렸다.

"궐에 들어옴과 동시에, 너는 그 사적인 감정들을 완벽하게 정리할 수 있겠느냐."

대신들의 눈매가 서서히 휘기 시작했다. 입가는 계속해서 씰룩거리는데, 어깨에는 힘이 들어가 들썩거렸다.

그러나 꽤 즐거워 보이는 그들은 제 눈앞에 있는 서하연이라는 사람에 대해 잘 모르고 있는 게 틀림없었다. 함부로 그녀를 자극해서는 안 되었다.

"이제 보니 다들, 저를 저 궐 밖에 있는 여인들과 똑같이 생각하고 계셨군요."

섣불리 이겼다는 결론을 내린 그들을 응시하던 하연이 부드럽게 미소 지었다.

"좋습니다. 그 제안 역시 받아들이겠습니다."

그녀의 똑 부러지는 대답에 다시금 대신들이 술렁였다.

최후의 수단이라 여겼던 것이 와장창 무너져 내렸으니. 더 이상 저 여인을 막을 방도가 없었다.

반면 하연은 예상외로 침착했다.

안 그래도 이대로는 찝찝해서 안 되겠다 생각하던 참이었기 때문이다. 고백도 하기 전에 차였다는 건 어디까지나 스스로의 판단으로, 혹시 모른다는 일말의 희망이 툭하면 고개를 내밀고 들어와 마음을 헤집어 놓았다.

기왕 뚜껑 열고 간을 본 거, 확실하게 확인하고 그 결과를 받아들이는 편이 나을 거 같았다.

"안 그래도 끝을 볼 생각이었으니까요."

차이려거든 좀 더 확실하게. 그리고 시간을 갖고 그를 깔끔하게 잊는 것이다.

*　　*　　*

궐 안에서 가장 조용한 곳이라고 한다면 영희궁만 한 곳이 또 없었다. 물론 이곳 역시 최근 들어서 소란스러워졌지만, 이 정도야 뭐.

소란스러움을 몰고 온 주범은 당연히 하연이었다. 그녀가 오면 기운 없던 해랑도 벌떡벌떡 일어날 정도로 활기를 찾았으며, 시간이 멈춘 거 같던 영희궁에는 생기가 넘쳐났다.

그러나 유일하게 그녀를 경계하는 이가 있었으니, 바로 영희궁의 호위대장을 맡고 있는 돌쇠였다.

그는 해랑이 그녀에게 호감을 갖고 있는 거 같아 뭐라 말 못 하고 있을 뿐이지 여전히 그녀를 신뢰할 수가 없었다.

"……해랑 님."

"왜."

후원에 떨어져 있는 낙엽을 치우던 돌쇠의 부름에 해랑이 건성으로 대답했다. 지금 그의 온 신경은 후문에 향해 있었다. 슬슬 그녀가 올 때가 된 거 같은데, 오늘따라 너무나도 조용했다.

"그러고 보니 요즘은 밖에 잘 안 나가시네요?"

"그런가……."

그 말대로 '무향'이라는 이름으로 책방이나 궐 밖을 돌아다니던 게 엊그제 같은데 이상하게도 최근 들어서는 그러지 않았다. 이는 얌전히 궐 안에만 있었다는 뜻이기도 했다.

그렇게 궐 안에만 있으니 남아도는 건 시간이요, 늘어나는 건 비축분. 성실한 생활 태도는 좋았지만 돌쇠는 너무 불안했다. 이러다 뭔가가 한꺼번에 폭발하는 거 아니야?

"……네 말대로 요즘 들어 이상하긴 하네."

"뭐, 그럴 만도 하겠지만요."

"왜?"

"왜라니요. 이유라고 하면 하나밖에 더 있겠어요?"

"뭔데?"

"여자죠, 여자."

여자라고 하면 한 사람밖에 더 있겠는가. 당연히 서하연이었다.

"재미있지 않아?"

"음…… 뭐, 재미있기는 하지요."

돌쇠의 대답에 해랑은 곧바로 인상을 찌푸렸다. 자기가 물어 놓고 저와 같은 의견이라는 사실이 기분 나빴다. 아니, 꼭 그런 것 때문이 아니라 돌쇠가 하연을 긍정적으로 생각하고 있다는 것 자체가 마음에 안 들었다.

"재미있기는. 하나도 재미없어."

도대체 어느 장단에 맞춰야 하는 거야?

"지금도 기다리시는 거 아니셨나요?"

"그냥 바람이 쐬고 싶어서 나온 거뿐이다. 사람을 뭐로 보고."

"아, 그러시군요."

그가 한숨을 내쉬며 돌아섰다. 누가 봐도 거짓말이었지만, 이를 가지고 뭐라 할 수가 없었다. 괜히 꼬투리 잡았다가는 대화만 길어질 뿐, 결국 피해를 입는 건 자신일 테니까.

'흥. 눈에 다 보인다고요, 해랑 님.'

솔직히 그는 신뢰와는 별개의 문제로, 툭하면 담을 넘어 도주하던 해랑을 이렇게 얌전하게 만들어 준 점에서만큼은 하연이 고마웠다.

"해랑 님 얼굴을 보고 싶어 하시는 거 같던데, 그렇게 마음에 드시면 한 번쯤……."

"아니. 그건 안 돼."

"어째서요?"

그의 얼굴을 뚫어져라 바라보던 돌쇠가 물었다. 아니, 그렇게 못난 얼굴도 아니고 보여 주면 안 되는 이유도 없는데 왜 굳이 그런 고집을 부리는지 이해가 되지 않았다.

그의 질문에 멍하니 문을 주시하고 있던 해랑은 인상을 찌푸리며 가면을 집어 들었다.

"내 이름이 '시해랑'이니까."

"……."

"……말려들게 할 수는 없잖아."

무엇에 말려들게 한다는 건지 굳이 말하지 않아도 알 수 있었다. 그만큼이나 둘은 함께 지내 온 시간이 길었으니까. 최근에서야 조금 조용해졌을 뿐, 궐 안에는 눈에 보이지 않는 위험이 언제나 존재한다는 걸 너무나도 잘 알고 있었다.

괜히 자신 때문에 공기가 무거워진 거 같아 돌쇠는 머쓱해졌다. 이 분위기를 어떻게 하면 좋을까?

"아주 만약에, 그 아가씨가 해랑 님께 고백이라도 하시면 어쩌시려고요?"

"하하. 그게 뭐야? 그럴 리가 없잖아."

돌쇠의 질문에 해랑은 어이가 없다며 웃어 버렸다. 그리고 그런 반응은 오히려 돌쇠를 더 당황스럽게 만들었다.

"아니…… 제 눈에는 아가씨께서도 해랑 님께 어느 정도 호감을 갖고 계신 듯한데……."

돌쇠는 답답해서 미칠 거 같았다.

정작 당사자들이 눈치채지 못한 이 안타까운 상황에 제삼자인 자신이 끼어드는 건 좀 아닌 거 같았다.

"네 말대로 내 얼굴도 모르는걸? 게다가 호감이 있다고 해서 만난 지 얼마 안 된 사람에게 대뜸 고백하는 여자가 어디 있겠어?"

"……."

이런, 그는 생각했던 것보다 더 심각한 상태였다. 자신에게는 절대 그런 일이 일어나지 않을 거라는 확신을 갖고 있었다.

"그러니까, 만약이라고 말씀드렸잖습니까."

불안한 돌쇠는 그래도 한번 생각해 보라며 조언했지만, 해랑은 아예 이야기를 듣지 않으려고 했다. 그의 확신이 너무 강해 어떻게 할 수가 없었다.

"그러니까, 아주 만약이라고 해도 그런 일은 일어나지 않……."

그럴 일이 없다는데도 자꾸 귀찮게 하는 돌쇠 때문에 해랑은 슬슬 짜증이 한계에 도달했다.

물론 그의 말대로 한 번쯤은 생각해 볼 수도 있겠지만, 어찌 된 이유에서인지 그러고 싶지가 않았다. 아무리 머리를 굴려 가며 고민하고 생각해 본다고 한들 어차피 결과는 하나밖에 없을 테니까. 그리고 그것을 확인하는 순간 자신은 또다시 이 좁은 공간에 스스로를 묶어 놓을 테니까.

계속해서 잔소리를 늘어놓는 돌쇠에게 짜증이 난 해랑이 이제 그만하라고 외치려던 그때였다.

갑자기 뒷문이 벌컥 하고 열리더니, 무거운 기류가 흐르고 있는 영희궁 안에 한 여인이 치맛바람을 휘날리며 화려하게 등장했다.

후원에 퍼지는 익숙한 향기에 해랑은 고개를 돌려 확인하기도 전에 '그녀'가 왔다는 걸 알아차릴 수 있었다. 방금 전까지만 해도 투닥거리던 둘은 일제히 숨을 고르고 있는 하연을 돌아봤다.

"뭐, 뭐야? 무슨 급한 일이라도…….".

당황한 그가 자리에서 벌떡 일어나 그녀에게 다가가며 물었다.

"한 가지…… 확인이 하고 싶어 왔습니다."

마치 싸우러 온 사람처럼 이글거리는 눈빛에, 해랑은 혹시라도 자신이 무슨 실수라도 한 건가 싶어 재빨리 기억을 더듬어 봤지만 짚이는 게 하나도 없으니 큰일이었다.

갑작스러운 그녀의 변화에 적응 못 한 해랑이 우왕좌왕하고 있는데, 하연이 갑자기 그의 어깨를 턱하고 붙잡았다. 그러고는 뭔가를 결심한 눈빛으로 숨을 크게 들이쉬더니 단도직입적으로 물었다.

"혹시라도, 제가 당신을 생각하고 있는 이 마음이 만약 연모라는 감정으로 발전할 경우, 당신도 저에게 그와 같은 마음을 내어 주실 수 있나요?"

"뭐?"

"지금이 아닌, 나중에라도 저에게 마음을 줄 가능성이 있느냐는 질문이었습니다."

갑작스러운 질문에 얼어붙은 해랑의 뒤에서 돌쇠의 한숨 소리가 들려왔다. 마치 '거 봐, 내가 뭐라고 했어?'라고 말하는 것처럼.

"……잘됐네요. 이제 진지하게 생각해 볼 이유가 생겨서."

어쩐지 불안하더라.

"대답은 빨리 하시는 게 좋으실 겁니다."

그 말을 마지막으로 돌쇠는 자리에서 일어났다. 그는 최대한 조

용히 살고 싶었다. 특히나 남녀 사이의 문제에 괜히 끼어들었다가는 골치만 아플 게 불 보듯 뻔했다,

물론 눈치가 바닥인 해랑이 걱정되기는 했지만, 아가씨 쪽에서 저렇게 적극적으로 나오고 계시니 무슨 문제는 없지 않을까?

하지만 이는 그의 착각이었다. 손뼉도 마주쳐야 소리가 난다고, 대화라는 것도 그렇다. 아무리 한 명이 적극적으로 치고 나간다고 해도 다른 한 명이 아예 입을 다물어 버린다면 대화가 성립되지 않았다.

"……그게 그렇게나 어려운 질문이었나요?"

답답한 하연이 계속해서 재촉했지만, 해랑은 슬금슬금 도망 다니기 바빴다. 안 그래도 돌쇠에게 이 문제로 끈질기게 괴롭힘을 당한 직후이다 보니 더했다.

예상치 못했던 고백도 그렇지만, 지금 당장 답을 들어야겠다는 하연 때문에 그의 머릿속은 뒤죽박죽이 되어 이미 제대로 된 사고 자체가 불가능했다.

한마디로 하연은 답답했고, 해랑은 겁을 먹었다.

그의 입장에서는 너무 놀란 탓에 대답을 할 수가 없었다지만 하연에게는 그것이 상처나 다름없었다.

'혹시 그거 짝사랑 아니야?'

궐에 들어오기 전, 집에서 마주친 오라버니가 한 말이 떠올랐다.

자칭 연애 전문가라는 그에게 최근에 있었던 일에 대해 간단히 상담을 했는데, 그가 말하길 지금 자신이 '짝사랑' 중이란다.

언젠가 본 책에서 '짝사랑'은 설렘이라든가 불안함 또는 가슴을

콕콕 쑤시는 고통이 동반한다고 적혀 있었는데 너무 달랐다. 그 단어를 듣기 무섭게 하연이 떠올린 건 다름 아닌 '분노'였다.

'짝사랑? 내가?'

짝사랑이라니. 천하의 서하연이 짝사랑이라니. 이보다 더 안 어울리는 말이 또 있을까?

그녀가 알고 있는 사랑은 딱 두 가지였다. 서로 사랑하거나, 상대가 저를 사랑하거나. 이 이외의 것은 사랑이라는 감정으로 받아들일 수 없었다.

"……."

확실하지 않은 그의 태도에 하연은 슬슬 지쳐 갔다. 아니, 나중에라도 자신을 좋아할 수도 있을 거 같냐는 질문이 그렇게 어려웠던 것일까?

하연은 제 입술을 깨물었다.

비록 아무렇지 않게 먼저 고백했다고는 해도, 그녀도 사람인지라 창피할 수밖에 없었다. 게다가 단둘이 있는 것도 아니고 관객 한 명이 지켜보고 있는 상황에서는 더더욱. 이 모든 것을 극복하고 용기를 내어 고백했던 건데.

"너, 너무 갑작스러운 질문인데."

"하긴, 무향 님 입장에서는 그럴 수도 있겠군요."

계속해서 몰아붙이던 하연이 고개를 끄덕이더니, 그에게서 한 발자국 물러섰다. 그제야 해랑은 살았다며 안도의 한숨을 내쉬었지만 그것도 잠시.

"그럼 좀 더 쉬운 질문을 드리겠습니다."

하연은 이번이 마지막이라고 다짐했다. 다른 사람 같았으면 대답 한 번 듣자고 이렇게까지 매달리지 않았겠지만 그는 특별하지 않은가.

"지금 당장, 제가 얼굴을 보여 달라고 하면 보여 주실 수 있으신가요?"

이보다 더 침착할 수가 없다. 그녀는 이미 마음을 정리했다. 복잡한 것을 간단하게 만드는 건 자신의 특기 중 하나였으니까. 방법은 간단했다.

'가면을 벗으면 통과. 그렇지 않으면 포기.'

어떠한 대답이 나와도 그것을 받아들일 준비가 되어 있었다. 오히려 준비가 되어 있지 않은 건 그녀가 아니라 해랑이었다.

그는 왜 고백에서 갑자기 얼굴을 보여 달라는 쪽으로 이야기가 번졌는지 이해할 수 없었지만, 이번만큼은 확실하게 대답할 수 있다며 안도했다.

"그건 안 돼."

지금까지 수많은 질문들에서 듣지 못했던 단호한 대답에 하연은 잠시 동안 멍하니 그를 올려다봤다.

"좋아요. 잘 알겠습니다."

"……."

알겠다는 말과 함께 웃고 있었지만, 그는 그 미소가 너무나도 신경 쓰였다.

자신과 엮여 봤자 좋을 게 하나 없다고, 이게 다 널 위해서 그러는 거라고 말을 해야 하는데 이상하게도 입이 떨어지지 않았다.

"그럼 이만 가 보겠습니다."

"아, 잠깐. 서이완."

조금 전 자신을 좋아한다며 당당하게 고백할 때는 언제고, 이제는 무표정인 그녀의 반응에 해랑은 그제야 뭔가가 잘못되었다는 걸 알아차렸다.

"아, 마지막이니까 알려드리는 건데."

둘 사이에 끼어 아무 말도 않고 있던 돌쇠가 한숨을 내쉬었다. 결국에는 틀어져 버린 모양이었다.

"제 이름은 서하연입니다."

갑작스러운 본명 소개에 해랑은 놀랐다. 물론 그녀의 이름이야 예전부터 알고 싶기는 했지만 이런 식으로 듣게 될 줄은 상상도 못했다.

서하연? 서하연이라.

처음에 그녀가 자신의 이름을 '서이완'이라고 했을 때는 참 안 어울리는 이름이라고 생각했는데, '서하연'이라는 이름은 느낌부터가 남달랐다.

"예쁘네."

"감사합니다."

"그런데 마지막이라니?"

해랑은 마지막이라는 말이 너무나도 거슬렸다. 반면 그렇게 대답한 하연은 전과 달리 너무나도 마음이 홀가분했다.

마음이 아프거나 슬플 줄 알았는데, 생각보다 괜찮은 걸 보면 사실은 어렴풋이 이런 결말을 예상하고 있던 걸지도 모르겠다. 물론 섭섭한 기분이 들기는 하지만 이 정도는 충분히 감당할 수 있었다.

"앞으로 이곳에 올 일은 없을 테니까요."

정리하기로 마음먹은 이상 완벽하게.

"잠깐. 올 일이 없다니……."

먼저 고백을 한 건 하연이었고, 거절당한 것 역시 그녀였지만 어쩐지 돌쇠의 눈에는 반대로 보였다.

"그럼 볼일이 끝났으니, 이만 가 보겠습니다. 안녕히 계세요. 건강하시고요."

갑자기 뛰어들어 와서는 대뜸 고백을 하고, 순식간에 거절당하고 돌아서 버린 하연 때문에 해랑은 정신이 없었다. 그저 멍하니 문을 나서는 그녀의 뒷모습을 바라보고 있을 뿐, 아직도 지금 이게 무슨 일인지 알 수가 없었다.

하연의 뒷모습이 완벽하게 보이지 않을 때까지 멍하니 바라보고 있던 해랑은 뒤늦게 돌쇠를 붙잡고 물었다.

"……내가 지금 뭐한 거야?"

그의 질문에 돌쇠는 '네가 그럼 그렇지.'라는 말투로 그에게 친절하게 대답해 주었다.

"아가씨의 고백을 거절하셨는데요."

四花
문제아는 네가 맡아라

천유국 귀족들에게 저택의 크기는 곧 그들의 자존심이나 다름없었다.

집의 크기는 재산과 비례한다는 사고방식 때문에 방이 몇 개인지, 하인이 몇 명인지로 서로를 비교하고는 했다.

하지만 집의 크기보다도 그들이 더 신경 쓰는 게 한 가지 있었으니, 이는 바로 궐까지의 거리였다.

궐의 정문 주변에는 상권이 발달되어 있어 투자를 하기 최적의 조건이었지만 이곳은 아무리 돈이 많다고 해도 함부로 얻을 수 있는 자리가 아니었다.

궐에서 일하는 대신들을 배려해 궐 근처의 집은 모두 고위 대신 및 그 아래의 신하들이 살도록 하고 있었기 때문에 관직이 없는 귀족들은 그 밖으로 밀려날 수밖에 없었다.

귀족들은 딱히 노력해서 관직을 얻지 않아도 먹고살 수 있으니 귀족이면서 관직을 갖고 있는 이는 매우 드물었다.

그 극히 드문 사람들 중에서도 가장 유명한 이가 있었으니, 그가 바로 하연과 이완의 아버지인 '서건우'였다.

궐에서 가까운 곳에 위치해 있는 커다란 저택. 야근을 마치고 이제 막 돌아온 이완은 빠른 걸음으로 넓은 마당을 가로질러, 뒤쪽에 위치해 있는 작은 건물에 들어섰다.

"……난장판이구만."

들어서는 입구부터 널려 있는 책들을 보며 그는 작게 한숨을 내쉬었다.

제 여동생은 옷차림 같은 건 민감할 정도로 신경 쓰면서 은근히 이런 정리에는 은근히 약했다.

떨어져 있는 책들을 하나하나 집어 들며 최종 목적지에 도착한 이완은 아무런 통보도 않고 문을 열었다.

안은 더 난장판이다. 꽂아 두었던 책들을 죄다 꺼내 놓은 건지 발 디딜 틈도 없는 방 안에는 하연이 틀어박혀 독서 중이었다.

"서하연. 한창 도깨비니 뭐니 만나러 가야한다고 나가더니, 요즘은 안 가네? 맞선도 안 나가고."

방에 틀어박혀 버린 여동생이 걱정돼서 한 말이었다. 그러나 하연은 그에게 눈길조차 주지 않았고, 그저 책장을 넘기기 바빴다.

"바쁘거든."

"그래도 그렇지, 바깥바람도 좀 쐬어주고 그래야지……."

"앞으로 딱 하루."

독서를 방해하는 그에게 짜증을 낼 줄 알았는데, 고개를 든 하연의 얼굴은 웃고 있었다.

"오늘 하루만 지나면 나는 궐에 들어갈 거고, 그렇게 되면 바깥바람 실컷 쐴 수 있을 테니 너무 걱정하지 마."

그 말에 이완은 고개를 끄덕였다.

너무나 정신없는 나날을 보내다 보니 몰랐는데, 가지 말라고 해도 매일같이 궐을 찾던 하연이 걸음을 끊은 지도 벌써 한 달째였다.

앞에다 앉혀 놓고 무슨 일이 있었느냐 추궁할 수도 있었지만 이완은 그러지 않았다. 분명 무슨 일이 있었던 거겠지. 그리고 얼마 전에 그녀에게서 받은 질문을 생각하면 그 일이라는 것도 대충 예상할 수 있었다.

제 예쁜 누이께서는 최근에 실연을 당했다.

한 달 정도 방 안에 처박혀 책만 읽기에 걱정했는데, 이제는 아무렇지 않다는 얼굴로 웃고 있으니 걱정해서 괜히 손해 본 거 같은 기분이 들었다.

"그래도 내일이면 궐에 들어가는데 오늘 하루 정도는 이 오라버니랑 좀 놀아 주지그래?"

놀아 달라 투정 부리는 그의 말에 하연은 웃으며 책을 덮었다. 정말, 누가 오라버니고 누가 누이인지 모르겠네.

국시가 끝났고 결과까지 발표되었기 때문에 더는 공부를 할 필요가 없었지만, 그래도 내일부터는 신입 관리로서 궐에 들어가게 되었으니 그 전에 집에 있는 책이란 책은 몽땅 읽고 가고 싶었다.

신후왕과의 약속을 지키기 위해 국시를 대비한 공부에서부터 국시, 그리고 결과 발표까지 지난 한 달이라는 시간이 정신없이 지나갔고, 그중에 해랑을 생각한 시간은 손에 꼽을 정도였다.

물론 초반에는 허전한 느낌이 들기도 했지만 의외로 괜찮았다. 아니, 하루하루를 정말 보람차고 충실하게 보낸 거 같아 뿌듯했다.

인정하고 싶지는 않았지만 따지고 보면 이 역시 '실연'의 한 종류라던데.

책이나 주위에서 들은 말과 달리 눈물은 나오지 않았고 입맛이 없어 식사를 거부하기는커녕 식욕도 넘쳐났으니, 다행히 풋사랑이었던 것이다. 그것도 감기 기운 정도의 아주 약하게 찾아왔던 풋사랑.

마음을 정리하니 능률도 쑥 올랐다.

한 달이라는 시간을 고스란히 국시와 예문관에 투자한 덕분에 그 사이 예문관에서도 그녀의 성실함과 실력을 인정하는 이들이 늘어나기까지 했다.

게다가 국시를 합격한 것으로도 모자라 다른 남자들을 다 제치고 당당히 수석까지 차지했으니, 천유국은 한바탕 난리가 났다.

"겨우 이 정도로 놀라기에는 이르지만 말이야."

앞으로 자신이 할 일들에 비하면 이것들은 정말 아무것도 아니었다.

"기왕 막혀버린 혼삿길. 좀 더 날뛰어 줘야지."

그녀는 더 이상 두려울 것이 없었다.

　　　　　＊　　　＊　　　＊

　궐 안 모든 이들의 시선이 서하연이라는 여인에게로 쏠렸다.

　여자의 몸으로 그 어렵다는 국시를 통과한 것으로도 모자라, 수석이라는 명예까지 거머쥘 줄이야.

　수석과 차석에게는 한 가지 특권이 주어졌다. 바로 배정받고 싶은 부서를 직접 선택할 수 있다는 것. 때문에 최초의 여성국시 합격생인 그녀가 어느 부서를 선택할지는 모두의 관심사였다.

　그러나 하연에게는 처음부터 '예문관(睿文館)'이라는 답이 정해져 있었기 때문에 고민할 필요가 없었다.

　"첫 인상이 가장 중요할 텐데 말이지⋯⋯."

　하연은 커다란 문 앞에서 망설이고 있었다.

　예문관은 총 3개의 부서로 나뉘어 있다. 이는 각각 1관(官), 2관(官), 3관(官)으로 불렸으며 각 관에는 '부장'이라는 총 책임자가 있었다. 그녀가 배정받은 곳은 제3관.

　"좋은 아침입니다."

　일단 마음을 좀 진정시키기 위해 문 앞을 서성이고 있던 하연은 갑작스러운 인사에 깜짝 놀랐다.

　언제부터 있었던 건지 뒤에는 한 남자가 서 있었다. 지금 이곳에는 저와 그, 이렇게 둘밖에 없으니 조금 전의 인사는 자신에게 한 것이 분명했다.

　"아, 안녕하세요."

　3관은 예문관 중에서도 가장 안쪽에 있는 건물을 사용하고 있었기 때문에 여기에 와 있다는 건 그 역시도 3관에 볼일이 있다는 뜻.

혼자 들어가지 않아도 된다는 사실에 안심한 하연이 활짝 웃자, 남자는 신기하다는 눈빛으로 그녀를 뚫어져라 바라보기 시작했다.

"혹시 저를 기억하십니까?"

고개를 갸웃거리던 하연은 그에게 바짝 다가갔다. 그러고 보니까 어딘가에서 본 얼굴이었다.

"아! 차석 이강우. 입궐식 때 함께 단상에 섰죠, 우리?"

굳이 콕 집어 '차석'을 강조하는 그녀의 말에 살짝 인상을 찌푸리던 강우는 이내 고개를 끄덕였다.

"그쪽도 예문관에 지원한 건가요?"

"예."

앞으로 이곳에서 함께 일할 동료라는 말에 하연의 두 눈이 반짝이기 시작했다. 오늘 아침에도 오라버니에게 괜찮다고 큰소리 치고 나오기는 했지만 사실은 불안했는데, 면식 있는 사람이 함께 있다는 게 정말 다행이었다.

"나이가 어떻게 되세요?"

"올해로 열아홉입니다."

"어? 그러면 저보다 연상이시네요? 말씀 편하게 놓으세요. 아, 그러면 제가 '강우 형님'이라고 부르면 될까요?"

씩 웃으며 묻는 말에 강우는 당황스러웠다. 누가 봐도 '오라버니'라고 불러야 할 상황이었지만 하연은 너무나도 당연하게 '형님'이라는 칭호를 선택했다.

이내 그는 체념하는 심정으로 고개를 끄덕였다. 그래, 칭호가 뭐든 어쩌랴.

"자, 그러면…… 들어가 볼까요?"

텃세가 심할 거라는 건 어렴풋이 예상했다. 여자라고 무시당하는 것 역시 단단히 각오한 뒤였다.

예문관에 들어서기 위해 문고리를 잡은 그녀의 손이 살짝 떨렸다. 그러자 이를 바라보고 있던 강우가 답답해서 못 보겠는지 대신 손을 뻗어서 그대로 문을 열어 버렸다.

덕분에 하연은 휘청거리며 예문관 안에 들어갔고, 안에 있던 사람들의 시선이 일제히 문으로 향했다.

"드디어 왔군!"

아무래도 머리 좋은 사람들만 모여 있다 보니, 숨이 막히는 곳 일 거라 예상했는데 그것은 그녀의 착각이었다.

3관에 들어선 하연과 강우는 자리에 굳어 버렸다.

눈앞에는 하나같이 단정한 차림새를 한 사내들이 두 팔을 번쩍 든 채로 열렬한 환영 인사를 보내고 있는데 순간 자신들이 잘못 찾아온 건 아닌가 할 정도였다.

"기다리느라 목이 빠지는 줄 알았네!"

고된 업무에 시달리느라 피로가 누적되어 하나같이 예민할 줄 알았지만 신입인 그들에게 우르르 달려오는 이들은 친한 동네 형님 같았다. 하연은 이런 분위기가 퍽 마음에 들었다. 환영 인사랍시고 덥석 끌어안는 것을 제외하고는.

물론 하연은 포옹 대신 악수를 했지만, 강우는 일렬로 줄까지 서 가며 한 명 한 명에게 강제 포옹을 당해야만 했다.

"아이고, 우리 예쁜 신입들~"

격한 반응이 있을 거라 예상하기는 했지만 이런 식의 환영일 줄은 몰랐다. 여자라고 흘겨본다면 모를까, 구석에서 눈물을 훌쩍이기까지 하며 자신을 반길 이유는 없었다.

하연은 충격에 빠졌다. 도대체 뭐지, 이 사람들. 혹시 취한 건가? 설마, 근무 중에 그럴 리가 없지. 교육관들이 대낮부터 음주에 빠졌을 리가 없을 텐데…….

"비인기 부서인 우리 예문관을 선택하다니…… 기특한 것들!"

"그러게 말이야…… 차석으로도 모자라 그 유명한 수석까지! 이보다 더 든든할 수가 없지!"

"다른 부서들이 부러워서 미치려고 하더군."

그들의 이야기를 듣고 있던 하연은 어느 정도 감이 잡혔다. 하긴, 어찌 보면 이곳은 권력 다툼 소용돌이의 한가운데인데 제 발로 들어오고 싶은 사람은 없겠지.

"어디 그뿐인가."

고개를 끄덕이고 있던 그들의 시선이 3관 안에 있는 커다란 책장에 놀라고 있는 하연에게로 쏠렸다.

"수석께서는 지금 한창 궐 밖을 떠들썩하게 뒤흔들고 있는 유명인이기까지!"

"소문대로 엄청난 미인이네."

"세상이 얼마나 불공평한지를 보여 주는 예지."

아닌 척하면서도 그들의 말을 듣고 있던 하연은 고개를 갸웃거렸다. 이쯤이면 으레 한 번쯤은 나올 법한 어떤 말이 여전히 들리지 않았기 때문이다.

어째서인지 그들은 활짝 웃고 있었고, 앞으로 잘 지내보자는 말을 할 뿐 누구 하나 자신에게 손가락질하는 이가 없었다.

여인을 무시하는 발언 역시 들리지 않았다. 또 하나, 옆에 서 있는 차석 이강우와 자신을 한꺼번에 '신입'이라 부르고 있을 뿐 남자와 여자의 구분 역시 없다.

"다들 그만. 신입들 당황하는 거 안 보여?"

"아, 우리가 너무 정신없었나? 미안. 신입은 너무 오랜만이다 보니……."

"아니요. 그냥…… 조금 놀라서요."

갑자기 사과하는 그들에게 하연은 고개를 저었다.

"선배님들께서는 여성 인재 등용에 대해 찬성하시는 건가요?"

그녀의 질문에 선배들은 잠시 생각에 잠겼다. 얼마 안 가 그들은 고개를 끄덕이며 대답했다.

"확실히 낯설고 어색한 일이기는 하지만…… 세상이 언제까지고 같을 수는 없잖아. 변화가 있어야 발전이 있지."

"윗분들은 불만인 거 같지만 말이야."

"늙은이들의 사고방식이 원래 그렇지, 뭐. 틀에 박혀 있잖아."

"새로운 걸 못 받아들이니까 문제 형식들이 다 예전이랑 똑같지."

여성 관리 따위 받아들이지 않겠다며 발악하던 고위 대신들과는 달랐다. 예문관 전체가 자신의 존재를 거부하고 있는 줄 알았는데 그건 아닌 모양이다. 하나의 집단이었지만, 그 안에서도 모두가 생각이 달랐다.

"어. 벌써 온 건가?"

"오셨어요. 부장."

문가에서 들려오는 또 다른 목소리에 그들을 둘러싸고 있던 이들이 깍듯이 인사했다. 엄청난 환영에 벌써부터 지친 하연은 아직도 더 인사를 나눠야 하는 사람이 남아 있냐며 힘없이 돌아섰다.

"아."

"아?"

문가에 서 있는 검은 옷의 남자를 멀뚱히 바라보던 하연이 나지막하게 '아'라고 외치자, 남자가 싱긋 웃는다.

"이름이 같기에 설마설마했는데, 역시 설마는 사람을 잡네."

"윽."

"알아봐 주는 건 고마운데 그런 반응은 좀 그렇잖아."

멍하니 서로를 바라보고 있는 두 남녀. 뭔가가 있는 게 틀림없었다. 남 일 참견하기 좋아하는 선배들이 이 둘을 가만히 내버려 둘 리가 없지.

"부장? 왜 그러세요?"

"음……."

"도대체 뭐냐고요, 이 분위기. 혹시 이 신입이랑 아는 사이예요?"

분위기만 봐도 둘 사이에 뭔가가 있다는 건 누구나 다 알 수 있었지만 부장은 입을 열지 않았다. 답답한 교육관들은 겁도 없이 상관인 그를 붙잡고 흔들기까지 하며 대답을 요구하기 시작했다.

그들의 끈질긴 요구에 부장이라 불린 남자는 포기했다는 듯 의미심장한 미소를 지으며 그들을 바라봤다.

"굳이 말하자면 맞선을 봤는데, 내가 차였지."

원래 남의 연애사가 그렇게 재미있는 거라던데. 이런 재미난 이야기를 이제야 하다니!

그의 엄청난 폭로에 즐거워하는 교육관들과 달리 하연은 기가 막혔다.

"사람들은 말하지."

무슨 생각인 건지는 몰라도, 싱긋 웃으며 자신에게로 다가오는 부장을 보고 있자니 하연은 등골이 오싹했다. 자신도 모르게 뒷걸음질을 치며 주위를 두리번거렸다.

"이런 게 운명이라고."

그런 부장의 말이 끝나기 무섭게 그녀는 고개를 절레절레 저으며 단호하게 말했다.

"그럴 리가요."

그동안 얼마나 많은 사람을 만났는데, 하나하나 그 이름과 얼굴을 기억하지 못하는 건 어찌 보면 당연한 일이었다. 그럼에도 불구하고 이렇게 또렷이 기억나는 사람이 있다는 건 한 가지 이유밖에 없었다. 그만큼이나 신경 쓰이는 상대였다는 뜻. 물론 안 좋은 쪽으로!

"어라? 다들 실컷 비웃을 거라고 생각했는데."

시끌벅적하던 예문관 제3관이 갑자기 조용해졌다.

부장씩이나 되시는 분께서 새로 들어온 소문의 신입과 맞선을 봤다가 거절당하셨단다. 그런데 거절당한 것치고는 분위기가 너무 밝다.

도대체 무슨 사이냐며 그에게 매달리던 이들이 이제는 눈치를 보기 시작했다.

"……왜 차이셨는데요?"

"글쎄, 뭐더라. 대답을 잘못해서?"

자신에게는 아무런 잘못이 없었는데, 오직 대답 한 번 잘못해서 거절당했다는 그의 말에 하연은 인상을 찌푸렸다. 다른 건 몰라도 이것만큼은 그냥 듣고 넘어갈 수가 없었다.

"아니죠. 맞선 자리에 다른 여자를 데리고 나타나서였겠죠."

대답을 잘못해서 거절당했다는 그의 말에 연민에 찬 눈빛으로 부장을 바라보던 예문관 대신들이 하연의 말이 끝나기 무섭게 일제히 그를 노려보기 시작했다. 그러자 부장은 어색하게 웃더니 변명하듯 중얼거렸다.

"……이렇게 예쁜 여자일 줄은 몰랐단 말이야."

늘 있는 중매쟁이들의 거짓말인 줄 알았단다.

"……부장이 잘못하셨네요."

"내 말이."

"다들 이제 그만해라. 너희 둘은 따라와. 기숙사를 안내해 줄 테니까."

자신에게 불리한 상황임을 직감한 부장이 그들에게서 벗어나야 겠다고 생각한 건지, 하연과 강우에게 따라오라는 손짓을 하며 3관을 나섰다.

"아, 이걸 빼먹었네. 그럼 잘 부탁한다, 신입들. 물론 지금 한 명은 엄청 불편하겠지만."

그 말에 하연은 망설이지 않고 고개를 크게 끄덕였다.

"네, 미치도록."

저런 사람을 상사라고 모셔야 한다니. 험난한 앞날이 자신의 앞에 펼쳐져 있는 거 같았다.

"예문관은 총 3개의 관으로 나뉘어져 있지만, 기숙사는 하나로 통합되어 있어. 그러니까 우리 쪽 신입인 너희 말고도 다른 관의 신입들이랑 함께 지내야 해. 신입 딱지 뗄 때까지만이니까 그 사이에 괜한 문제 일으키지 말고."

3관에서 얼마 떨어지지 않은 곳에 위치한 작은 건물 안으로 들어서던 부장이 빠르게 설명했다. 과연, 그의 말대로 안에는 이미 다른 곳에서 온 신입들이 짐을 풀고 있었다.

강우의 뒤를 따라 안으로 들어서던 하연은 자신에게로 쏠리는 그 시선들에 작게 한숨을 내쉬었다. 이 말도 안 되는 제안을 받아들였을 당시, 고지식한 예문관의 고위 대신들에게 지고 싶지 않아 담담하게 받아들였지만 막상 기숙사에 들어서니 마음이 불편한 건 어쩔 수 없었다.

"아, 그리고 서하연."

"네?"

막 강우의 자리를 알려 주던 부장이 갑자기 하연을 부르더니 기숙사의 안쪽에 있는 문을 가리켰다.

"너는 별실을 마련해 두었으니 그곳을 사용하고."

"……네?"

그럴 리가. 절대 별실 같은 건 내주지 않겠다고 했는데?

빨리빨리 따라오지 않고 뭐하느냐며 하연을 재촉하던 부장이 작은 방의 문을 열며 말했다.

방은 아주 작았지만, 하연 혼자 쓰기에는 부족함이 없었다.

"위쪽에서는 남녀차별이니 뭐니 떠들어 대고 있지만, 아무리 그래도 이건 아니잖아. 안 그래?"

그 말에 하연은 넋을 놓고 고개를 끄덕였다. 성격이 안 좋은 사람인 줄로만 알았는데 꼭 그렇지는 않은 모양이었다. 이상하기는 하지만 착한 사람일지도.

"하연 너 부장께 감사해라. 부장이 아침부터 그 늙은이들 찾아가 담판을 벌였다고."

할 일이 없는 건지 뒤를 졸졸 쫓아오던 선배 몇 명이 그들을 비집고 들어와 방 안을 둘러보며 말했다.

"좀 성격이 나쁘기는 해도 사실은 엄청 잘 챙겨 주니까, 가끔 해야 하는 일이 너무 많으면 마음껏 투정 부려. 싫은 척하면서도 다 해 줘."

"참 좋은 거 가르치고 있네. 너희들, 일 안 해? 이렇게 신입들 꽁무니 따라다닐 정도로 여유 있나 봐?"

부장과 부원이란 상하 관계였지만 그런 생각이 들지 않을 정도로, 그들은 너무 아무렇지 않게 대들고 싸웠다.

하연은 그 모습이 신기했다. 지금까지 이런 분위기를 느껴 본 적이 없는 그녀로서는 꽤나 낯선 환경이 아닐 수 없었다.

"어, 저기…… 감사합니다."

우물쭈물 거리던 하연은 부장에게 감사의 인사를 했다. 걱정하고 있던 문제를 이리 말끔하게 해결해 주다니. 뺀질거리고 바람둥이라는 사실이 좀 걸리기는 했지만 그건 어디까지나 남자로서 실격인 거지, 부장으로서는 괜찮은 사람인 거 같았다.

"됐어. 과거에 어떤 자리에서 만났든 네가 우리 부서에 들어온 이상, 우리는 한 가족이나 다름없으니까."

"에이, 사실은 이번 기회에 점수 잘 받으셔서 재도전하시려는 건 아니겠지요. 부장?"

"걱정 마라. 난 저렇게 예쁜 애는 부담스러워."

옆에서 인상을 찌푸리고 있는 하연을 본 부장이 손을 번쩍 들더니, 날카롭게 공기를 가르며 내려와 그녀의 머리를 툭 하고 내리쩍어 버렸다.

아무리 힘을 뺐다고 하나 지금까지 아버지는 물론 오라버니에게조차 맞아본 적이 없는 그녀에게는 큰 고통이었다.

"너, 그렇게 인상 찌푸리는 거 빨리 고치지 않으면 여기서 살아남기 힘들 거다."

"윽…… 명심하겠습니다."

상대가 이완이었다면 바로 아프다고 난리를 쳤겠지만 이곳은 집이 아니었다. 상대 역시 만만한 오라버니가 아니라 직장 상사이다. 이럴 때 꾹 참는 게 바로 사회생활이라는 거겠지.

"자, 그럼 신입들, 특히나 예쁜 신입! 어디 한번 늙은이들 코를 납작하게 만들어 보라고. 입궐만으로도 반 정도는 성공한 거나 다름없으니까 힘내."

부장이 활짝 웃는 얼굴로 하연과 강우의 머리를 마구 헝클어 놓았다.

방금 그가 말한 그 '늙은이들'이라는 건 분명 자신을 괴롭히던 고위 대신들일 텐데 부장이라는 사람이 그들의 코를 납작하게 만들라며 이리 직접 응원을 해 주다니. 이 재미있는 상황에 하연 역시 피식 웃어 버렸다.

신후왕에 의해 반강제적으로 들어온 궐이었지만 자신이 상상했던 것과는 너무 달랐다. 생각보다 잘 적응할 수 있을 거 같다는 생각에 어둡기만 하던 눈앞이 밝아지는 거 같았다.

그런 하연에게서 눈을 못 떼고 있던 강우가 자신의 자리로 가기 위해 막 걸음을 옮기려던 그때였다. 그의 앞에 서 있던 부장이 무슨 일인지 계속해서 그의 앞을 가로막아 섰다.

"저에게 볼일이라도 남아 있으십니까?"

이상한 낌새를 느낀 강우가 작게 묻자, 그 앞을 가로막고 서있던 부장이 강우의 어깨를 턱하고 잡더니 말했다.

"난 네가 무슨 목적으로 우리 예문관을 지원했는지 알고 있어."

"……."

"딱히 너를 방해하겠다는 건 아니야. 하지만 내가 이 3관의 부장으로 있는 한, 가능하면 내부에서 문제를 일으키지 말아 줬으면 해."

"……그게 무슨 말씀이시죠?"

무표정으로 이야기를 듣고 있던 강우가 부장을 똑바로 바라보며 물었다. 얼굴에는 조금도 동요의 기색이 보이지 않았지만, 목소리는 확실히 전과 달리 살짝 떨리고 있었다.

"내 밑으로 들어온 이상 너나 저 방 안의 대단한 아가씨나 시끄러운 나머지 놈들이나 모두 한 식구야. 내부에서 분열 같은 게 일어난다면 난 그냥 두고 보지 않을 거라는 의미다. 명심해."

"……."

꿀 먹은 벙어리처럼 입을 다물어 버린 강우에게서 시선을 뗀 부장은 이만 안내가 끝났으니 자신은 일에 복귀하겠다며 기숙사를 나섰다.

막 문을 지나려던 그가 한 가지를 잊었다며, 재미있어 죽겠다는 얼굴로 강우를 돌아봤다.

"뭐, 기왕 온 거 두 눈 크게 뜨고 잘 봐 두도록 해. 아마 그동안 네가 들어 왔던 것과는 차원이 다를 테니까. 그녀로 인해 이 천유국은 엄청난 변화를 맞이하게 될 거야. 그건 내가 장담하지."

*　　*　　*

"어? 강우 형님!"

"……."

그들이 예문관의 신입으로 들어온 지도 벌써 꽤 시간이 지났다.

이제는 궐 안에서 지내는 것은 물론이고 업무 처리에도 어느 정도 익숙해진 하연은 오늘도 예문관에 출근하기 위해 기숙사에서 나오던 참이었다. 그러던 중 눈앞에 같은 행선지의 동료, 강우가 보여 다짜고짜 이리 부른 것이다.

하연이 반가움에 그의 이름을 부르며 달려가자 앞서 가던 강우가 못마땅하다는 표정으로 걸음을 멈추더니 그녀를 기다려 주었다.

"같이 좀 갑시다."

그러나 기다려 주는 것도 잠시, 또다시 휙휙 앞서 가 버리는 바람에 기껏 좁혀진 거리가 순식간에 원상복귀되었다.

딱 여인의 평균 신장을 갖고 있는 하연과 남자들 중에서도 큰 편에 속하는 강우. 신체적으로 따져 봤을 때 하연이 그의 보폭을 맞춘다는 건 불가능한 일이었다. 놓치지 않고 뒤따라가는 것도 이렇게 힘이 드는데!

"어차피 목적지도 같은데, 기왕이면 함께 가는 게 좋지 않겠습니까? 이런저런 이야기도 나누면서 말입니다."

그 말에 약을 올리는 건지 무시하는 건지, 강우의 걸음은 더욱더 빨라졌다. 질 수 없지. 괜한 오기가 발동한 하연은 재빨리 뛰어 그보다도 먼저 문 앞에 도착했다. 그러고는 어이없어하는 강우를 돌아보며 씨익 웃었다.

"선배님들 좋은 아침입니다~"

쓸데없이 체력을 소모한 덕분에 힘이 들기는 했지만, 그녀는 일부러 큰 목소리로 밝게 인사하며 예문관 안에 들어섰다.

"음?"

그런데 뭔가가 이상했다. 평소 같으면 '우리 수석'이나, '우리 예쁜 신입들'이라며 반갑게 대꾸했을 예문관의 상태가 오늘따라 이상했다. 늘 시끌벅적한 축제 분위기 같았던 제3관이 오늘은 웬일로 초상집 분위기처럼 어두웠다.

"……무슨 일 있나요?"

도무지 적응이 안 되는 분위기에 하연은 사태 파악을 위해 부장에게 다가가 물었다.

"부장? 왜 그러세요?"

그러나 대답이 없는 부장. 아니, 그는 아예 말이 없었다. 자는 시간 빼고는 거의 떠들어 댄다는 저 입이 무슨 일이래?

"아, 서하연."

때마침 책을 한 아름 들고 지나가던 선배가 고개를 갸웃거리며 부장의 앞에서 알짱거리고 있던 하연을 불렀다.

"지금 부장 제정신 아니니까 그냥 내버려 둬."

"왜요?"

"긴급 상황이거든."

"긴급 상황?"

"중앙궁에서 지시가 내려왔어."

중앙궁이라는 그 말만 들어도 하연은 숨이 턱 막히는 거 같았다. 이곳에 오기 전까지만 해도 한 달에 몇 번이고 들렀던 곳인데 막상 이렇게 신입의 신분이 되어 궐에 들어와 보니 새삼 먼 곳이라는 생각이 들었다.

"슬슬 후계자 문제를 해결할 생각이니, '모든' 왕자들이 왕위 경쟁에 참가할 수 있도록 기본 교육을 시키라는 전하의 명령이야."

"아……."

이런. 한시라도 빨리 이곳에 적응하느라 정신이 없어서 깜빡했는데 그러고 보니까 지금 이곳에 놀러 온 게 아니었다. 그녀는 신후왕과 어떤 약속을 했고, 그것을 지켜야만 했다.

'나는 네가 궐에 들어와, 예문관의 교육관이 되어 어떤 녀석을 고쳐 줬으면 한단다.'

'그 녀석의 교육관이 되어 줬으면 좋겠다는 뜻이지.'

분명 석 달 안에는 이 문제를 해결해야 했다. 그렇지 않으면 하연은 신후왕의 보호를 받지 못하게 될 것이고, 그리되면 간신히 벗어난 희빈에게 다시 붙잡힐지도 몰랐다.

그나저나.

"그게 무슨 큰 문제라도 되나요?"

이해가 되지 않아 물었다.

예문관이라는 기관은 원래 교육을 목적으로 만들어진 만큼 이런 일을 맡는 게 당연할 텐데 이제 와서 새삼스럽게 왜들 이러는 건지 이해가 되지 않았다.

"문제…… 있지. 아주 심각하게 있지. 예문관이 왜 3개의 관으로 나누어져 있는 줄 알아?"

"일의 효율을 위해?"

"물론 그것도 있기는 하지만, 관의 숫자는 매 세대마다 바뀌지. 참고로 전에는 2관까지밖에 없었어."

왜 이렇게 구석에 위치해 있는 건가 했는데, 다 이유가 있었구먼. 한마디로 3관은 원래는 없었지만 최근에 새로 편성된 부서라는 거 아니야.

"그럼 왜 나뉘어져 있는 거예요?"

"예문관의 관수는 곧 계승권을 갖고 있는 왕자 저하의 수와 똑같아. 왕자 한 명에게 한 관의 교육관들이 붙어 교육을 담당하지."

과연. 그런 깊은 뜻이 있었을 줄이야.

"문제는 하필이면 우리가 세 명의 왕자저하 중 가장 문제 있는 세 번째 왕자를 담당하게 되었다는 거야."

겨우 그것 때문에 이리들 침울해져 있다니. 하연은 괜히 미안해졌다. 중앙궁에서 직접 지시를 내린 이유는 분명 자신 때문이었다.

"……그렇게 심각한 분이신가요?"

물론 제대로 된 사람이 아니라는 건 신후왕에게 들어서 알고 있었지만, 설마 3관을 통째로 얼어붙게 만들 정도일 줄은 몰랐다.

"공부 따위 접은 지 오래. 은둔형 외톨이에다 왕위 경쟁은 아예 생각도 안 하고 있어서 그런지 아예 배우려고 들지를 않아."

"공부에서 손을 놓은 지가 몇 년인데, 그런 사람을 단기간에 평균 수준까지 끌어올리라니, 이게 말이 돼? 차라리 서당 개를 가르치는 게 더 쉽겠다."

"에이, 아무리 그래도……."

설마 그 정도까지겠어? 선배들이 엄살 피우는 거 아니냐는 그 말에 축 늘어져 있던 이들이 벌떡 일어났다. 그러고는 앞다투어 자신들의 경험담을 늘어놓기 시작했다.

"잘 들어. 삼 일. 우리 부서의 자랑스러운 최장 기록이야."

"삼 일?"

"저하를 교육시킨 기간. 수업은 둘째 치고, 얼굴 보고 마주 앉는 거조차 힘들어. 그럼에도 불구하고 삼 일을 버틴다는 건 엄청난 일이야. 그 정도면 정신 승리지."

"맞아. 아예 이야기조차 듣지 않으려는 분이시거든."

"어쩌다가 자리에 앉히는 데 성공한다고 해도, 사람 무시하는 거에 있어서는 타의 추종을 불허하지. 그냥 혼자 큰 소리로 책 읽는 거라고 생각하면 편해."

예문관 제3관의 사람들 감수성이 풍부한 건지 아니면 엄살이 심한 건지는 몰라도. 모두들 그때를 떠올리는 것만으로도 정말 힘들었다며 눈물을 찔끔거렸다.

"그리고 그렇게 시간을 보내고 나면, 도대체 뭘 하고 있었던 건지 모를 내 자신을 발견하게 되고 결국에는 스스로 때려치우게 되지."

"게다가 몇 년 전부터는 뭐가 그리 마음에 안 드는 건지 짜증이 더 늘어나서, 궁 안에 들어서는 것조차 힘들어졌어."

하연은 말문이 막혔다. '어느 정도 문제가 있나 보구나……' 하고 대수롭지 않게 생각했는데 한 명도 아니고 3관 전체가 징징거리는 걸 보니, 아무래도 자신이 생각했던 그 이상을 뛰어넘는 문제아인 모양이었다.

"최단 시간은 반나절. 최장 시간은 삼 일. 보통은 하루 정도 버티더라."

"그것 참, 어마어마하네요."

"그리고 오늘은 부장이 교육관으로 나갔다가, 처참히 무너져서 방금 돌아온 거지."

그제야 사태 파악이 된 하연이 침을 꼴깍 삼키며 고개를 끄덕였다. 한 마디로 그 대단하신 부장님께서도 하루도 안 되어 포기했다는 뜻인데.

"……그게 그렇게까지 어려운 일인가……."

그녀의 작은 중얼거림에 축 늘어져 있던 이들의 어깨가 다시 한 번 들썩거렸다. 순간 하연은 자신이 큰 실수를 했다는 걸 깨달았지만 이미 쏟아진 물을 다시 담는다는 건 불가능했다.

특히나 가장 큰 충격에 빠져 헤어 나오지 못하던 부장의 두 눈이 사냥감을 발견한 맹수마냥 번뜩였다.

"그래, 좋은 생각이 났어. 서하연, 네가 가라."

"……예?"

갑자기 이건 또 무슨 말이래.

"좋아. 다음 교육관으로는 하연을 보낸다. 모두 이의 없겠지?"

"네. 부장."

"아니요. 잠깐만요, 잠깐만요."

당황한 하연이 재빨리 부장에게 다가가며 그게 무슨 소리냐 항의했지만 소용없었다. 이미 그녀를 제외한 모든 사람들이 마음을 단단히 굳힌 뒤였다.

사실 부장이 퇴짜를 맞고 돌아왔을 때부터, 3관에 있는 이들은 다음으로 자신이 걸리지 않으려고 몸을 사리던 중이었다. 당연히 이러한 사실을 알 리가 없는 하연이 직접 덫에 걸려 주셨으니 안 기쁠 리가 있겠는가.

"잘 들어. 만만한 신입에게 입을 뒤집어씌우려는 것처럼 보일 수도 있겠지만, 사실 이건 치밀한 계산 끝에 내린 결론이다."

누가 봐도 충동적인 결정 같았지만, 사실은 자신이 계획한 것이었다며 부장은 하연을 설득하기 시작했다.

"넌 이번 국시의 자랑스러운 수석이다. 그 사실 하나만으로도 분명 우리에게는 한 번 줄 눈길이 너에게는 두 번 가게 되겠지. 결정적으로 상대는 남자야. 그리고 넌 예쁘고."

"······."

뭐야, 지금. 한마디로 미인계를 써서 관심을 받아 보라는 불손한 발언인데? 물론 그만큼이나 절박하다는 뜻일 테니 어느 정도는 이해할 수 있었다.

그래도 이건 아니지!

더는 못 들어주겠다며 하연이 제 어깨에 올려진 부장의 손을 떼어내고는 뒤로 물러섰다. 그러자 마음 급한 그가 재빠르게 협상에 들어갔다.

"삼 일!"

"······삼 일?"

"네가 우리 예문관의 최장 기록인 이 삼 일을 넘긴다면!"

"······넘긴다면?"

"앞으로 바쁠 때 네가 해야 하는 일들은 우리 선배들이 해 주마."

어라? 가만히 생각해 보니까 그냥 무시할 수 없는 제안이었다. 가뜩이나 해야 하는 일이 많은 예문관. 단순히 신입이라는 이유로 툭하면 잔심부름이나 소일거리까지 더 맡는 바람에 정신이 없었는데······.

고민에 빠진 그녀의 모습에 부장은 이것만으로는 모자라다고 생각한 건지, 그녀의 자존심을 건드리기 시작했다.

"천하의 수석이 설마 이 정도의 일을 성공 못 할 리가 없겠지?"

"에이, 부장. 뭘 당연한 걸 묻고 그러세요? 수석은 아무나 하는 게 아니라고요~"

이럴 때는 늘 호흡이 잘 맞는다니까?

남 일 보듯 지켜보고 있던 강우는 설마 누가 이런 도발에 넘어가겠느냐며 중얼거렸지만…….

"당연하지요. 삼 일? 삼 일이면 가뿐합니다!"

그녀는 단순하게도 홀라당 넘어갔다.

강우가 답답하다는 눈으로 그녀를 바라봤지만, 앞쪽에 서 있던 선배들이 그에게 가만히 있으라며 무서운 눈빛으로 쏘아 대는 통에 얌전히 있을 수밖에 없었다.

뒤에서 흐뭇하게 웃는 선배들은 하연을 잘 구슬렸다며 뿌듯해하고 있겠지만, 사실 이는 달랐다. 그녀가 그들의 계획에 넘어간 게 아니라 넘어가 준 거나 다름없었다.

어차피 그 일을 하기 위해 들어온 궐이고, 그러기 위해 선택한 예문관이다. 게다가 석 달이라는 제한 시간까지 있었으니 기왕 해야 하는 일, 빨리 시작해서 나쁠 게 없었다.

"좋았어. 역시 대단한 수석 신입은 뭔가 다르군! 자, 이건 그분이 현재 머물고 계시는 궁의 약도야."

"약도? 약도까지 필요하나요?"

부장이 내민 종이를 받아 들던 하연은 고개를 갸웃거렸다. 일단 주기에 받기는 받았는데, 설마 이 궐 안에서 길을 잃을 리는 없고 굳이 이런 게 필요한가 싶었다.

"궐 안에서도 가장 구석에 위치한 궁에서 지내시거든. 길이 익숙하지 않은 사람들은 좀 헤맬 수도 있어. 첫날부터 지각하면 좀 그렇잖아?"

"그렇죠."

"괜히 늦어서 한 소리 듣지 말라고."

설마, 이렇게 중요한 일에 지각 같은 걸 할 리가 없잖아?

걱정하지 말라며 하연은 큰 소리를 떵떵 쳤지만, 선배들은 마치 어린아이를 첫 심부름 보내는 부모마냥 걱정이 이만저만 아니었다.

"잊지 마. 영희궁(英姬宮)의 시해랑 님. 앞으로 우리가 담당해야 하는 분이니까."

*　　*　　*

궐 밖에서 늘 그녀를 따라다녔던 '가장 아름다운 여인'이라는 명성은 궐 안에 들어온 지금도 그녀를 쫓아다녔다.

"소문이 사실이었네."

"그러게 말이야. 여성 교육관이라니."

기숙사만 벗어나면 이 난리였다.

어딜 가나 따라붙는 시선들은 이제 익숙했다. 물론 아주 신경을 안 쓸 수야 없겠지만, 하연은 나름대로 잘 버티고 있었다.

그나마 남자들의 주목은 나은 편이었다. 그들은 멀찍이 떨어져 저들끼리 소곤거리기만 할 뿐 직접 다가오거나 하지는 않았으니까.

하지만 궁녀들은 달랐으니, 일단 마주치면 붙잡아 놓고 남자를 사로잡는 비결 같은 말도 안 되는 걸 묻는 통에 하연은 이제 궁녀의 뒷모습만 봐도 바짝 긴장했다.

"역시 강우 형님 옆이 가장 편하네요."

이것이 바로 그녀가 그동안 시달리며 얻은 해결책이었다.

강우는 워낙에 말이 없는 성격인지라, 아무리 옆에서 떠들어 대도 돌아오는 답변이 적어 무안할 때도 있었다. 그래도 그 옆에 있으면 호기심 삼아 다가오는 남자도 없었고, 시시때때로 그녀와 마주치기 위해 갖은 노력 중인 궁녀들 역시 눈치만 볼 뿐 직접 다가오진 못했다.

이 놀라운 사실을 이제야 깨닫게 된 하연은 그 뒤로 기숙사에서 나갈 때는 무조건 그의 곁에 찰싹 달라붙었고, 강우는 그런 그녀가 귀찮고 불편했다.

"너무 그렇게 노골적으로 싫다는 표정 짓지 말아 주세요. 제가 형님께는 짐짝 취급을 받고 있지만 밖에 나가면 저랑 같이 걷고 싶어 하는 사람들이 수두룩하니까."

"하."

"나중에 자랑하고 다녀도 됩니다."

인심 쓴다는 듯한 하연의 태도에 강우는 더더욱 어이가 없었다. 마음만 먹으면 그녀를 떨어뜨리는 것쯤은 일도 아니었지만…… 그래도 힘없는 여인 하나 떨어뜨리자고 있는 힘껏 도망가는 건 그림이 안 좋지 않은가.

"……너 슬슬 교육 시간 되지 않았어?"

"안 그래도 지금 가 보려던 참인데, 걱정이 이만저만이 아니에요.

툭하면 몸이 아프다는 핑계로 수업을 거부하셨다 들었는데 아직까지 조용하시네요."

"이제서야 정신을 차렸다느니, 그런 거 아니야?"

"제발 그랬으면 좋겠어요. 의욕 없는 상대 가르치는 것만큼 힘든 일은 없을 테니까."

웬일로 자신의 대화에 어울려 주는 강우 덕분에 하연은 신이 나서 떠들어 대기 시작했다.

그러나 그것도 잠시, 역시 쉴 틈 없이 몰아붙이는 하연을 상대하기는 역부족이었던 건지 강우의 걸음이 빨라지는가 싶더니 결국엔 또다시 그녀와 거리가 생겨 버렸다.

결국 하연은 그를 쫓아가기 위해 이를 악물고 달릴 수밖에 없었다. 이제 막 손에 닿을 정도의 거리까지 쫓아 붙은 그때였다.

"저 여자가 그 유명한?"

"그래."

또다시 들려오는 수군거리는 소리에 하연은 한숨을 내쉬었다. 물론 한 귀로 듣고 한 귀로 흘리고 있기는 하지만 기분이 나쁜 건 어쩔 수 없었다. 그들에게 시선조차 주지 않고 무시하며 묵묵히 걸음 속도를 높였다.

"그리고 저 녀석은 차석이래. 그뿐만이 아니라 저 녀석……."

"아, 알아. 뭐야, 혹시 부정 합격 아니야? 예문관을 선택한 것도 그렇고."

"그럴지도 모르지."

빠른 속도로 걷던 하연이 걸음을 멈추고는 뒤에서 킥킥거리며 떠들고 있는 이들을 가만히 바라봤다.

"여자한테 밀려 차석이라니. 한심하기 짝이 없네."

"그래 놓고 같이 붙어 다니는 거 봐. 남자가 돼서 자존심도 없나."

그들의 이야기를 듣고 있던 하연의 손에 힘이 들어갔다. 스멀스멀 짜증이 밀려오기 시작했다. 눈치가 없는 건지는 몰라도 여전히 웃고 있는 그들을 향해 돌아선 그녀가 힘차게 걸음을 옮기려는데, 갑자기 커다란 손이 불쑥 나타나 시야를 가리는가 싶더니 그대로 그녀를 뒤쪽으로 당겨졌다.

"서하연."

"……."

한참 앞서 가던 강우가 그녀를 부르고 있었다.

"빨리 와. 데려다 줄 테니까."

쓸데없는 일에 신경 쓰지 말고 가던 길이나 가자는 말이나 다름없었지만, 이렇게 간단히 넘어갈 그녀가 아니었다.

"하다못해 수석은 남자가 했어야지, 한심하게 여자한테 지고 말이야."

"덕분에 우리 신입들 수준만 낮아졌어."

저저, 분위기 파악 못 하고 떠들어 대는 입을 보라지. 그래도 형님 얼굴 봐서 참으려고 했더니만, 아무래도 안 되겠네!

강우의 얼굴을 봐서 참으려고 했지만, 이런 일을 그냥 넘어가기에 그녀는 성격이 그렇게 온화하지 못했다.

얌전히 있으라는 그를 뚫어져라 올려다보고 있던 하연이 그 손을 찰싹하고 쳐 내더니 결국 몸을 돌렸다. 그러고는 망설임 없는 걸음으로 자신들을 주제로 이야기꽃을 피워 내고 있는 그들의 앞에 다가갔다.

"하실 말씀이 있으시면 앞에서 당당하게 해 주셨으면 좋겠습니다만? 남자답게."

"뭐, 뭐야?"

결국 하연은 첫 날에 부장과 약속했던 '문제 일으키지 않기'를 과감히 어기기로 결심했다.

말을 듣지 않고 그들의 대화에 끼어드는 하연을 본 강우가 최악의 사태를 막기 위해 재빨리 달려갔지만, 이미 상황은 늦은 뒤였다.

"그래요, 물론 저에게 다가오는 게 힘들다는 건 잘 알아요. 실물을 보게 됐는데 얼마나 설레겠어요. 암요, 떨리겠죠. 말도 잘 안 나오겠지요. 충분히 이해해요. 하지만 전 성격이 꽤 좋아서 말을 걸어 주시면 싫은 내색 안 하고 대화할 수 있거든요?"

"무슨……."

그녀의 말에 아무렇지 않게 험담을 늘어놓던 남자들이 당황해서는 입만 뻥끗거릴 뿐 제대로 된 말은 하지 못했다.

"아, 하지만 한 가지는 확인해야겠네요. 저와 같은 신입이라고 하셨지요? 이번 국시를 몇 등으로 통과하셨나요?"

갑작스러운 순위 질문에 두 남자가 쩔쩔매기 시작했다. 그러나 이미 구경꾼들이 모일 때로 모인 상황인지라 눈앞의 계집의 말에 대답도 하지 않고 버티기는 뭐 했다.

"나는 33등……."

"37등……."

"아, 그럼 안타깝게도 안 되겠네요. 혹시 나중에라도 같은 신입이라고 친한 척 같은 거 하지 말아 주세요. 바보랑 어울리다가 나까지 바보 취급당할지도 모르니까."

"뭐야?!"

하연의 말에 앞에 서 있던 두 남자가 발끈했다. 그러거나 말거나 그녀는 눈빛 하나 흔들리지 않았고, 혹시라도 무슨 일이 생길까 봐 부랴부랴 달려왔던 강우의 입꼬리는 웃음을 참느라 씰룩거렸다.

작은 여자 한 명에게 쩔쩔매고 있는 두 남자. 누가 봐도 재미있어 보이는 상황이었다.

"그리고 당신들이 수준 낮은 건 저 때문이 아니라 본인들이 노력을 안 했기 때문입니다. 남을 탓하기 전에 반성을 하세요!"

아무리 머릿수가 둘이라고 해도 그들은 하연에게 상대가 되지 않았다. 나름대로 할 말이 있어 보이기는 했지만 그것을 조리 있게 말하는 능력까지는 갖추지 못한 건지 우물우물거릴 뿐. 이는 보는 사람은 물론 스스로를 답답하게 만들었다.

"할 말 없으시죠? 그럼 전 이만 가 보겠습니다. 누구처럼 뒤에서 험담이나 나누고 있을 정도로 한가하지 못해서."

"너 다음부터는 그러지 마."

한바탕 소란이 있은 뒤, 강우가 여전히 씩씩거리는 하연을 힐끔거리더니 소심하게 경고했다.

"오해하지 마세요. 딱히 형님을 위해서가 아니었으니까요. 그런데 형님 아까 뒤에서 웃고 계셨잖아요."

"장난하는 거 아니야. 그러다가 큰일이라도 나면 어쩔 뻔했어?"

"앞에서 대놓고 말도 못 하는 사람들이 그럴 리가 없지만, 혹시 그럴 때를 대비해서 달려온 거 아니셨어요?"

하연이 씨익 웃으며 말하자, 평소라면 인상을 찌푸렸을 강우가 웬일로 그녀를 따라 웃어 버렸다.

"아, 혹시나 해서 하는 말인데요. 강우 형님이 차석을 한 이유는 실력이 없기 때문이 아니니까 너무 상심하지 마세요."

"……그러면 뭔데?"

"제가 조금 더 잘났기 때문이지요. 강우 형님은 충분히 훌륭해요."

서하연이라는 사람은 알아 가면 알아 갈수록 참 신기했다. 결국에는 자기 자랑이지 않은가. 어떻게 본인 입으로 저런 말을 할 수 있는 걸까?

"빈말이라도 내가 능력을 충분히 발휘 못 했다거나, 그런 포장도 할 수 있지 않았나?"

"어차피 강우 형님이 능력을 십분 발휘했다고 해도 제가 이겼을 텐데, 그런 뻔한 거짓말을 할 수는 없잖아요."

"자신감이 넘치네."

"그게 바로 제 많고 많은 장점 중 겨우 한 가지에 불과하죠."

하늘을 찌를 것만 같은 엄청난 자신감에 강우는 항의하기는커녕, 그냥 웃어 버렸다. 뭐라고 해 봤자 듣지 않을 녀석이라는 건 진즉에 눈치챘어야 했는데.

"전부터 생각했지만 너 진짜 짜증난다."

"다행이네요. 저한테 반할 일이 없을 테니까. 아무리 형님이라지만 그러면 정말 곤란하거든요."

짜증 난다는 말에도 하연은 다행이라며 웃었다. 그런 그녀를 바라보던 강우가 잠시 생각에 잠기더니 곧 무언가를 결심한 듯한 눈빛으로 무겁게 입을 열었다.

"알아. 궐내에서의 연애, 금지당했잖아."

그 말이 끝나기 무섭게 앞서 가던 하연은 걸음을 멈추었다. 이곳에 들어오기 위해 고위 대신들과 했던 약속 중 한 가지였던 궐내에서의 연애 금지는 신후왕과 고위 대신, 그리고 자신밖에 모르는 이야기일 텐데…….

"……그렇게 세세한 것까지 말한 적은 없는 거 같은데. 어떻게 알고 있는 거예요?"

"……."

좋다고 형님, 형님 하며 따라다닐 때는 언제고, 고양이마냥 바로 털을 세우고 경계하는 하연을 본 강우는 이상하게 웃겼다.

"……이렇게 되었으니 그냥 말하는 게 좋겠지."

그 역시 걸음을 멈추었다. 그러고는 하연의 코앞까지 다가오더니 작은 목소리로 말했다.

"내 아버지는 예문관의 고위 대신이야."

"……."

아, 어쩐지. 그제야 하연은 아까 그 남자들이 강우의 합격에 대해 수군거리던 말들을 이해할 수 있었다. 한마디로 집안의 힘으로 부정 합격한 거 아니냐는 소리였군.

그나저나, 예문관의 고위 대신 중 한 명이라는 말은…….

"맞아. 너를 반대하던 반대파 중 한 명이서. 아버지께서는 내가 예문관에 들어와 너를 감시하기를 바라셨지."

"……."

"……만, 사실 내가 예문관을 선택한 진짜 이유는 그것 때문이 아니야. 뭐, 아주 아니라고도 할 수는 없겠지만."

"그게 무슨 뜻이에요?"

"네가 예문관에 들어간다는 말을 전해 듣고 지원한 거니까."

안 그래도 찌푸려져 있던 하연의 얼굴은 더더욱 일그러졌다.

"혹시 진짜 저한테 반하셨어요?"

틈만 나면 등장하는 그녀의 생뚱맞은 질문에 벌써 익숙해진 건지 강우는 그것을 가볍게 무시하고는 바로 대화를 이어갔다.

"네 답안을 본 적이 있어. 그리고 분하지만 네가 수석을 받을 만했다는 걸 납득했지."

처음에는 아버지께서 골머리를 앓는 상대라고 해서 관심이 있었다. 그리고 우연히 보게 된 그녀의 시험지에 놀랐고, 그는 솔직하게 자신이 졌다는 것을 받아들였다.

"난 너랑 정정당당하게 승부를 하고 싶어. 그러니까 치사하게 뒤에서 너에게 손을 쓰거나 그러지는 않을 거야."

"그것 참 든든하네요."

"하지만 착각하지 마. 그렇다고 네 편은 아니니까. 나는 예정대로 널 감시할 거고 네가 약속한 것들을 지키지 못할 경우, 망설이지 않고 널 고발할 거야. 그러니까 알아서 처신 잘해."

"물론이지요."

"어디 한번 다른 사람들의 고정관념을 깨 봐."

감시라고 해서 꽉 막힌 사람이면 어쩌나 했는데 의외의 협력자가 등장한 거 같았다. 하연이 씨익 웃으며 고개를 끄덕이자 강우 역시 고개를 끄덕이며 웃더니 정면을 주시한 채 중얼거렸다.

"우선은 이 난관을 극복해야겠지만."

무작정 걸을 줄 알았는데, 어느샌가 그들은 어느 궁의 입구에 서 있었다. 고개를 든 하연의 눈에 문 위에 달려 있는 현판이 들어왔다.

영희궁(英姬宮)

입구에 서서 멍하니 주변 탐색을 하던 하연은 뭔가가 이상하다는 생각이 들었다. 주변 풍경이 낯익었다. 이유 모를 친숙함에 마음속에서는 불안이 피어올랐지만, 원체 궁들이 다 비슷비슷한 탓일 것이다.

"나도 얼핏 들었는데, 시해랑이라는 왕자는 엄청난 구제불능이래. 삼 일은 무리일 거 같은데 괜찮겠어?"

"물론이지요. 저에게 불가능이란 없는걸요?"

약간 겁을 주기 위해 일부러 한 말이었는데, 하연은 겁을 먹기는커녕 오히려 재미있다는 표정으로 그를 보며 대답했다. 그리고 친절하게도 배웅까지 해 준 형님에게 고맙다는 인사를 하며 아주 당당한 걸음으로 '영희궁'이라는 이름이 적힌 궁 안에 들어섰다.

당당히 안으로 들어서는 거까지는 좋았는데, 역시 뭔가 이상했다.

문 앞에서도 이미 기시감은 느껴졌지만 궁이 거기서 거기겠지 싶었는데, 안으로 들어서면 들어설수록 하연은 너무나도 이상한 기분이 들었다.

　분명히 처음 와 보는 곳이었음에도 불구하고, 손에 들려 있는 약도가 무색해질 만큼 점점 더 깊숙한 곳으로 들어서는 그녀의 걸음에는 망설임이 없었다.

五花
겁쟁이 왕자님

'영희궁.'

오다가다 들어 본 적이 있었나? 아니, 그럴 리가 없는데. 분명 이곳은 들어 본 적도, 와 본 적도 없는 궁일 텐데. 어째서인지 하연은 이곳을 잘 알고 있었다.

"······그나저나 진짜 낡았네."

아무리 문제 많은 왕자가 살고 있는 궁이라 해도 그렇지, 이 정도로 시설이 안 좋은 줄은 생각지도 못했다.

궁을 둘러싸고 있는 담은 위쪽이 무너져 내려 있는 부분도 많았을 뿐만 아니라, 군데군데 올라온 잡초들이며 밟으면 '삐걱' 하고 소름끼치는 소리를 내는 낡은 나무 판까지, 전체적으로 문제가 있었다.

그런데 문제는 이것들마저 어쩐지 익숙하다는 것.

"무향 님도 이런 곳에서 살고 계셨지."

비슷한 환경이어서 그런가? 최근 일부러 생각하지 않으려고 했고, 실제로 별로 떠오르지도 않았던 사람이 기나긴 공백기 끝에 자연스럽게 모습을 드러냈다.

'쓸데없는 생각은 하지 말자.'

멍하니 궁의 정문 부근을 관찰하던 하연이 밖으로 크게 돌아 다른 문으로 들어섰다.

그러나 이곳저곳 돌아다니던 하연은 작은 궁의 모퉁이를 돌아 뒤쪽으로 향하려다가 걸음을 멈추었다.

한 달 전쯤에 자신이 매일같이 출입하던 그곳과 정말이지 너무나도 유사했다. 정문 쪽에서 올려다봤을 때는 몰랐던 궁의 뒷모습이나 주변 나무의 위치 등 여러 가지가 그녀가 알고 있는 것들과 일치했다.

"……아."

외마디 외침과 함께 사태를 깨달은 하연의 낯빛이 어두워졌다.

자신이 알고 있던 장소와 유사한 게 아니었다. 비슷한 것도 아니다. 그냥 이곳이 그녀가 알고 있는 바로 그 장소인 것이다.

"설마 그 인간이 관리한다던 궁이 영희궁이었어?"

이제 보니 그동안 그녀가 수시로 출입한 곳은 이곳의 뒤쪽에 있는 후문이었고, 그 후문과는 후원이 바로 이어져 있었다. 이러니 앞쪽에 달린 현판을 보는 일이 없었고, 버젓이 새겨져 있던 궁의 이름도 알 수가 없었지.

"그나저나 이거 큰일이네. 다시는 안 올 것처럼 한바탕 하고 나왔는데, 이래서는 꼭 몰래 들어온 거 같잖아."

이러다 마주치면 엄청 민망한 상황이 될 것이다. 잠시 고민하던 하연은 할 수 없이 그와 마주치기 전에 일단 돌아가기로 결심하고는 걸음을 돌렸다. 바로 그때였다.

"아, 아가씨! 아가씨!"

익숙한 남성의 목소리에 그녀가 고개를 번쩍 들었다. 저 앞에서 그녀의 등장에 놀란 듯 보이는 돌쇠가 두 눈을 반짝이며 달려오고 있었다.

"어, 돌쇠 씨. 오랜만이네요."

하필이면 이 사람에게 들킬 게 뭐람?

"드디어 오셨군요! 아, 저는 더 이상 안 오시는 줄 알고 걱정……."

낭패라 생각한 그녀와 달리 돌쇠는 오늘따라 너무나도 기쁘게 그녀를 환영하고 있었다. 평소와 다른 태도에 하연은 오히려 인상이 찌푸려졌다.

'아니, 사실은 오지 않으려고 했는데…….'

돌쇠가 있다는 건 문제의 '그'도 근처에 있다는 뜻. 일단 지금 이 상황에서 벗어나야 했다. 그래야 그와 안 마주치지.

하지만 이를 알아차린 돌쇠는 어떻게든 그녀를 붙잡아 놓기 위해 안간힘을 썼다. 미운 정도 정이라고, 하연은 항상 경계심 가득한 눈빛으로 노려보거나 피해 다니기 바빴던 그가 이렇게나 자신을 반겨 주니 기분이 묘했다.

"그동안 잘 지냈어요?"

예의상 안부를 묻긴 했지만 대화를 최대한 빨리 끝내는 게 그녀의 목표였다.

그에게 안 좋은 감정이 있는 건 아니었지만, 이렇게 붙잡혀 있다가는 그와 만나는 건 시간 문제였다. 그간의 노력들이 한 방에 물거품이 되는 것이다.

그런 일은 절대 일어나면 안 되지. 주위를 두리번거리면서 경계를 강화하던 하연은 결심을 굳혔다. 대화를 빨리 끝내고 원만하게 빠져나가는 것보다는 그냥 '도주'가 나을 거 같았다.

돌쇠의 등 뒤에 있는 문에 시선을 고정한 하연은 마음속의 신호 소리와 함께 무작정 뛰겠다고 결론을 내렸다.

힘을 모아 돌쇠의 손을 단번에 떨쳐 내려는데, 오히려 그는 손에 더욱 힘을 쥐며 그녀를 놓을 생각이 없어 보였다.

왜 이러느냐며 그를 올려다본 하연은 마음이 철렁하고 내려앉는 기분이 들었다. 운명이니 그런 게 아니다. 돌쇠에게 반했다는 이야기도 아니다.

그냥 왠지 불안해진 것이다. 돌쇠의 이러한 예상치 못한 행동이 곧, 그가 소중하게 생각하는 누군가가 위기에 빠졌다고 말하는 거 같아서.

"아가씨, 부탁드릴게요. 우리 무향 님 한 번만 만나 주시면 안 될까요?"

"네?"

예상했던 대로, 뿌리치려 했던 손에 전보다 큰 힘이 실렸다. 그만큼이나 그는 절박해 보였고 이는 고스란히 하연에게로 전해져 왔다.

자신이 없던 지난 한 달간, 이곳에 무슨 일이 생긴 게 분명했다.

"무슨 일 있었어요?"

일단은 진정하고 차근차근 알아듣게 설명을 해 달라는 하연의 말에 돌쇠는 그제야 있는 힘껏 붙잡았던 손에서 힘을 풀었다.

"그게…… 아가씨가 걸음을 끊으신 뒤부터 무향 님께서 우울증에 빠지신 건지 상태가 점점 이상해지시더니, 그 좋아하던 글도 쓰지 않고 틈만 나면 밖에 나가서는 안 좋은 이들과 어울리시고……."

"……."

절박해 보이는 그와 달리 하연은 조금 어이가 없었다. 꽤 심각한 상황까지 각오하고 있었던 그녀에게 돌쇠의 말은 사춘기 청소년의 반항 정도로밖에 들리지 않았다.

"그 사람은 어린애랍니까?"

기가 막혔다. 애도 아니고 다 큰 어른이 말이야. 어쩐지 궁의 상태가 전보다 더 나빠진 거 같더라니, 관리인씩이나 되시는 분께서 일은 안 하고 노는 것에 빠져 계신다는데 어디 좋아 보일 리가 있겠는가. 그가 해고당하지 않은 것이 신기할 정도이다.

"일 제대로 안 하면 상부에 고발하겠다고 협박하세요."

자신에게 뭘 어떻게 해 달라는 건지는 모르겠지만, 그가 어떻게 변했든 말든 하연은 신경 쓰지 않았다. 이것이 바로 지난 한 달 동안 혼자만의 시간을 가지며 터득한 마음의 여유란 것이다.

"못 하시겠다면 제가 해 드릴 수도 있어요."

일은 하지 않고 녹봉만 받아먹는 사람이라고는 해도 돌쇠의 입장에서는 상사였다. 상사를 고발하는 일은 쉽지 않겠지. 그러니 자신이 친절하게 고발서를 넣어 주겠다는데, 어째서인지 그는 고개를 절레절레 저었다.

물론 일자리가 끊기기야 하겠지만, 그래도 그는 유명한 작가이니 먹고사는 데 지장은 없을 것이다.

"아가씨, 제발요."

"아무리 그래도……."

"그때의 일은 전부 다 이유가 있어서 그래요. 다 아가씨를 보호하기 위해서였다고요."

"보호? 누구로부터?"

"그, 그건 자세히 말씀드릴 수 없지만……."

그래도 같이 일하는 사람이라고 편을 들어 주려는 모양이었지만, 하연은 쉽게 넘어가지 않았다. 그만큼이나 그녀는 마음을 단단히 먹고 이 궐 안에 들어온 것이었다.

물론 절박해 보이는 표정으로 보아 그의 말이 사실일 수도 있겠지만, 지금 와서는 아무 소용 없었다.

"어쨌든, 지금 그게 변명이라면 더더욱 안 되겠네요."

흔들림 없는 눈동자와 흔들림 없는 목소리로 그녀가 말했다.

"전 그렇게 약한 여자가 아니거든요."

보호라. 애당초 자신은 누군가에게 보호를 받는 성격이 아니었고, 만약 그가 그렇게 생각했다면 처음부터 서로 맞지 않는 것이나 다름없었다. 하긴, 애시당초 따지고 보면 그들은 서로에 대해 아는 게 너무 없었다.

"그리고 죄송하지만 저는 마음의 정리를 다 했어요. 이제 그 사람이 어떻게 되든 눈 하나 깜짝도 하지 않을 거란 말입니다."

그렇게 말한 하연이 이만 가 보겠다며 꾸벅 인사하고 문을 향해 걸음을 옮겼다. 그러자 멍하니 그녀를 바라보고 있던 돌쇠가 은근히 비꼬는 투로 말했다.

"그럼 증명해 보세요!"

"증명?"

"마, 만약 아가씨께서 무향 님과 재회하셨는데도 아무렇지 않으시다면 저는 더 이상 두 분 사이에 관여하지 않겠습니다."

"지금 절 시험하겠다는 건가요?"

"예."

누가 봐도 이건 도발이 분명했다. 어린애도 알아차릴 정도로 너무나 노골적인 도발.

하지만 그런 유치한 도발이야말로 그녀를 자극하기에는 안성맞춤이었다.

한참을 고민하던 하연은 고개를 끄덕였다. 어차피 궐에 들어오면서 모든 마음을 정리하기로 다짐했다. 고작 만나는 거 가지고 흔들릴 정도면 애초에 궐에 들어오지도 말았어야 했다.

"……좋아요. 앞장서요. 그 인간 지금 어디에 있는데요?"

기왕 할 거면 지금 당장 확인해 보자는 그녀의 말에 감히 도발할 때는 언제고, 돌쇠는 기운이 쭉 빠진 듯 한숨을 내쉬었다. 어떻게든 둘을 만나게 하는 데까지 성공하기는 했는데, 아직 한 가지 해결해야 하는 문제가 남아 있었다.

"어…… 그게……."

그가 우물쭈물거리기 시작했다. 그리고 계속해서 하연의 눈치를 보고 있다.

언제까지고 기다려 줄 수는 없다며 빨리 장소를 말하라는 그녀의 재촉에 돌쇠가 식은땀을 흘리며 아주 조심스럽게 입을 열었다.

"……노름판이요."

그 말에 순간 어이가 없어진 하연은 의미심장한 미소를 지었다. 그런 그녀의 눈치를 보고 있던 돌쇠는 차라리 인상을 찌푸리는 게 덜 무서울 거 같다고 생각할 정도였다.

"……재미있게 놀고 계시는 거 같은데, 괜히 찾아가서 방해되는 거 아닐까 모르겠네요."

"하……하하. 그럴 리가요."

안내하겠다며 앞장서 후문을 향하는 돌쇠는 답답해 미칠 거 같았다. 왜 하필 오늘 그곳에 있는 건지 모를 해랑과, 하필이면 오늘 영희궁을 찾아온 하연. 이 둘의 탓으로 돌려 봤지만 그런다고 나아지는 건 없었다.

한편 돌쇠의 뒤를 따라 궐을 나서던 하연은 콧방귀를 뀌며 중얼거렸다.

"우울증? 웃기고 있네."

*   *   *

어두운 밤일수록 화려하고 아름다운 거리는 떠들썩했고, 간간이 술에 취한 사람들이 소란을 일으키는 모습에 하연은 눈살을 찌푸렸다.

이런 곳은 자신과 어울리지 않았다. 그렇게 필요 이상으로 주위를 경계하며 돌쇠의 뒤를 따르기를 얼마, 곧 그의 걸음이 멈췄다.

누가 봐도 건전함과는 거리가 멀어 보이는 가게. 도저히 우울증에 빠졌다는 남자가 걸음 할 곳으로는 보이지 않았다.

앞장서서 안으로 들어서던 돌쇠는 말없이 인상을 찌푸린 채 뒤따라오는 하연을 힐끔거리며 한숨을 내쉬었다.

만약 이번 일을 계기로 그녀가 해랑에게 완벽하게 정이 떨어져 버리는 일이 발생한다면, 자신은 그녀를 이곳까지 데리고 왔다는 죄목으로 죽은 목숨이나 다름없었다.

역시 데리고 오지 않는 편이 나았을까? 아니, 그건 아니지. 아까 그냥 그렇게 보냈다면 아마도 다시는 찾아오지 않았겠지.

"저기 계십니다."

돌쇠를 따라 건물 안 깊숙한 곳까지 들어간 하연은 점점 더 짙어지는 담배 연기에 숨이 턱 막히는 거 같았다.

건물의 깊숙한 곳에 있는 커다란 탁자에는 많은 사람들이 둘러앉아 있었지만, 누가 봐도 눈에 띄는 사람이 한 명 있었다. 이제는 자연스러운 그 가면의 등장에 하연은 기가 막혔다.

가면을 쓰고 있어 지금 그가 즐거워하고 있는 건지 아니면 돌쇠의 말대로 우울해하고 있는 건지는 알 방법이 없었지만, 눈앞에 돈이 걸려 있어서 그런지 목적이 확실한 그 손은 빠르게 패들을 움직이고 있었다. 그리고 저 손놀림으로 보건대 절대 우울한 모습은 아니었다.

"정말 고맙네요. 덕분에 이제는 저 남자를 싫어하게 될 거 같아요."

자신의 주장대로 미련 따위 느끼지 못한 하연은 재빠르게 돌아섰다. 다른 것보다도 최대한 빨리 이곳에서 벗어나고 싶었다.

솔직히 말하면 아까 그를 보기 무섭게 조금씩 속이 불편해지기는 했지만, 이는 재회 때문이 아니라 퀴퀴한 이곳의 공기 때문일 거라고 생각했다. 또는 그에 대한 한심함이나 분노 때문일지도.

"자, 잠시만요!"

다급해진 돌쇠가 아무 변화 없는 표정으로 돌아선 하연에게 조금 더 있어 달라는 말을 하며 붙잡았다. 여기서 놓치면 끝장나는 거였다. 물론 자신이.

"자고로 노름을 좋아하는 남자는 피하라고 했습니다."

"하, 하지만……."

"괜히 저 사람한테 들키기 전에 돌아갈래요. 놓아주세요."

더는 그녀를 막을 수가 없었던 건지, 돌쇠는 하연을 붙잡고 있던 손을 놓아 주었다. 이대로는 안 된다. 어떻게 해서든 둘을 만나게 해야 했다. 문제야 당사자들끼리 해결하면 될 테니 자신의 임무는 어디까지나 둘을 만나게 하는 것뿐이었다.

"하지만 궐에 찾아오셨잖아요. 무향 님께 미련이 남아서 그러신 거 아니셨어요?"

다급함에 쫓기던 그는 결국 사용해서는 안 되는 단어를 사용하고 말았다. 역시나, 빠른 걸음으로 밖을 향해 나서던 하연의 걸음이 멈추었다.

미련? 내가 미련? 나에게 그따위 미련 같은 게 있을 리가 없잖아!

"죄송하지만, 제가 오늘 그 궐을 찾은 건 무향 님 때문이 아니라 그곳에 계시는 다른 분에게 볼일이 있었기 때문입니다."

"예?"

예상치도 못한 사실에 돌쇠가 당황스러워했다. 아까 영희궁을 찾아온 그녀를 보았을 때 작은 희망이 보이는 거 같았는데 그것이 아니라니!

"아, 그래요. 마침 잘됐네요. 같은 관리인이라면 알고 있을지도 모르니까요. 혹시 그 궐에 시해랑……."

오히려 잘 되었다고 생각한 하연은 이참에 돌쇠에게서 '시해랑'이라는 사람에 대한 정보를 얻기 위해 문을 향하던 걸음을 옮겨 그에게 다가갔다. 그런데 그때.

"……서하연?"

자신의 이름을 부르는 그 익숙한 목소리에 하연은 흠칫 놀랐다. 그 목소리의 주인을 알아차리는 데에는 오랜 시간이 걸리지 않았다. 아무렴, '목소리'는 그녀가 유일하게 알고 있는 그에 대한 정보였으니까.

수많은 사람들 사이에 섞여 있던 가면을 쓴 남자가 자리에서 벌떡 일어나 있는 게 보였다. 그는 이제 휘청거리며 자신에게 다가오고 있다.

하연은 재빨리 돌쇠를 흘겨보았다. 역시나. 그의 입가에 자리 잡은 미소를 보니 대충 상황 파악을 할 수 있었다. 한마디로 자신은 돌쇠가 파 놓은 함정에 걸리고 만 것이다.

남자들로 가득한 이곳에서 홍일점인 자신은 얼마나 눈에 띄었을까? 거기에 좀 전의 도발로 인해 목소리를 높여버렸으니, 이는 자신을 발견해 달라고 외치고 다닌 거나 다름없었다.

"돌쇠 씨, 꽤 좋아했는데 이제는 아니에요."

"전 아가씨가 안 좋아해 주셔도 상관없습니다만."

감히 나를 속여? 배신을 당했다며 돌쇠를 노려보았지만 그는 미안해하거나 당황해하기는커녕, 다행이라며 웃고 있었다.

"제 상관께서는 그게 아닌 거 같아서요."

"나중에 꼭 복수할 거예요."

지금은 나가려고 해도 너무 늦은 상황이었다. 할 수 없이 하연은 체념한 듯 한숨을 내쉬었고, 다급히 자신에게로 달려온 해랑에게 너무도 싱겁게 붙잡혀 버렸다.

"진짜 서하연이야?"

분명 자신의 이름을 알려 주기는 했지만, 그것으로 마지막이었다. 그런데도 이렇게 제 이름을 자연스럽게 부르다니. 괜히 기분이 이상했다.

여전히 가면을 쓰고 있는 그의 얼굴은 볼 수가 없었지만, 자신을 붙잡고 있는 그 손은 불안하게 떨리고 있었다. 그 손에서부터 느껴져 오는 다급함에 문득 하연은 궁금해졌다.

이 남자에게 자신은 어떤 존재이기에 이렇게까지 필사적으로 붙잡으려는 걸까.

일단 이 시끄러운 장소에서 벗어나는 게 우선이라는 생각이 들었다. 조용한 곳으로 장소를 옮겨서 그동안 밀린 대화를 어느 정도 들어 주다가 그대로 헤어지면 그만이다.

"잠깐만요, 무향 님. 일단은……."

바로 그 계획을 실행하고자 했지만, 그것은 너무나도 순식간에 물거품이 되어 버렸다. 거의 매달리듯 그녀의 팔을 꼭 붙잡고 있던 해랑이 무슨 생각에서였는지는 몰라도 다짜고짜 그녀를 와락 끌어 안아 버렸기 때문이다.

그의 갑작스러운 행동에 나름대로 치밀한 계획을 세우고 있던 하연의 머릿속은 백지장처럼 새하얗게 변해 버렸고, 그녀의 옆에서 불안에 떨고 있던 돌쇠는 어색하게 헛기침을 하며 고개를 돌렸다.

"너도 내가 싫어진 거야?"

이건 또 뭐하자는 걸까? 그가 자신을 끌어안았을 때는 순간적으로 덜컹하고 심장이 내려앉는 거 같았는데, 생각해 보니까 이곳은 사람들이 많은 도박장의 한복판이었다. 일단은 좀 떨어지라며 그를 떼어내기 위해 안간힘을 써 봤지만 소용없었다.

표정을 알 수는 없었지만 목소리만큼은 버림받은 아이처럼 울먹이고 있으니, 왠지 하연은 자신이 나쁜 사람이 된 거 같아 마음이 불편했다.

하지만 거기까지. 그녀의 어깨에 얼굴을 묻은 채로 여전히 중얼중얼거리던 해랑의 다음 말에 또다시 사고가 정지되었다.

"너까지 날 미워하지 마……."

"……."

그 말에 놀란 하연이 고개를 돌려 자신에게 기대어 있는 해랑을 멍하니 바라봤다. 한편 그 둘을 지켜보고 있던 돌쇠가 흐뭇하게 미소 짓더니 자리를 비켜 줘야겠다는 쓸데없이 기특한 생각을 하며 그들에게서 멀어지기 시작했다.

"잠깐만요, 돌쇠 씨."

"네, 네?!'

갑자기 자신을 찾는 하연의 부름에 놀란 돌쇠가 우뚝 멈춰 섰다. 나름대로 훈훈한 장면을 연출하고 있는 줄 알았는데, 어째서인지 고개를 든 하연의 얼굴은 화가 나 보였다. 이런, 실패했나?

"이 남자 지금 취했어요."

그녀의 표정이 말하고 있었다.

'지금 어디서 술주정이야!'

"하……하하. 이상하네요……. 원래 술 같은 거 혼자서 잘 안 드시는데…….'

뒤늦게 그의 편을 들어 줬지만 너무 늦은 상황이었다. 좋은 모습을 보여 점수를 따도 모자랄 판에 이리 안 좋은 모습들만 연달아 보여 주고 있으니.

"일단은 그러고 있지만 말고 좀 도와주실래요?"

끌어안았다기보다는 어느새 정신 줄을 놓고 기대어 있는 자세가 되어 버렸다. 더 이상 그것을 애정 표현이라고는 말할 수 없을 정도였다.

"아, 네. 일단 여기서 잠시만 기다려주세요. 무향 님 겉옷이랑 짐을 챙겨올 테니까요."

제 몸도 못 가눌 정도로 술에 취한 해랑을 계속해서 붙잡고 있을 수가 없던 하연은 결국 그 주정뱅이를 자리에 앉히는 방법을 선택했다. 다행히도 조금 떨어진 곳에 놓인 주인 없는 의자가 눈에 들어왔고, 그녀는 필사적으로 그를 질질 끌고 갔다.

"자자, 술주정은 이제 그만해 주세요. 독자들이 이런 모습 보면 별로 안 좋아 할 거예요."

물론 가면을 쓰고 있기 때문이 술에 취한 그의 얼굴이 어떤지 알 수 없었지만, 우스꽝스러울 게 틀림없었다.

"상관없어, 나 이제 글 안 쓰니까."

"왜요?"

징징거리는 그를 보던 하연은 한숨을 내쉬며 그의 앞에 섰다. 그냥 내버려 두자니 하도 휘청거려서 의자에서 떨어질까 걱정됐다. 정신 좀 차려 보라고 말하려는데, 보는 사람이 불안할 정도로 휘청거리던 그가 두 팔을 벌리더니 그녀의 허리를 감싸 안았다.

하연은 슬슬 짜증이 났다. 혹시 이 남자, 주사가 주변 사람 끌어안기 뭐 이런 건 아니겠지?

어차피 기억도 못 할 거, 돌쇠가 돌아오기 전에 한 대 쳐서라도 그에게서 벗어나야겠다고 마음먹은 하연이 주먹에 힘을 싣는데, 잠시 잠잠해졌던 해랑이 또다시 중얼거리기 시작했다.

"……써도 네가 필사 안 해 줄 거잖아."

"아, 노동력의 문제를 말씀하시는 거였군요. 그거라면 돌쇠 씨를 시키는 게……."

"그 놈은 글씨가 안 예뻐."

"기술적인 문제도 있었군요."

"난 네 글씨가 더 좋아."

그러고는 다시 잠시 동안 아무런 말이 없다. 다시 정신을 놓았나 싶어 발버둥 쳐 봤지만, 제정신이 아니란 게 안 믿길 정도로 허리에 감긴 팔 힘이 어마어마했다.

곧 있으면 돌쇠가 올 텐데, 이런 자세로 계속해서 있다가는 이상한 오해를 살 게 분명했다.

"……알았어요. 정 그러시다면 가끔은 도와 드릴 수도 있어요. 이건 어때요? 돌쇠 씨를 통해 저에게 원본을 보내주시면 제가 그걸 필사해서, 다시 돌쇠 씨를 통해……."

"답답하네."

아니, 지금 답답한 게 누군데.

"그만 건 당연히 핑계지, 바보야."

아무래도 진짜 돌쇠가 오기 전에 한 대 정도 때려 줘야 속이 풀릴 거 같았다. 마음 같아선 뺨이라도 한 대 때리고 싶었지만 그는 가면을 쓴 상태라 그럴 수도 없고. 어딜 어떻게 때려 줘야 속이 풀릴까 고민하는 사이에 이미 그 황금 같은 기회는 날아가 버렸다.

"얼굴 궁금해?"

"아니, 됐어요. 이제 진짜 안 궁금해요."

"내 이름도 알려 줄게. 원래 절대 먼저 알려주거나 하지 않는데……."

"안 궁금하다니까요."

하연이 단호하게 거절하자 돌아오는 그의 목소리에 힘이 없다. 이 점이 걸리기는 했지만 하연은 어쩔 수 없었다. 기껏 정리한 마음이 이제 와서 다시 흔들릴 수도 없었으며, 고작 얼굴과 이름만으로 상황을 역전시키는 것도 불가능할 테니까.

"왜 안 궁금한 거야. 궁금해하라고."

아, 진짜! 돌쇠는 언제 오는 거야!

도대체 언제까지 술 취한 남자와 의미도 알 수 없는 대화를 나눠야 하는 건지 모르겠다.

"알았어요, 알았어. 이름이 뭐예요?"

어차피 제대로 된 대화가 이루어질 거 같지는 않고 돌쇠는 올 기미가 보이지 않았으니, 징징거리는 그의 등을 토닥거리며 대충 어울려 줄 생각으로 적당히 대꾸해 주기로 했다.

"시해랑."

"네?"

"시해랑. 그게 그 인간이 나한테 지어 준 이름이야."

하연의 머릿속에는 많은 의문들만을 남겨 놓은 채, 해랑은 그 말을 마지막으로 완벽하게 정신 줄을 놓아 버렸다.

"……잠깐만요. 방금 뭐라고 했어요?"

농담이지? 이 남자가 지금 뭐라고 한 거야?

얼어붙은 하연이 복잡해진 머릿속을 힘겹게 정리하고 있을 때, 전부 다 해랑이 딴 건지 엄청난 양의 돈주머니를 주렁주렁 달고 나타난 돌쇠가 숨을 헐떡이며 하연에게 다가왔다.

"죄송해요, 아가씨. 생각했던 것보다 무향 님께서 엄청나게 따시는 바람에 다 챙겨 오느라…… 응? 왜 그러세요?"

"……내, 내가 뭘요?"

"안색이 안 좋으세요. 혹시 무향 님께서 술김에 이상한 짓이라도 하신 거예요?"

돌쇠를 하연은 놀란 가슴을 애써 진정시키며 고개를 저었다.

"아니…… 아니에요. 아무것도 아니에요. 괜찮아요."

말은 그렇게 했지만 괜찮을 리가 없다. 생각을 정리해 보자.

그녀는 신후왕에게 어떤 남자를 교육시키라는 명령을 받고 궐에 들어왔다. 그리고 그녀가 속해 있는 3관에서는 세 명의 왕자 중 시해랑이라는 이름을 갖고 있는 세 번째 왕자의 교육을 맡게 되었고, 그녀가 다음 도전자로 선택되었다.

그를 만나기 위해서 영희궁에 갔더니 놀랍게도 그곳은 일전에 하루에 한 번씩 들렀던 그 궁이었고, 그곳에서 만난 돌쇠가 무향 님께서 우울증에 걸리셨다는 말을 해서 이렇게 따라와 봤는데 그곳에서 만난 무향이라는 남자의 본명이 세 번째 왕자와 같은 이름인 시해랑이라고 한다.

도대체 뭐가 어떻게 되어 가고 있는 거야?

* * *

삼 일 전.

"해랑 님, 제발 좀 그만하세요."

참다못한 돌쇠가 방문을 벌컥 열고 들어와 말했다.

그러나 방 안에 누워 있던 해랑은 멍하니 천장을 올려다보고 있을 뿐, 아주 잠깐 돌쇠에게 시선 한 번 준 것 외에는 별다른 반응이 없었다.

"이게 도대체 며칠 째입니까? 방 안에 계속 있는 건 건강에 좋지 않습니다."

"……그럼 귀찮게 아픈 척 안 해도 되고 편하겠네."

"해랑 님!!"

힘이 들어가는 주먹을 애써 뒤로 숨긴 돌쇠는 한숨을 푸욱 내쉬었다.

처음에는 괜찮겠지 했는데, 점점 상황이 악화되고 있는 거 같았다. 원래부터 부정적이던 사고방식이 점점 더 꼬이고 만 것이다. 이게 다 그 여자 때문이었다.

바스락.

밖에서 들려오는 소리에 돌쇠가 들어올 때도 별 반응 없던 해랑이 갑자기 벌떡 일어나더니 재빠르게 밖으로 나갔다. 그는 무언가를 필사적으로 찾았지만, 그의 기대와는 다르게 밖에는 아무것도 보이지 않았다.

"바람 소리에요."

그 말에 해랑은 실망했다는 듯 터덜터덜 다시 방으로 돌아와서는 다시 자리에 벌러덩 누워 버렸다.

"그 여자가 우리 해랑 님을 바보로 만들어 버렸어."

"좋은 말 할 때 나가라."

더는 네 말 들어 줄 생각 없다며 해랑은 아예 돌아누워 버렸다.

그런데 겁을 상실한 건지, 돌쇠는 오히려 털썩 자리에 주저앉더니 본격적으로 따지기 시작했다. 그 나름대로 최근 해랑의 태도에 대해 불만이 많았다.

"······아니, 거절한 건 해랑 님이시면서 왜 거절당하신 분처럼 이러고 계시는 겁니까?"

하도 답답해서 목소리 좀 높여 봤는데, 평소라면 버럭 하고 소리를 질렀을 해랑이 무슨 일인지 조용했다. 이에 또 돌쇠는 괜히 불안해졌다. 이거 중병이다. 어딘가 아픈 게 분명해.

마음 같아선 자신이 모시고 있는 구제불능 왕자 저하를 이 꼴로 만들어 놓은 그 여자에게 책임을 묻고 싶었지만, 그럴 수도 없었다. '그 날' 이후로 그 아가씨는 더 이상 영희궁을 찾지 않았으니까. 하긴 아무렇지 않은 얼굴로 온다면 그게 더 이상하겠지.

"이렇게 안 올 줄은 몰랐지."

이거 원, 뒤늦게 방에 들어온 것을 후회하는 돌쇠였지만 이제 와서 나가는 것도 뭐했다.

해랑이 파업을 하는 바람에 엉망이 되어 버린 정원 상태를 따지고자 들어왔던 것이, 어느새 사랑에 빠진 남자의 푸념 따위를 들어 주고 있는 꼴이 되었으니······.

"그러니까······ 해랑 님을 만나기 위해 영희궁에는 방문하되, 그 아가씨의 마음은 받아 주실 수가 없다는 말씀이신가요?"

"음."

"그럼 그 아가씨가 다른 분에게 마음을 주시는 건 괜찮다는 거네요?"

조금은 그의 속을 뒤집어 놓을 생각으로 한 말이었는데, 효과가 바로 나타났다.

"뭘 어떻게 하면 이야기가 그렇게 되는 거지?"

그에 돌쇠는 인상을 찌푸리며 그를 흘겨보았다. 뭐 이런 이기적인 인간이 다 있어? 자신도 남자지만 지금 해랑의 태도에는 문제가 있다고 생각했다.

"이곳을 찾아와 주기만 하면 된다고 하셨잖아요."

"……."

"스스로 생각해도 말이 안 되죠?"

그 말에 더는 반박할 말이 없는 건지, 해랑은 입만 뻥끗거릴 뿐 조용해졌다.

"나 지금 엄청난 함정에 빠져 버린 기분이야."

"어라? 빠지셨다고 스스로 말씀하시네요. 그럼 이미 늦은 거 아닌가요?"

의외로 순순히 인정하는 그의 태도에 놀란 돌쇠는 그동안 당한 서러움을 풀고자 아주 조금만 더 그를 놀리기로 작정했다.

그런데 장난을 받아 줘야 할 상대가 예상했던 것보다 너무 진지하다는 게 문제였다.

"하지만 나에게는 그 아이를 지킬 힘이 없어."

"노력 없이 얻을 수 있는 건 아무것도 없지요."

"그럼……."

"아, 그런데 해랑 님께서 거절을 하셨지. 참."

"……."

"본인이 거절해 놓고 이제 와서 그러는 건 좀 그렇긴 하네요."

한껏 희망이 담긴 조언이나 응원을 늘어놓을 때는 언제고 이제 와서 이런 말을 하다니. 돌쇠 그 역시 그렇게 성격이 좋은 편은 아니었다.

"……그래. 내가 이러고 있으니 아주 속이 시원하겠지."

잠시 돌쇠를 노려보던 해랑은 돌돌 말고 있던 이불을 다시 뒤집어서 버렸다. 분하지만 그 말이 맞았기 때문에 뭐라 할 수가 없었다.

그런 그의 반응에 돌쇠는 재미있어 죽겠는지 킬킬거리며 웃었다.

"아니요. 하나도 안 이상합니다. 오히려 지금까지 중 가장 인간적인 반응인 거 같아서 다행입니다."

"비꼬는 건가?"

"아니요. 궐 안의 사람들을 피해 다니기 바빴던 모습보다는 훨씬 인간적이세요. 그러니까 다음에 만나면……."

다음에 만나면?

"일단은 도망 못 가게 꽉 붙잡으세요."

……라고 돌쇠가 그랬던 거 같은데, 어째서일까. 지금 해랑은 이 자리에서 도망치고 싶었다.

"……전 스스로가 남자 보는 눈이 높은 줄 알았거든요."

"……."

"그런데 그게 아니었네요."

입이 열 개가 있어도 할 말이 없는 상황이었다. 하도 답답해서 돌쇠 몰래 쪽지 한 장 남겨 놓고 밖으로 나갔는데, 일전에 노름판에서 만난 이와 조우해 그대로 판에 끼게 되었다.

남자들끼리 모이다 보니 가볍게 한 잔, 두 잔 하기 시작한 것이 점점 제정신과는 멀어지게 되었고, 아예 정신 줄을 놓으려고 할 때쯤 눈앞에 그토록 기다리고 기다리던 하연의 모습이 보인 것이다.

처음에는 술에 취한 탓에 보이는 환각 정도로 생각했지만, 그마저도 그냥 보낼 수가 없었다. 일단 붙잡고 봐야 한다는 생각이 들었을 때는 벌써 몸이 움직이고 있었다.

진짜가 아닌 환각이라고 해도 그녀를 붙잡아 놓는 데에는 성공. 그 뒤로 무슨 대화를 나눈 거 같았지만 그것에 대해서는 정확하게 기억이 나지 않았다.

하연을 안고 있었던 거까지는 기억하는데 그 이후의 기억은 완벽하게 지워져 버렸고, 눈을 떠 보니 영희궁 자신의 방. 그리고 꿈이라 여겼던 하연이 자신의 앞에 앉아 있었던 것이다.

상황을 파악하는 데에는 그리 오랜 시간이 걸리지 않았다.

그것은 꿈이나 환각 따위가 아니었고, 그녀는 확실히 그 자리에 존재했다. 문제는 지금 그녀가 한심하다는 표정으로 자신을 바라보고 있다는 것이다.

자신에게 실망한 게 분명했다. 그렇게 생각하자 해랑은 하늘이 무너져 내리는 것처럼 머리가 어질어질했다. 물론 숙취 때문도 있겠지만.

"가끔밖에 안 해."

"정말인가요?"

하연이 믿을 수 없다는 눈빛으로 문가에 자리 잡고 앉아 있는 돌쇠에게 확인을 요구하자, 해랑은 재빨리 자신의 변호를 부탁한다며 그를 바라봤다.

그러나 돌쇠는 그의 시선을 무시하듯 고개를 돌려버렸고 자리에서 일어나 하연의 옆에 앉았다.

"아닙니다, 아가씨. '가끔'이라고 하기는 좀 더 많이, 자주지요."

"그렇다는데요?"

이로서 해랑에게는 유일한 아군마저 사라져 버렸다. 이참에 툭하면 궐 밖으로 나가 안 좋은 사람들과 어울리는 그 나쁜 버릇을 고쳐 내고야 말겠다고 마음먹은 돌쇠의 입장에서는 지금이 기회였다.

"또 돌쇠 씨를 곤란하게 할 건가요, 안 할 건가요?"

"……노력하지."

끝까지 안 나가겠다는 말은 안 하네!

"그런데 왜 돌쇠 편만 드는 거야."

자신의 입장도 생각해 달라는 그의 억울한 목소리에 하연은 웃을 뻔했다. 남자는 다 애라더니, 지금 이 상황은 왠지 어머니가 두 아들을 앞에 놓고 훈계하고 있는 거 같았다.

금방이라도 웃음이 터질 거 같았지만 기왕 무게를 잡기 시작한 거, 끝까지 도도하게 끝내고 싶었다.

"그럼 무향 님도 깨어나셨으니, 이만 가 봐야겠어요."

열린 창밖으로 어느새 해가 상당히 기울어진 게 보이자 하연은 자리에서 벌떡 일어났다. 아니, 일어나려고 했다. 마주 앉아 있던 해랑이 재빠르게 그녀의 손을 잡지 않았다면 지금쯤 방을 나섰을지도.

신입 관리 기숙사에는 엄격한 통금 시간이 있기 때문에 그 시간 안에는 돌아가서 점호를 해야 했다. 만약 조금이라도 늦으면 생활 점수가 감점된다.

"왜요?"

"그냥 가는 거야?"

"네."

하연은 마음 같아서 그의 손을 뿌리치고 싶었지만, 어쩐지 그들에게는 너무나 자신이 필요해 보였다. 필사적으로 손을 붙잡고 놓아 줄 생각을 안 하는 해랑은 물론, 그의 뒤에서 눈물을 글썽이고 있는 돌쇠까지도.

"왜요. 앞으로도 왔으면 좋겠어요?"

"당연하지."

"저 별로 안 좋아하잖아요."

"아니야! 좋아해."

"……."

그 말에 하연은 움찔거리며 뒷걸음질을 쳤다. 물론 '좋아한다.'라는 말을 처음 들은 건 아니었다. 하지만 언젠가, 분명 처음으로 들었을 고백보다도 지금의 말에 더더욱 심장이 요동치기 시작했다.

"……아가씨, 지금 저 말의 뜻은 '싫어하지 않는다.' 정도일 거예요. 아마 속뜻은 그 이상 그 이하도 아닐 테니까요."

"저도 알거든요. 그리고 특별히 그 밖의 무언가를 기대한 적 없거든요!"

물론 아주 아무렇지 않다고는 말할 수 없겠지만, 그렇다고 예전

만큼이나 당황스럽지는 않았다.

방금과 같은 고백 비스무리한 발언에 그렇게 큰 의미가 없다는 걸 이미 알고 있으니, 굳이 설렐 필요는 없었다. 그렇게 생각하니 쉴 틈 없이 뛰어 대던 심장은 어느새 다시 원상태로 돌아갔다.

"일단 지금은 빨리 돌아가 봐야 하니까……."

"내일."

"……한번 긍정적으로 생각해 보도록 하지요."

그 말에 지금까지 딱딱하게 굳어 있던 해랑이 마음이 놓인 건지 그제야 하연의 손을 놓아 주었다. 뒤에서는 짧게 웃는 소리가 들려 왔다.

"그럼 내일 봐."

"……아직 올 거라고 확실하게 말 안 했거든요."

*　　*　　*

"너 교육 나가야 하는 시간 지나지 않았어?"

"으으으으……."

사실 하연은 지금 제정신이 아니었다. 안 그래도 어제 한숨도 못 잔 탓에 머리가 어지러운데 서서히 '그 시간'이 다가오니 더더욱 숨 이 막히는 기분이었다.

이게 다 어제의 그 일 때문이다.

'어떡하지? 오늘도 오라고 했는데, 가야 하나? 말아야 하나?'

"뭐야, 하루 잘 버텼다고 생각했더니 포기한 거야?"

"아니거든요."

그래, 여기서 물러서면 서하연이 아니지. 하지만 확실히 망설일 수밖에 없는 상황인 건 어쩔 수 없었다. 어제 그 일만 아니었어도 삼 일쯤이야 만만하게 생각했겠지만, 지금 와서 보니 너무 길게만 느껴졌다.

물론 술에 취해 저도 모르게 내뱉은 말일 수도 있었지만, 이미 그녀는 그의 진짜 이름을 알아 버렸다. 당시 돌쇠는 돈을 챙기러 갔기 때문에 그 자리에 없었으니 이러한 사실을 알고 있는 건 말한 자와 들은 자 둘뿐.

하지만 술에서 깬 해랑은 아무것도 기억해 내지 못했다. 즉, 자신만 입을 다물고 있으면 해랑의 정체를 알고 있다는 걸 아무도 모른다는 뜻이었다.

어제는 최대한 아무렇지 않은 척하려고 했지만, 사실 이건 엄청난 사건이었다.

'뭐 이런 일이 다 있어?'

그동안 알고 있던, 심지어는 잠시나마 짝사랑 비스무리한 감정을 느꼈던 상대가 알고 보니 신후왕과 예문관 대신들이 포기한 그 문제아일 줄이야.

이제 어쩌면 좋지? 만약 자신이 예문관의 교육관이라는 걸 알게 되면 거부하려 들게 불 보듯 뻔했다.

"서하연, 도대체 뭐가 불만인 건데."

"강우 형님……."

"알았으니까 일단은 내 침상에서 당장 기어 나와."

절대 끼어들고 싶지 않았지만, 하연의 시위 아닌 시위에 결국 강우는 넘어갈 수밖에 없었다.

"……형님."

꼼짝도 안 하던 그녀가 느릿느릿 침상을 벗어나더니 힘겹게 바닥에 발을 붙였다. 그러고는 제 앞에 서 있는 강우를 올려다보더니 갑자기 그를 덥석 붙잡았다.

깜짝 놀란 강우가 뒷걸음질을 치며 벗어나기 위해 안간힘을 써 봤지만, 절박한 그녀에게서 벗어나는 건 무리였다.

"고민 상담 좀 들어주세요."

"내가 너보다 살면 몇 년 더 살았다고."

되도록 그녀와는 깊게 관여하고 싶지 않은 강우였지만, 딱히 말할 상대가 없는 하연에게 있어서 그는 유일한 동료였다.

"영희궁에서 네가 알고 지내던 사람을 만났다고?"

"네."

"뭐하는 지인이기에 영희궁에 있는 건데?"

듣고 싶지 않아 할 때는 언제고, 강우가 놀란 표정으로 하연에게 물었다.

"음, 궁의 관리인이랄까요."

사실은 관리인 겸 작가인 척을 하고 있던 사람이자 그녀의 부서가 담당하게 된 소문난 구제불능 왕자였지만, 차마 그렇게까지 자세하게는 설명할 수가 없었다.

"그래서?"

그래서?

"아니…… 아무래도 아는 사람이 있다 보니 조금 불편해서……
앞으로 자주 마주치게 될 거고……."

하연과 해랑의 관계를 모르는 사람들의 눈에는 그저 교육관과
교육생 사이로 보이겠지만, 그들은 아무 감정이 없다고 하기는 좀
애매한 관계였다.

아무렇지 않게 만나고 웃고 인사하며 공부를 할 기분이 아닌 관
계.

하연의 사전에 포기란 단어는 없었지만, 이번만큼은 예외였다.
잠시 술렁였던 마음을 깔끔하게 정리하는 데에 보름이나 걸렸다.
그런데 이제 와서 다시 그곳에 발을 들여놓을 순 없었다.

"오히려 잘된 거 아니야? 나 같으면 좋아서 펄쩍펄쩍 뛰겠다."

"……강우 형님은 기분 좋을 때 펄쩍펄쩍 뛰어요? 그거 꼭 좀 보
고 싶네요."

"말이 그렇다는 거지."

강우가 하연의 머리를 쿵 하고 찍었다. 뭔가 이상했다. 어제부터
계속 침울해하더니 교육 시간이 가까워지면 가까워질수록 상태가
점점 더 나빠졌다. 그러고는 뜬금없이 고민 상담을 들어 달라는 이
상한 부탁을 하더니, 이리 끙끙거리고 있다. 그로서는 하연이 왜 그
런 대수롭지 않은 문제를 가지고 이렇게까지 고민하는 건지 이해가
되지 않았다.

"잘됐네. 그 상황을 이용하면 되잖아."

"이용?"

한 번도 생각해 본 적이 없는 방법에 하연은 고개를 번쩍 들고,

별다른 표정 변화가 없는 강우를 뚫어져라 바라보기 시작했다.

그녀의 눈에서 복잡 미묘한 감정을 읽어낸 강우가 '설마……'라고 작게 중얼거리더니 인상을 찌푸렸다.

"혹시 그 사람한테 죄지은 거라도 있어? 서로 유감 있는 사이라든가?"

"……아니요."

"그럼 마음이라도 있는 거야?"

직설적인 질문에 하연이 살짝 움찔했지만, 곧바로 정신을 가다듬고 부정했다. 정확하게 말하면 있었는데 이제는 없지요.

아니라고 말하기도 뭐하고 그렇다고 있다고 말하기도 뭐한 상황이었다.

아주 없다 하기는 분명 무언가가 있었고, 그렇다고 있다 하기는 저 혼자만 마음고생 한 거나 다름없었다. 아주 잠깐이라고 해도 헷갈릴 정도로 애매했다.

"어쨌든 이용해 버려. 네 목적이 중요한 거잖아?"

"아무래도 그렇죠."

"예문관에서 버틸 생각만 해. 지금의 너에게 다른 감정은 독이야."

그 말에 하연은 고개를 끄덕였다. 분명 예전의 자신이었다면 지금 강우의 생각과 일치했을 것이다. 하지만 그래도 될까? 지금은 여러모로 상황들이 바뀌었는데?

흔들리는 그녀의 눈동자에 강우의 눈빛은 짙어졌다. 야무질 줄 알았는데 의외로 이런 면에서는 약한 거 같았다.

"넌 어떤 목적이 있기 때문에 이곳에서 버텨야 하는 거 아니었어? 열쇠를 쥐었으니 좋아해야지, 왜 오히려 불안해하고 있는 거야?"

그의 말이 맞다. 하연은 지금 엄청난 걸 손에 쥔 것이다. 이건 분명 기뻐해야 하는 일이다.

그녀는 희빈의 손아귀에서 벗어나기 위해 신후왕과 계약 비슷한 것을 했고, 그 계약에 따르면 그녀는 석 달 안에 문제아라 불리는 왕자를 교육해야만 했다.

다른 교육관들은 접근부터가 어렵다는 그였지만, 사실 하연과는 궐에 들어오기 전부터 알고 지내던 사이였고 심지어 그는 지금 자신을 필요로 하고 있다.

"맞아요."

그렇게 생각하니 어제부터 오늘 오전까지 내내 먹구름만 가득하던 그녀의 얼굴이 서서히 밝아지기 시작했다.

"형님 말씀이 옳아요. 제가 너무 약한 소리를 했네요."

지금의 하연에게 가장 중요한 건 석 달 안에 신후왕과의 약속을 지키는 것. 즉, 무향. 아니, 시해랑이라는 인간을 영희궁 밖의 세상으로 나오게 하는 것.

"하찮은 감정 따위에 흔들려서는 안 되는데 말이죠."

자신이 시해랑의 정체를 알고 있다는 걸 들켜서는 안 된다. 그리고 그에게 자신이 교육관이라는 사실을 들켜서도 안 된다.

"고민이 해결됐으면 빨리 일어나서 교육 나가. 안 그럼 확 위에 일러 버린다."

인상을 찌푸릴 때는 언제고, 어느새 웃고 있는 하연이 어이가 없는 건지 강우는 피식 웃으며 나가라고 재촉했다. 안 그래도 그럴 생각이었다며 하연은 즉시 기숙사 문을 박차고 나갔다.

빠른 걸음으로 도착한 영희궁 앞에서, 정문으로 들어갈까 아니면 익숙한 뒤쪽으로 들어갈까 잠시 고민한 것을 제외하면 그녀의 걸음에는 한 치의 망설임도 없었다.

"뭐하는 거야……."

걷고 또 걸어 겨우 도착한 영희궁 안뜰. 그 뜰에서 조금 더 깊숙한 곳에 위치한 궁을 이어 주는 문 틈새로 고개를 내밀고 있는 익숙한 가면이 눈에 들어오자, 하연은 웃음을 터트려 버렸다.

정말, 어떻게 저 사람이 왕자지?

시간이 지나도 하연이 오지 않자 불안했던 건지 해랑이 문밖으로 고개를 내밀고 주위를 두리번거리고 있었다. 그리고 그녀를 발견하기 무섭게 문을 활짝 열고 빠르게 다가왔다.

"왔어?"

"소설 뒷내용이 궁금해서 온 거뿐이에요. 겸사겸사 필사도 좀 도와주고."

얼굴이 보이지 않아 표정을 읽을 수는 없었지만 하연은 단번에 그가 기뻐하고 있다는 걸 알 수 있었다.

저렇게 기뻐하는 모습을 보니 그에게 미안해졌다. 그러나 생각해 보면 그 역시 손해 볼 건 없었다. 그는 말동무로서 자신을 필요로 했으니까.

어느새 그의 손에 잡혀 있는 자신의 손을 바라보던 하연은 궁 안에 들어가기 전에 마지막으로 자기 합리화를 하며 마음을 다잡았다.

좋았어. 이제 다른 사사로운 감정들은 지워 버리자.

"앞으로도 잘 부탁드립니다. 무향 님."

목적을 이룰 수만 있다면, 지금 이 상황을 마음껏 이용해 주리라.

六花
너랑 더 오래 있고 싶어서

"어, 하연. 잘 버티고 있다며? 역시 대단해. 우리 수석!"

예문관 안으로 들어서던 선배들이 하연을 발견하기 무섭게 너나 할 거 없이 한마디씩 하며 박수를 치기 시작했다.

오늘 하루도 어떻게 버티면 좋을지에 대해 고민하고 있던 하연은 그들의 응원에 괜히 우쭐해져 여유로운 미소로 대답했다.

"내일이면 딱 삼 일이니, 각오들 해 두시는 게 좋을 겁니다. 선배님들."

그 말에 선배들의 표정이 급격하게 굳어졌다.

"그냥 네가 계속하는 건 어때? 의외로 잘 맞는 거 같은데……."

"이제 와서 말을 바꾸려는 겁니까?"

"알았다, 알았어."

삼 일이 이렇게나 훌쩍 지나갈 줄이야. 이렇게 잘 버틸 줄 알았다면 기간을 한 달 정도로 길게 잡았어야 했다느니, 아예 그런 조건을 거는 게 아니었다느니 등의 말이 바쁘게 오갔지만 하연은 그것들을 잠자코 듣고만 있을 뿐 아무런 대꾸도 하지 않았다.

솔직히 삼 일 동안 버티기로는 내기 자체가 성립되지 않았다. 수업을 하는 거라면 모를까 그냥 버티기만 하면 되었으니까. 어차피 다른 사람들은 영희궁 안에 들어가는 모습과 나오는 모습만 보지 그 안에서 그들이 공부를 하든 수다를 떨든 알 리가 없으니까.

"……."

"뭡니까, 부장."

영희궁에 가야 하는 시간이 임박해 자리에서 일어난 하연은 문을 나서려다가 멈칫했다. 문 바로 옆자리에 앉아 있던 부장이 의미심장한 눈으로 자신을 바라보고 있었다. 또 뭐가 불만인데? 무슨 트집을 잡으려고 그러는 건데?

이미 마음의 각오를 다진 하연이 진지한 표정으로 그를 바라보자, 부장은 재빨리 고개를 돌리고 일에 몰두하며 말했다.

"정분이라도 났냐?"

"부장!"

"왜 이리 예민하게 반응해? 더 수상하게."

그 격한 반응이 재미있는 건지 부장은 킬킬 웃기 시작했다. 얄밉다, 얄미워. 하마터면 이런 남자와 부부 사이가 되었을지도 몰랐다는 사실을 떠올리자 하연은 새삼 지금의 현실에 감사했다.

이제는 가물가물한 부장과의 맞선 자리를 다시 떠올리던 하연은 잠시 고개를 갸웃거렸다. 가만히 생각해 보니까 한 가지 간과하고 있는 것이 있었다.

"그러고 보니 부장."

"왜."

"부장 이름이 뭐예요? 다들 부장, 부장 하니까 이름을 모르고 있었네요."

"……."

하연은 정말 궁금해서 물어본 거였는데, 그녀의 한마디로 인해 소란스럽던 3관 안에 갑자기 무거운 침묵이 내려앉았다.

마치 절대 물어서는 안 되는 걸 물어본 것처럼, 모든 사람들의 시선이 그녀와 부장에게로 쏠렸다. 그리고 그 틈에 끼어 있던 강우만이 지금 이 상황을 이해 못 한다는 눈빛으로 주위를 두리번거리기 바빴다. 도대체 뭐지?

"……그러니까 부장 이름이……."

주위 분위기가 이상하든 말든, 하연은 아무런 대답이 없는 부장의 반응에 혹시 질문을 제대로 듣지 못한 건가 하며 다시 묻기 위해 입을 열었다.

그러나.

"으아아! 서하연!"

마치 약속이라도 하듯 갑자기 달려드는 선배들 때문에 하연은 정신이 없었다. 합심하여 그녀와 부장 사이에 끼어든 선배들은 둘 사이를 떨어뜨리기 위해 안간힘을 쓰고 있었다.

"부, 부장. 아시죠? 이 녀석 신입이잖아요. 절대로 일부러 그런 게 아닐 거라는 거, 부장도 아시죠? 하하."

그들의 눈물겨운 노력에도 불구하고 부장의 시선은 다른 선배의
손에 이끌려 후방으로 물러난 하연에게 고정되어 있었다.

"잠……깐만요. 도대체 왜 그러는데요?"

참다못한 하연이 자신의 입을 막고 있던 선배의 손을 쳐 내며 신
경질적으로 묻자, 그녀를 데리고 나온 선배 몇 명이 다 너를 위해서
라며 한숨을 내쉬었다. 그들의 얼굴에서는 식은땀이 뚝뚝 흘러 내
렸다.

"깜짝 놀랐네."

"그러게 말이야. 한바탕하는 줄 알았어."

"상대가 여자였으니 망정이지, 강우가 물어봤어 봐라. 진즉에 난
리 났다."

"봤냐? 그 표정. 분명 고민하고 있었던 거야. '이걸 때려, 말아.'라
고."

선배들이 겁에 질린 얼굴로 저마다 한마디씩 거들자, 여전히 이
상황을 이해할 수 없는 하연은 더더욱 속이 답답했다. 도대체 이름
하나 물은 거 가지고 왜들 난리인지.

"잘 들어, 서하연. 부장은 부장이야. 이름 따위 상관없는 거야. 알
아듣겠어?"

"선배님들은 알고 계시는 거예요?"

"우리 중에서도 예문관에서 오래 일한 사람 몇 명만 알고 있어.
하지만 그 이름으로 부르는 사람은 아무도 없어."

"왜요?"

"부장 스스로가 자기 이름을 엄청나게 싫어하거든."

도대체 자기 이름을 얼마나 싫어하면, 차라리 '부장'이라는 이름으로 사는 것을 선택한 걸까?

"그런데 너 예전에 부장이랑 맞선 봤다며."

"네. 그랬죠."

"그런데도 이름을 몰라?"

"이름은 별로 중요하다고 생각해 본 적이 없거든요. 가문 정도만 봐서…… 그리고 두 번 다시 볼 일 없을 줄 알았죠. 설마 이런 식으로 재회할 줄 알았겠어요?"

"너도 참 너무하다. 어쨌거나, 앞으로 부장에게 이름을 묻거나 그러지는 마. 이건 널 위해서 하는 말이야."

하연을 믿지 못하겠는 건지, 선배들은 다시 한 번 그녀에게 이름에 대해 묻거나 알려고도 하지 말라 신신당부했다. 하지만 그러면 그럴수록 더욱더 궁금해지는 게 사람의 심리이다.

"자, 빨리 가기나 해. 이러다 늦는다, 너."

졸지에 문밖까지 쫓겨난 하연이 열심히 선배들을 노려보고 있는데, 뒤쪽에서 부장의 목소리가 들려왔다.

"서하연."

"네?"

"내 이름이 알고 싶어?"

떠보는 건지 아니면 순수하게 묻는 건지 구분이 되지 않았다. 하연은 어느새 뒤로 물러난 선배들에게 도움을 달라며 강렬한 눈빛을 쏘았지만, 그들 역시 속뜻을 파악할 수 없는 질문에 도와주기는커녕 하나같이 시선을 피하기 바빴다.

결국 하연은 솔직해지는 편을 선택하기로 했다.

"네."

그녀의 단호한 대답에 부장이 잠시 그녀를 뚫어져라 바라보더니 뭐가 웃긴 건지 몰라도 피식 웃기 시작했다. 그러다 다시 하고 있던 일에 집중하며 말하길.

"좋아. 그러면 네가 그 세 번째 왕자의 교육관 자리, 삼 일을 버티면 상으로 알려 주지."

"어? 정말요?"

"그래. 그러니까 마무리 잘하고 와라."

*   *   *

"그러고 보니까 하연."

"네?"

영희궁에 들어와 있던 하연은 멍하니 고개를 들어 하늘을 올려다보았다. 지금쯤 예문관에서는 그들이 열심히 수업 중이라고 생각하겠지만, 실상은 달랐다.

물론 책과 붓, 먹과 종이들이 놓여 있었지만 이는 공부가 아니었고, 단순 노동이나 다름없었다.

결국 다시 그때의 일상으로 돌아가고 만 것이다.

이곳에 오고서부터 아무 생각 없이 글을 필사하던 하연이 마지막 장의 마지막 문단을 베껴 적고 있을 때, 그녀의 앞자리에 앉아 있던 해랑이 입을 열었다.

"너는 매번 궐에는 무슨 일로 오는 거야?"

그 말에 하연은 순간 필사하던 종이 위에 먹물을 쏟을 뻔했다. 그를 만나기 위해 몇 번이고 영희궁에 오면서 한 번도 그에 대한 변명은 생각해 둔 게 없다니, 이건 실수였다.

목적 달성을 위해서는 자신이 예문관의 교육관이라는 사실을 들켜서는 안 되니 어떻게 해야 할까. 궐 안에서 일하시는 아버지를 따라 들어왔다고 할까? 하지만 그러기에는 너무 자주 방문한다는 게 또 문제였다.

여인의 몸으로 가장 자연스럽게 궐 안을 돌아다닐 수 있는 변명을 생각하던 하연은 결국 최후의 수단을 쓰기로 결심했다.

"어…… 아, 궁녀예요! 궁녀."

궁녀였다는 그녀의 말에 앞에서 열심히 글을 쓰고 있던 해랑이 고개를 들었다. 붓은 허공에 멈춰 검은 먹을 뚝뚝 흘리고 있었고 하연을 바라보는 그의 두 눈은 반짝이기 시작했다.

"궁녀였어?"

"네. 사정이 있어서 출퇴근 하고 있어요."

"진짜? 어디 소속이야?"

궁녀라고 둘러대는 것으로 끝날 줄 알았는데, 한 번 거짓말하기 시작하니 뒤이어 발생하는 문제들에 하연은 머리가 터질 거 같았다. 일단 대충 아는 곳 하나를 대고, 더는 묻지 말라고 딱 선을 그어야지. 그럼 어디가 있을까? 알고 있는 궁이라고는 중앙궁이랑 희수궁, 희안궁 정도인데…… 에잇, 될 대로 되라지.

"음…… 주, 중앙궁이요! 중앙궁의 궁녀……."

일단 하연은 그나마 잘 알고 있는 궁의 이름을 말하는 것으로 이 위기를 모면하려 했다. 어떤 궁의 이름을 말하든 그는 스스로를 영희궁이라는 작은 공간에 가두어 놓았으니, 확인할 길이 없을 거라고 생각했다.

"뭐야, 그러면 '아가씨'라고 안 불러도 되겠네."

이 와중에 돌쇠가 괜히 그동안 높임말을 썼다며 혼자 호칭 문제로 불만스러워하고 있을 때, 어째서인지 해랑의 표정은 신경 쓰일 정도로 밝아 보였다.

"어쩐지. 그래서 매번 비슷한 시간에 온 거였구나."

"네, 뭐 그렇죠. 아, 저 오늘 치 분량 다 끝냈어요."

계속해서 앉아 있다가는 끊이지 않는 질문 공세에 무참히 당할 것만 같아 불안해진 하연은 일단은 후퇴를 선언하며, 재빨리 남은 글을 쓰고는 자리에서 벌떡 일어났다.

"벌써?"

"네. 그럼 오늘은 이만 돌아가 보겠습니다."

그의 아쉽다는 목소리가 발목을 붙잡고 늘어졌지만 오늘은 여기까지. 내일 올 때는 만약의 경우에 받을 수 있는 질문들에 대한 변명거리를 완벽하게 준비하겠노라, 하연은 마음을 단단히 먹으며 영희궁을 나섰다.

배웅이랍시고 졸졸 쫓아 나온 해랑이 문가에 서서 사라져 가는 그녀의 모습을 멍하니 지켜보았다. 무슨 진지한 생각이라도 하는 건지 아무런 말이 없던 그는 말없이 빙글 돌아, 다시 제 방으로 돌아와 털썩 앉았다.

그의 침묵에 불안해진 돌쇠는 슬금슬금 눈치를 보며, 방을 빠져
나갈 기회를 엿보기 시작했다.

"우리도 궁녀 한 명 둘까?"

"......!"

분명 좋은 생각은 아닐 거라고 생각했지만, 그래도 이건 너무나
도 뜬금없는 발언이었다. 웬만한 일에는 놀라지 않는 돌쇠가 이렇
게 경악할 정도면 폭탄발언이나 다름없었다.

그도 그럴 것이 '궁녀'를 들이자니. 모르는 사람이 늘어나는 건
싫다며, 차라리 자신도 일을 거들 테니 궁인 수는 늘리지 말라고 고
집 부리던 그가 이제 와서...... 뭐, 그 이유야 뻔하지만.

"웬일이세요? 궁녀 같은 거 안 두려고 하셨잖아요. 사람들 돌아
다니는 거 싫다고."

"아니, 뭐...... 한 명쯤은 두는 것도 좋을 거 같아서 말이야."

"정말 단순히 그것뿐이세요?"

"그러면, 뭐가 더 있을 거 같은데?"

"......."

돌쇠는 하고 싶은 말이 많았지만 꾹 참았다. 바보도 아니고 척
봐도 그가 무슨 생각을 하고 있는지 눈에 보이는데 굳이 확인해서
무엇하랴.

"궁녀요? 저는 찬성입니다. 한 명이라도 늘면 지금 제가 맡고 있
는 일이 줄어들 테니까요."

솔직히 그의 정확한 직위명은 '영희궁의 호위대장'이지 정원 관리

사나, 보모. 또는 궁녀 같은 게 아니었다. 까다로운 주인을 모시고 있는 탓에 그동안 여러 가지 직업을 넘나들며 정말 힘든 하루하루를 보내야만 했다.

"그렇지? 너도 괜찮은 생각인 거 같지?"

돌쇠의 찬성에 힘입은 해랑의 목소리가 한층 더 밝아졌다.

"궁녀를 붙여 달라고 제가 말씀드려볼게요. 하연 아가씨는 안 되겠지만."

"아니, 그러면 아무 의미가 없는데."

"무슨 의미요? 단순히 일을 위함이라고 하시지 않으셨나요?"

얄밉게 입을 씰룩거리며 웃고 있는 돌쇠를 보니 해랑은 속이 부글부글 끓어올랐다.

"……다 알고 있으면서 모르는 척하고 있네."

결국 해랑이 포기를 선언했다.

"하지만 안 된다는 건 정말이에요. 아까 들으셨잖아요. 중앙궁 소속이라고. 중앙궁의 왕을 모시는 궁녀들은 함부로 부서를 이동할 수 없다는 거 잊으셨어요?"

분하지만 돌쇠의 말은 사실이었다. 다른 곳에 소속되어 있는 궁녀를 빼오는 건 아주 힘든 일이었다. 일반적인 궐의 궁녀라도 힘들 텐데 심지어 궐 안에서 최고의 위상을 갖고 있는 중앙궁에 소속되어 있는 궁녀라니 더더욱 힘들겠지.

"할 수 없지. 부탁하는 수밖에."

"……누구에게요?"

"누구겠어."

설마. 설마?

이 상황에서 부탁할 대상이라고 한다면 아마 한 명밖에 없겠지만, 해랑의 머리에서 그런 생각이 나올 줄이야.

"……해랑 님께서 그러시면 전하께서 기겁을 하실지도 모르겠네요."

어머니가 돌아가시고서부터 아버지인 신후왕과도 별다른 대화를 나누지 않았던 그였다. 뿐만 아니라 어느샌가부터 영희궁에 틀어박혀 있느라, 문안 인사는커녕 가끔씩 묻는 안부에도 대꾸하지 않게 되었다. 그런 그가 먼저 손을 내밀겠다니. 그것도 여자 하나 때문에? 이건 사건이었다. 그것도 어마어마한 대사건.

"그럼 어떻게 해."

쓰고 있던 가면을 벗어 살며시 내려놓는 그의 얼굴에는 천진난만해 보이기까지 하는 아이의 미소가 지어져 있었다.

"곁에 두고 싶은데."

너무나도 솔직한 그의 말에 돌쇠는 그저 웃어 버렸다. 그러고는 곧바로 중앙궁에 보낼 서신을 쓰기 시작한 그를 보며 문득 서하연이라는 그 여인이 정말 대단하다는 생각이 들었다. 처음에는 그녀를 경계했지만 더 이상 그러지 않아도 될 거 같았다. 단 며칠 만에 이 고집불통 주인을 이렇게나 바꾸어 놓았으니 앞으로의 일이 더 기대가 되었다.

한편, 해랑이 무엇을 하고 있는지 알 리가 없는 하연은 그저 오늘도 위기를 잘 넘겼다며 가벼운 걸음으로 기숙사를 향하고 있었다.

괜히 거짓말했다가 붓이 아닌 빗자루를 들게 될 위기에 놓여 있다는 사실을 까맣게 모르는 채.

*　　*　　*

"크흠…… 하연아……."

참으려고 해도 새어 나오는 웃음 때문에 신후왕은 미칠 거 같았다. 눈앞의 하연을 봐서는 웃으면 안 되는데, 그게 마음대로 되지 않았다.

"다행히 그 녀석과 잘 지내고 있는 모양이구나."

"제가 고생이 이만저만이 아니지만요."

고작 며칠 어울렸음에도 불구하고 매일같이 반복되는 엄청난 양의 필사 때문에 하연은 최근 들어 팔에 마비가 올 거 같았다. 그렇다고 못 하겠다고 할 수도 없고, 억지로 쓰고 있기는 한데 이러다가 팔에 근육이 붙으면 어쩌나 걱정이다.

다행인 것은 오늘이 딱 삼 일째 되는 날. 내일부터는 예문관 선배들이 돌아가며 도와줄 테니 매일 시달릴 필요까지는 없을 것이다.

……라고 생각하며 버티고 있었는데.

"……무슨 일이 있었는지는 모르겠지만 말이다, 열 번 말 걸면 한 번을 대답할까 말까 하던 녀석이 오늘 아침에 먼저 서신을 보냈지 뭐냐."

"어머, 축하드려요. 이제부터 화기애애한 부자 사이가……."

그가 편지를 보내든 말든 관심 없는 하연은 신후왕의 기쁨보다도 예문관에 돌아가서 쉬고 싶다는 생각밖에 들지 않았다. 이만 돌아가 보겠다며 자리에서 일어날 수도 있었지만 한 가지, 딱 한 가지 무시할 수 없는 게 있어 아직도 자리를 지키고 있었다.

"……서신에 이상한 거라도 쓰여 있었습니까? 묘하게 기분 좋아 보이시네요?"

남의 불행은 나의 행복이라는 말이 있으니, 분명히 그 반대의 말도 존재하리라. 남의 행복은 나의 불행. 아까부터 생글생글 웃고 있는 신후왕을 보면 볼수록 하연은 괜히 기분이 나빠지기 시작했다.

"쓰여 있기는 했지. 이상한 게."

"뭔데요?"

"중앙궁에서 일하는 '서하연'이라는 궁녀를 자신의 궁으로 배속시켜 달라는구나. 하하. 이게 무슨 소리일까? 내가 알고 있는 서하연이라는 여자아이는 지금 눈앞에 있는 아이뿐인데 말이다."

그 말에 하연이 절망적이라는 표정으로 고개를 떨어뜨리자, 신후왕은 지금 이게 어찌 된 일인지 대충 감이 잡혔다.

"윽. 그게…… 어떻게 둘러대다 보니……."

설마 어제 질문을 피하고자 했던 작은 거짓말 하나가 오늘에 와서 이렇게 뒤통수를 칠 줄이야.

불안해진 하연은 눈앞에서 생글생글 웃고 있는 신후왕을 바라보기 시작했다. 그의 입가에 걸린 미소가 좋지 않은 일의 시작을 암시하듯 너무나도 거슬렸다.

"잠깐. 설마 허락하신 건 아니시죠? 네? 전 예문관의 교육관이지 궁녀가 아니라고요. 청소, 빨래, 이런 일 하러 궐에 들어온 게 아니거든요!"

제발 그런 일이 일어나지 않기를 바라고 또 바랐지만, 지금 이 상황이 상당히 즐거운 신후왕은 그녀에게서 고개를 돌려 버렸다.

"그게…… 미안하구나. 몇 년 만인지 모를 아들 녀석의 부탁에 기뻐서 그만……."

"잠시만요. 이건 아니지요."

아무리 기쁘다고 해도 이건 말이 안 되는 일이었다. 고작 궁녀 따위나 하자고 그 짜증들 다 겪어내며 국시를 통과한 게 아니란 말이다.

"미안하다, 하연아. 어쩌겠니. 네가 한 말에 책임을 져야지."

"미안은 무슨! 지금 활짝 웃고 계시잖아요, 전하!"

마음이 급해진 하연은 당장 이 결정을 취소하라며 따지기 시작했지만, 신후왕은 평소와 다르게 강경했다. 이에 하연 역시 최선을 대해 맞섰지만 너무나도 갑작스럽고 뜬금없는 일이기 때문이었을까. 그녀답지 않게 버벅거리는 부분이 많았다. 결국 그녀는 신후왕에게 졌고, 아무것도 얻지 못한 채 중앙궁을 나서야만 했다.

믿을 수 없다며 충격에 빠진 그녀를 바라보던 신후왕은 그래도 미안하기는 한 건지, 문을 나서는 그녀에게 한 마디 던졌다.

"힘내렴."

지금 하연의 귀에는 이 짧은 응원조차 약을 올리거나 시비를 거는 정도로밖에 들리지 않았지만.

*   *   *

오전 내내 신후왕을 붙잡고 궁녀 따위는 말이 안 된다고 주장해 봤지만 씨알도 먹히지 않았다. 거의 쫓겨나다시피 중앙궁을 나온 그녀의 손에는 한 번도 입어 본 적이 없는 궁녀의 옷이 들려 있었고, 지금 그녀는 그 옷을 착용한 채 해랑의 앞에 서 있었다.

"……지금 이게 어떻게 된 일인지 설명을 부탁드려도 될까요?"

잔뜩 인상을 찌푸린 하연과 달리, 해랑은 오늘따라 기분이 좋아 보였다. 물론 가면 탓에 얼굴로 그의 상태를 확인할 수는 없었지만, 아까부터 그녀의 주변을 정신없이 돌아다니는 것으로 보아 기분이 좋은 게 틀림없었다.

"내가 알 리가 없잖아. 나는 그저 버려진 궁의 관리인일 뿐인걸? 나한테 무슨 힘이 있겠어."

그래그래, 계속 관리인인 척을 하겠다 이거지?

하연은 지금이라도 자신이 모든 걸 알고 있다는 사실을 말하고 싶었지만, 굳이 아는 척을 할 필요가 없다고 생각하며 입을 다물었다.

저렇게까지 당당하게 거짓말하고 있는데 자신이 모든 사실을 다 알고 있었다고 하면, 그가 얼마나 창피해하겠는가?

물론 그녀의 성격상 타인의 마음은 별로 중요하지 않았고 그가 창피해하는 모습이 보고 싶기도 했지만, 그랬다가는 자신이 귀찮아 질 거라는 걸 그녀는 너무나도 잘 알고 있었다.

그렇다고 그냥 넘어가는 것도 좀 그랬다. 이대로 있다가는 계속 해서 영희궁의 궁녀로서 살게 되는 거 아닌가 걱정되었다.

하지만 그녀가 어떤 사람인가. 예문관의 대신들을 상대함에 있어서도 뭐 하나 부족함 없는 사람이 아니던가.

그러니까 괜찮다. 분명 어떻게든 잘 해결될 테니까. 그러나 그건 멀리 내다봤을 때의 얘기였고, 당장 바로 눈앞의 현실은 참담했다.

"제가 이곳에 다니는 걸 알고 있는 사람은 돌쇠 씨와 무향 님, 그리고 아주 적은 극소수의 지인들밖에 없으니 두 분 중 한 명이 원인인 게 당연하지 않겠어요?"

"아, 그럼 돌쇠가 그랬나 보다. 너 도대체 왜 그런 거야?"

얼씨구. 아무렇지도 않게 해맑게 웃던 그가 돌쇠에게 모든 죄를 뒤집어씌워 버리자, 구석에서 여유롭게 물을 마시고 있던 돌쇠가 안타까운 기침 소리를 내며 흐트러진 호흡을 가다듬었다.

"정말 한 치의 거짓도 없는 게 분명하겠지요?"

"응?"

"저한테 거짓말하면 어떻게 되시는지 아시죠? 저도 비밀 많은 여자라는 걸 잊지 말아 주세요."

"……."

이쯤 되면 술술 진실을 말할 줄 알았는데 해랑은 여전히 하연을 바라보고 있을 뿐, 좀처럼 입을 열 생각을 안 했다.

가면 너머로 보이는 눈동자가 서서히 흔들리는 것으로 봐서 지금 그는 고민 중인 게 분명했다. 곧 그의 입이 열렸다.

"그래. 내가 널 추천했어."

"도대체 왜요."

"너랑 더 오래 있고 싶어서."

"……."

"……."

"……나도 알아요, 돌쇠 씨. 지금 저 말이 제 노동력을 겨냥한 말이라는 거, 잘 알아요. 딱히 설레거나 하지 않았어요."

"전 아무 말도 하지 않았습니다."

아무 생각 없이 그들의 뒤에서 흐뭇하게 미소 짓고 있던 돌쇠가 깜짝 놀라 대답했다.

오랜 시간 해랑의 곁을 지켜 왔던 그의 눈에는 방금 그 말이 의심할 여지없이 완벽한 진심이라는 걸 알 수 있었지만, 어째서인지 그것을 받아들이는 하연의 반응이 이상했다.

"혹시 책방에서 수량을 올렸어요? 이백 장에서 한 사백 장으로? 하루 종일 쓸 정도예요?"

각오해 둘 테니 걱정하지 말라며, 하연이 제 오른쪽 팔을 꾹꾹 주무르기 시작했다.

이백 장 필사를 할 때도 장난 아니게 힘들었는데, 설마 두 배 정도로 훌쩍 늘어난 건 아니겠지? 얼마나 늘어났으면 자신을 궁녀로 부르기까지 하며 노동 시간을 늘리려고 했을까?

제가 한 말에 스스로 쑥스러워하고 있던 해랑이 날카롭게 반응했다.

"그게 무슨 말이야?"

"제가 더 오래 있으면 좋겠다고 하셨잖아요. 그런데 미리 말해 두는데, 아무리 저라고 해도 연달아 쓰는 건 불가능하니까요. 너무 많은 기대는 하지 말아 주세요."

"아니…… 도대체 어떻게 하면 그 말을 그렇게 받아들여?"

제 딴에는 큰 맘 먹고 내린 결론이었다. 늘 감정을 숨기려고만 하다가 처음으로 털어놓아 보는 솔직한 마음이었지만, 그녀의 수비는 생각보다 단단했다.

"그냥 순수하게 같이 있고 싶어서 그런다니까?"

"아, 알았어요. 할게요. 그래서 앞으로는 하루 몇 장 쓰면 되나요?"

"……."

조금이라도 오해가 될 만한 것들은 애초에 무조건 부정하겠다고 다짐한 그녀에게, 그의 뒤늦은 분발과 노력은 안타깝게도 아무 소용 없었다.

해랑은 조용히 그녀를 바라봤다.

제 앞에 그녀가 앉아 있다는 이 사실은 너무나도 좋았지만 한 가지, 좀 전 그녀의 발언은 신경이 쓰였다. 너무나도 생소한 감정이다 보니 그게 무엇인지 정확하게 알 수는 없었지만 그래도 별로 마음에 들지 않았다.

또다시 한가득 쌓인 필사거리에 몰두하느라 고개를 바짝 숙이고 있는 탓에 그녀의 얼굴이 제대로 보이지 않았다. 좀 더 자신을 봐주면 좋을 텐데. 고개를 들고 이쪽 좀 보라는 말을 할까 하던 해랑은 고개를 저으며 물러났다.

일단은 이렇게 자신을 찾아와 주었다는 것만으로도 만족할 생각이었다.

그러나 돌쇠는 그저 좋다며 콧노래까지 부르기 시작한 해랑을 못마땅한 시선으로 바라보고 있었으니, 그는 아무것도 모르는 이 도깨비가 너무나도 불쌍했다.

"……."

사람의 욕심은 끝이 없다는 말이 있듯, 분명 지금 이 상황에 만족하고 있다던 해랑의 불만은 점점 더 많아지기 시작했다.

그녀는 오늘 하루 종일 정말 열심히 필사만 하다가 돌아갔다. 물론 그 덕분에 제 일이 줄어든 것은 좋았다. 그리고 궁녀로서 일을 열심히 하는 그 모습도 보기 좋았다. 그래도 그렇지, 어떻게 한 번의 눈길도 안 줄 수가 있는 거지?

"생각보다 훨씬 더 힘들어 보이는 상대 같은데 차라리 지금 포기하시는 게 어떠세요?"

배웅을 위해 영희궁의 정문까지 나와 있던 해랑에게 돌쇠가 말했다.

그의 눈에 둘의 상황은 역전된 거나 다름없어 보였다. 다만 시해랑이라는 남자의 의지는 생각보다 강하지 않았고, 서하연이라는 여인의 의지는 쉽게 깨지지 않을 것처럼 너무나도 두텁다.

"그렇게 불쌍해 보이면 너도 날 좀 돕든지."

"지금 저에게 도움을 요청하시는 건가요?"

보기 드문 일에 놀란 돌쇠가 눈을 동그랗게 뜨고 묻자, 해랑은 아무런 대답 없이 걸음을 빨리했다. 생각지 못한 그의 반응에 돌쇠는 웃음을 참아야만 했다.

궐 안의 사람들에게서 멀어지기 위해 선택한 영희궁. 그랬던 그가 오직 하연이라는 여인을 제 옆에 두기 위해 신후왕에게 먼저 대화를 시도한 것만으로도 놀라운 발전인데, 이제는 자신에게까지 도움을 요청하다니.

어느 날 갑자기 등장한 '서하연'이라는 여인은 자신과 해랑에게 있어서 구세주나 다름없었다. 때문에 굳이 해랑이 부탁하지 않아도 놓치지 않을 생각이었다. 신후왕, 자신, 그리고 해랑. 이 모든 이들을 위해.

"……일단은 내 이름부터 제대로 밝힐 생각이야. 계속 '무향 님'이라 불리니까 기분이 나빠."

"어째서요? 멋진 이름이라고 생각하는데요."

기분이 나쁘다는 그의 말에 돌쇠 역시 불쾌하다는 표정으로 따지듯 물었다. 그러자 해랑은 '설마 모르는 척하는 건 아니겠지?'라며 그를 쏘아봤다.

"'무향'은 그냥 필명으로 쓸 이름이 마땅히 생각 안 나서 네 이름 갖다 붙인 거잖아. 날 부르는 게 아니라 널 부르는 거 같아서 싫단 말이야."

"그래서 제가 그때 반대하지 않았습니까. 그리고 어차피 아가씨께서는 그게 제 이름이라는 걸 모르실걸요?"

지금도 가끔씩 생각하는 거지만, 돌쇠는 그가 필명 때문에 고민에 빠져 있던 그때 자신의 이름을 쓰겠다는 그 말도 안 되는 주장에 적극적으로 반박하지 않은 것을 죽어라 후회했다.

"그런데 해랑 님, 만약 아가씨께 이름을 밝힌다면 아마 모든 것을 다 말씀하셔야 할 거예요. 해랑 님의 신분, 위치, 지금 처한 상황 그리고 어쩌면 말려들게 될지도 모른다는 상황까지도."

"안 그래도 고민 중이야. 기껏 붙잡았는데 도망가 버리면 어떡해."

"어쩌면 안 그럴 수도 있지요. 아가씨 성격을 보세요."

돌쇠가 그건 걱정하지 않아도 될 거 같다며 말했다. 솔직히 그 당당한 여인이 겁을 먹고 도망가는 모습은 상상이 되지 않았으니까. 사실 이는 해랑 역시 같은 생각이었다.

해랑이 피식 웃었다.

"그래서 지금 조금은 기대하고 있어."

영희궁 내의 주도권을 잡으려 했던 건지, 첫날부터 오자마자 한바탕 잔소리를 늘어놓던 그녀를 떠올린 해랑의 입에서는 즐거운 웃음소리가 새어 나왔다.

"저 녀석이라면 내 곁에 있어 주지 않을까, 하고."

                    *   *   *

"……."

"왜?"

하연은 어이가 없었다.

아무리 오전 정원 일로 모두가 지쳤다고는 하지만, 일이 끝나기 무섭게 그대로 정원 바닥에 뻗어 버릴 줄은 몰랐다. 그녀는 너무나도 익숙하게 벌러덩 드러누워 자신을 올려다보고 있는 돌쇠와 해랑을 번갈아보며 가만히 서 있었다.

나란히 누워 선선하게 불어오는 바람에게 위안받는 것까지는 좋다. 하지만 그녀를 당황스럽게 하는 건, 거기 서서 뭐하냐며 빨리오라 손짓을 하고 있는 그들의 반응이었다.

"아니, 아무리 그래도 이건 좀."

맨 땅에 드러눕는다니. 하연으로서는 절대 하고 싶지 않은 행동이었다. 어디 그뿐인가? 아무리 한 식구 같다고 해도 그녀는 홍일점인데 함께 드러누워 낮잠이나 자자니, 배려 좀 해 주지. 아무리 그녀가 남녀 차별을 안 좋아한다고 해도, 이럴 때는 좀 신경 써 줬으면 싶다.

천만다행히도 더 이상 그에게 아무런 마음이 남아 있지는 않지만, 대체 얼마나 의식을 안 하는 건지……. 이건 이것 나름대로 왠지 모르게 자존심이 상했다.

결국 하연은 한참을 망설이다 둘 사이에 자리를 잡고 앉았다. 그러자 그녀를 지켜보고 있던 해랑은 피식 웃었다. 그리고 나른한 건지 기지개를 켜며 중얼거렸다.

"둘이 있을 때는 몰랐는데, 이렇게 셋이 있으니까 좋네……."

"글쎄요. 인원수의 증가 때문이 아니라 아마 특정 인물 때문이 아닐까요?"

"시끄러워."

마음 같아선 돌쇠를 한두 대 정도 때려 주고 싶었지만 녀석과 자신의 사이에는 하연이 있었기 때문에 그럴 수가 없었다.

나중에 하연이 돌아가면 한바탕하든가 해야지, 요즘 들어 그녀를 방패로 너무 대들기 시작하는 게 밉상이었다.

"그래도 나는 지금이 좋아. 계속 이랬으면 좋겠어. 이곳에서 셋이서 함께. 밖은 나쁜 공기로 가득해서 말이야."

해랑의 중얼거림에 돌쇠가 또다시 고개를 들더니 토를 달았다.

그가 생각하기에 이런 곳에서 도깨비를 모시며 평생을 보내는 것만큼 끔찍한 일은 또 없을 거 같았다.

"아, 저는 빠지겠습니다."

"그래 주면 고맙고."

"……."

둘이 싸우든 말든. '셋이서 함께'라는 말에 가만히 듣고 있던 하연은 살짝 인상을 찌푸렸다. 괜히 마음이 답답했다. 애초에 그녀가 이곳에 온 목적이 무엇 때문이었던가. 바로 해랑을 바깥세상이라는 곳으로 데리고 나가기 위함이었다.

나중에 그를 데리고 나가는 데에 성공해서, 그가 자신과 전하 사이의 은밀한 거래 내용을 전부 알게 된다면 어떤 기분일까? 또 저하나 믿고 그렇게나 싫어하는 밖으로 나왔는데, 그녀는 할 일이 끝났다며 빠져 버리면 어떻게 생각할까?

석 달. 석 달 후면 그녀는 이곳에 없을 것이다. 약속을 지키고 나서는 다시 궐 밖으로 나갈 생각이었으니까. 여성 인재 등용이니 그딴 건 애초에 관심도 없었고, 여전히 말도 안 되는 일이라고 생각한다. 만에 하나 그게 실현 가능하다면 꼭 자신이 아니더라도 누군가가 이룰 수 있을 것이다.

"저도 빠질래요."

괜히 정들었다가는 나가는 걸음이 무거워진다. 가벼운 걸음으로 나가고 싶었다. 돌아보지 않을 정도로 가벼운 마음으로 지내야 했고, 그것을 위해서 '함께'라는 말을 자연스럽게 받아들여서는 안 됐다.

"넌 안 돼. 아직까지 널 뺄 계획은 없어."

"그럼 이 기회에 계획에 추가하셔야겠네요."

날씨는 좋고, 바람도 적당히 선선하게 불어오고. 옆에서 돌쇠가 꾸벅꾸벅 조는 게 보이니, 서서히 정신이 몽롱해지기 시작했다. 이제는 다 귀찮았다. 될 대로 되라지. 하연은 그냥 뒤로 벌러덩 누워 버렸다. 서하연, 참 많이도 변했지.

어렴풋이 옆에서 웃는 소리가 들려오는 거 같았지만, 무시했다. 해 본 적 없는 잡일을 해서 그런지 피곤했고 누우니 잠이 몰려왔다.

태어나서 처음 드러누운 땅바닥은 아주 딱딱했다. 그리고 차가웠다. 하지만 어렴풋이 느껴지는 풀 내음은 싱그러웠고 이렇게 누워 올려다본 하늘은 눈부시게 아름다웠다.

쌀쌀한 바람에 하연은 인상을 찌푸리며 눈을 떴다.

잠들기 전에 본 하늘은 분명 파란색이었는데 옅은 붉은색으로 바뀐 것으로 보아 시간이 꽤 지난 게 분명했다.

"이런. 그대로 잠들어 버렸나 보네."

그녀의 양 옆자리에 누워 있던 남자들은 여전히 꿈나라에 빠져 있는 건지 미동조차 하지 않았다.

시간을 보면 지금 당장 일어나 기숙사로 돌아가야 했지만, 이 둘을 그냥 내버려 뒀다가는 감기 걸릴 게 분명했다. 할 수 없이 하연은 방 안에서 담요를 들고 나와 그들에게 덮어 주고는 만족스럽게 미소 지었다.

"……가는 거야?"

이제 막 잠에서 깬 건지 어쩐지 나른하게 들려오는 낮은 목소리에 하연은 깜짝 놀라 뒤로 물러섰다. 가면을 쓰고 있으니 잠을 자는 건지 깨 있는 건지 알 수가 없다.

"퇴근해야죠."

신입 관리는 기숙사에서 지내기 때문에 '퇴근'을 하지 않았지만, 궁녀라고 위장한 이상 그에 맞춰야 했다.

지금은 궁녀 행세를 하고 있다지만 이러한 사실을 알고 있는 건 자신과 신후왕밖에 없었기 때문에 나머지 예문관 대신들의 눈에 띄지 않도록 통금 시간 전에는 제대로 기숙사로 돌아가 확인을 받아야 했다.

"그냥 계속 여기 있으면 안 돼? 빈방도 많은데."

"저는 전업이 아니라 시간제로 일하는 궁녀거든요."

이만 가 보겠다며 하연이 문을 향해 돌아서자 그때까지도 누워 있던 해랑이 배웅해 주겠다며 부스스 일어나 그 뒤를 따라왔다. 돌아가겠다는 말에 불안한 건지, 확실한 약속을 받아 내기 위해 끝까지 그녀를 괴롭히며.

아쉬움이 가득 담긴 목소리와 함께 장난치듯 계속해서 길을 막아서는 해랑을 흘겨봤다. 한동안 그에게 어울려 주던 그녀는 내일도 오겠다는 확실한 약속을 한 뒤에야 해랑에게서 벗어날 수 있었다. 원래는 궐 안에서 뛰면 안 되지만, 상황이 급하다 보니 어쩔 수가 없었다.

"서하연?"

통금 시간을 넘겼으면 어쩌지, 하며 오늘 기숙사의 문을 닫는 당

번이 누구였는지를 생각하고 있는데 갑자기 그녀를 부르는 목소리
가 들려왔다.

문 앞에 서 있는 익숙한 남자의 모습에 순간 덜컹했던 하연은 곧
안도의 한숨을 내쉬었다.

"강우 형님!"

"늦었잖아."

"죄송해요. 그…… 일이 많아서. 하하. 그런데 왜 밖에 나와 계세
요? 형님 오늘 당번 아니잖아요."

"누가 하도 안 오기에 실컷 잔소리 좀 해 주려고 바꿔 달라 부탁
했다. 왜?"

말은 저렇게 해도 그가 아니었다면 지금쯤 당번에게 걸려서 부
장에게 끌려가 잔소리를 듣고 있을지도 모른다는 생각에 하연은 고
마웠다.

"에이…… 저 걱정하셨구나~"

"……한 번만 봐준다. 명심해."

"네! 감사합니다, 형님~ 아, 피곤하다."

위기를 넘겼다는 사실에 몰려오는 안도감 때문일까? 사실은 지
금까지 자다 왔는데도 다시 졸음이 밀려오는 거 같아 그녀는 한시
라도 빨리 기숙사 안으로 들어가고 싶었다.

하지만 그때.

"잠깐, 서하연. 그런데 말이야……."

"네?"

끝난 줄 알았는데. 가만히 그녀를 바라보고 있던 강우가 갑자기

길을 막아섰다. 피곤해 죽겠는데 왜 또 그러냐는 듯 인상을 찌푸린 채 그를 올려다보던 하연은 저도 모르게 움찔했다.

"너 그건 또 무슨 꼴이냐?"

그의 말에 그거야말로 무슨 말이냐며 따지려던 하연은 잠시 그의 시선을 따라 자신의 차림을 훑어보았다. 그리고 뒤늦게 깨달았다.

오직 통금 시간에 늦어서는 안 된다는 생각 하나로 무작정 뛰어오느라 궁녀 복장에서 신입생들이 입는 옷으로 갈아입는다는 걸 깜빡하고 만 것이다!

"하하…… 형님…… 그러니까 이건 말이지요…….."

"몰랐네, 네가 일을 두 개나 하고 있었을 줄이야."

"하하…… 그러니까 이게…… 설명을…… 설명을 할게요, 형님."

지금까지 웃을 때는 언제고, 갑자기 표정이 어둡게 바뀐 강우가 날카로운 시선으로 하연을 바라보기 시작했다.

"잘 생각하고 말하는 게 좋을 거야. 네가 말하는 그대로, 내 입을 통해 윗선에 전해지게 될 테니 말이야."

하연은 심장이 덜컥 내려앉는 거 같았다. 지금 이 상황을 어떻게든 잘 넘겨야 했다.

궐에 들어오고서부터 뭐 하나 제대로 되는 게 없는 거 같았다. 예전 같았으면 이런 일로 고민하고 심장 떨려 하는 일 따위 없었을 텐데. 갑자기 예전이 그리워졌다.

"그래서, 설명은?"

안 그래도 이 상황에서 벗어날 수 있을 법한 변명을 생각하느라 정신없는데, 강우의 재촉까지 더해지니 그녀의 머릿속은 뒤죽박죽이 되어 버렸다.

"어…… 그러니까 이게……."

이제 다 끝이다. 예문관 대신들은 그녀가 '교육관' 일을 하고 있다고 생각했겠지만 현실은 달랐다. 그리고 그것을 강우에게 들키고 말았으니 그녀는 이제 끝난 것과 다름없었다.

이렇게 된 이상 그냥 솔직하게 말을 하자. 혹시 아나? 그가 솔직함에 감동받아 봐줄지. 물론 그럴 가능성은 희박하지만.

이런저런 생각을 하던 하연은 결국 모든 사실을 말하기 위해 입을 열었다.

그런데 그때.

"아, 서하연. 여기 있었네. 안 그래도 부르려고 했는데 말이야."

익숙한 목소리에 하연은 물론, 그녀의 앞에서 끈질기게 설명을 요구하던 강우 역시 고개를 돌려 그들을 향해 다가오고 있는 이를 바라보았다.

"부장."

"영희궁 교육에 관련된 중요한 전달 사항이 있어서 말이야. 하도 안 보이기에 기숙사까지 찾아왔지. 그런데 뭐야, 분위기가 왜 이래?"

어리둥절한 표정으로 두 남녀를 번갈아 보고 있는 부장에게 살짝 인상을 찌푸린 강우가 신경질적으로 말했다.

"부장, 부장은 이상하다고 생각 안 하세요?"

"응? 이상하지. 이 시간에 달랑 둘이서 뭐하고 있는 거야?"

"아니, 그게 아니라요. 이 녀석이요."

강우가 하연을 가리키자 부장의 시선 역시 그녀를 향했다. 잠시 멍하니 하연을 바라보던 그가 싱긋 웃더니 말했다.

"잘 어울리네."

"그게 답니까?"

너무나도 가벼운 반응에 강우가 버럭 외쳤다. 하지만 부장은 놀라기는커녕, 여전히 즐거워 보였다.

엄청난 차이를 보이는 둘의 반응에 하연은 어느 쪽에 맞춰 줘야 할지 몰라 이러지도 저러지도 못하고 있었다.

어째서인지 뒤이어 등장한 부장은 자신의 이런 수상한 차림에 전혀 놀라지 않은 거 같았다. 오히려 그것이 더 신경 쓰였다. 이거 거짓말을 곁들인 변명을 해야 하는 건가 아니면 얌전히 있어야 하는 건가. 그것도 아니면 솔직하게 모든 사실을 털어놓아야 하는 건가.

"아, 혹시 강우에게는 말하지 않은 거야?"

응? 전혀 생각해 본 적 없는 전개에 놀란 하연은 부장을 바라봤다. 당황하기는 강우도 마찬가지였다.

"하연은 전하의 어명을 받고 어떤 임무를 수행하기 위해 이런 차림을 하고 있는 거야. 돌아올 때 갈아입지 않은 건 실수인 거 같지만."

"……임무라고 하시면?"

"음…… 뭐더라? 궁녀들의 교육이었나? 전하께서 궁녀들 중에 글을 못 읽는 이들이 있다는 걸 아시고 하연에게 글을 가르치라고 하신 모양이야."

"그런데 왜 굳이 궁녀 차림인 거죠?"

그 말에 부장은 여전히 의심 가득한 눈을 하고 있는 강우의 어깨를 탁탁 치기 시작했다.

"생각해 봐. 궁녀에게 글을 가르친다는 게 얼마나 보기 안 좋겠어? 그것도 왕족의 교육을 담당하는 예문관의 교육관이 말이야. 그래서 같은 여인인 하연이 선출된 거야. 궁녀들 차림으로 그들 틈에 끼어들어 몰래 교육을 하면 눈에 잘 안 띌 테니까."

"……"

"아, 혹시 이 일까지 위에 말하거나 그러지는 않겠지? 넌 여성 교육에 무조건 반대하고 나서는 고지식한 사람들과는 다르잖아?"

"……뭐 그렇죠."

부장의 말에 강우가 넘어간 건지 그제야 납득했다는 표정으로 고개를 끄덕였다. 의심 가득했던 눈은 어디 가고. 이제는 '참 힘들겠구나…….'라는 눈빛으로 하연을 바라보았다.

"좋아. 그럼 하연은 날 따라와. 오늘 나간 진도 보고하고 가야지?"

"아…… 네!"

도대체 이게 무슨 일인지 알 수 없었지만, 어쨌거나 하연은 위기 상황에서 벗어날 수 있었다. 다음으로 올 상황이 전혀 예상되지 않는다는 게 문제였지만 말이다.

갑자기 나타난 부장의 도움 덕분에 위기를 넘길 수는 있었지만, 그래도 영 찝찝했다.

하연이 궁녀 차림을 하게 된 건 오늘이 처음이었고, 이 사실을 알고 있는 건 신후왕과 그녀밖에 없었다. 게다가 궁녀의 교육이라니? 이는 들어 본 적 없는 이야기였다.

"……도대체 뭐 하느라 늦은 거야? 차림은 그게 뭐고! 정신 똑바로 차리지 않으면 큰일 나는 거 몰라? 네가 얼마나 주목받고 있는지 잊었어? 내가 퇴근하는 길에 거길 안 지났어 봐!"

기숙사에서 멀어지기 무섭게 부장이 버럭 외쳤다.

아까 강우에게 쩔쩔매는 것보다는 부장이 낫겠지 싶었던 하연은 그것이 잘못된 생각이라는 걸 뒤늦게 깨달았다.

"……거짓말 잘하시던데요?"

"칭찬이지?"

"그나저나 도대체 어떻게 된 거예요? 거짓말까지 해 가며 저를 변호해 주신 데에는 그만한 이유가 있을 거 같은데요?"

하연은 깊게 심호흡을 했다. 아무리 부원을 생각하는 부장이라고는 하지만 그냥 자신을 도와줄 사람이 아니었다.

"……전하께 들었어."

한참을 망설이던 그가 '원래는 말하면 안 되는 건데…….'라는 말을 시작으로 놀라운 사실을 고백했다. 이에 하연은 다시 한 번 놀랐다. 정말 오늘 몇 번이나 심장이 오르락내리락했지만 그중에서도 이번이 최고였다.

"전하께요?"

"그래. 너에게 무슨 일이 생길 수도 있으니 뒤에서 잘 챙겨 주라고 부탁받았지."

"'일개' 예문관의 부장에게? 전하께서 상황을 전부 알려준 거예요?"

"'일개'는 뭐야! 난 이래 봬도 꽤 주목받는 인재라고."

자신을 무시하는 하연의 발언에 부장이 으르렁거리며 말했다. 그러나 지금 하연은 너무나도 놀랐기 때문에 그가 발끈하든 말든 별다른 반응이 없었다.

신후왕이 제법 단호한 태도로 이곳으로 보내긴 했어도, 자신이 걱정되기는 하는 모양이었다. 이러니 싫어할 수가 없지.

도착한 예문관에는 마침 다들 퇴궐하고는 아무도 없었다.

재빨리 옷을 갈아입은 하연은 밖에서 기다리고 있던 부장에게로 달려갔다. 그는 어차피 나가는 길이었으니 데려다 주겠다며 동행해 주었다.

혼자서 큰 짐을 지고 있는 거 같았는데, 3관의 총수인 부장도 자신의 이야기를 알고 있었다는 사실 하나만으로도 이렇게나 든든할 수가 없다.

하지만 아무리 고마워도 약속은 약속이지.

"아, 그러고 보니까 부장."

"왜?"

뒤늦게 중요한 사실을 떠올린 하연의 입가에는 의미심장한 미소가 지어졌고, 그것을 바라보고 있던 부장은 괜히 불안해졌다.

"삼 일 버텼습니다."

"어쩌라고."

"이름 알려 주기로 했었잖아요."

"⋯⋯나 오늘 너 구해 준 거다?"

"그건 그거고, 이건 이거지요."

꼭 듣고야 말겠다는 하연의 의지를 꺾을 수 있는 사람이 어디 있을까.

이 사실을 모를 리 없는 부장은 한숨을 내쉬며 끙끙거리기 시작했다.

강요한 것도 아니고 본인의 입으로 한 약속인데.

"⋯⋯'령(泠)'."

"예?"

"'령'이라고. 외자야."

"⋯⋯."

"⋯⋯뭐지? 그 실망이라는 듯한 눈빛은?"

그 말대로, 부장의 옆을 걷고 있던 하연은 실망 가득한 눈빛으로 그를 바라보고 있었다. 선배들이 그렇게까지 반응하기에 뭔가가 더 있을 줄 알았는데 너무 평범한 이름이었다.

아니, 외자 이름인 것만으로 조금은 특이하다고 할 수 있었지만 그래도 그렇지, 조금 이상한 방향으로 특이할 줄 알았는데 심지어는 꽤 멋진 이름 같기도 했다.

그런데 왜?

"생각보다 재미없네요. 뭔가 더 있을 줄 알았⋯⋯ 아!"

투덜거리던 하연은 걸음을 멈추고 깜짝 놀란 령을 바라봤다. 갑자기 떠오른 어떠한 사실이 그녀의 뇌를 자극했다.

"생각났다! 부장 '유'씨 아니었어요? 유월가(家)의 장남!"

"넌 진짜 가문밖에 기억 못 하는구나."

"……'유령'. ……유령 부장님이시군요……. 유령 님. 유령 형님.
유령 오라버니. 유령 부장. 유령 대감. 유령 회원. 유령 신랑. 유령
의 집. 유령의 하루……."

"……그만해라."

"뭐야, 그럼 하마터면 저는 유령의 신부가 될 뻔했던 거군요?"

"그만하라고!"

"참…… 어디에 갖다 붙여도 존재감 없게 만드는 신기한 이름이
네요. 아, 한 가지만 더요. 궐 밖에서 친구들이 부장을 부를 때 '아,
유령이다!' 이렇게 부르나요? 길거리에서 그렇게 불리면 상당히 창
피할……."

계속해서 간죽거리던 하연은 결국 령이 꼬집는 바람에 빨갛게
부어오른 볼을 잡고 울먹여야 했다.

다시는 부장에게 까불지 않겠다는 다짐과 함께.

설마 내일 아침까지 이 부기가 안 빠지는 건 아니겠지. 만약 그렇
다면 아무리 부장이라 할지라도 한바탕 벌이리라. 그리고 큰소리
쳐야지. 여자 얼굴에 손대는 거 아니라고.

인상을 찌푸린 하연이 투덜거리며 령의 뒤를 졸졸 따라갔다.

볼이 아프기는 했지만, 그래도 오늘 얻은 것들과 비교하면 아무
것도 아니라는 생각에 마냥 웃음이 나왔다.

신입 관리 기숙사로 향하는 그들의 걸음은 가벼웠다.

조금 떨어진 나무의 뒤에서 누군가가 숨을 죽이고 그들을 바라
보고 있다는 것을 눈치채지 못한 채.

　　　　　＊　　　＊　　　＊

　"뭐? 궁녀? 그 아이가 궁녀의 차림으로 궐 안을 돌아다니고 있다고?"

　희안궁.

　최근에 있었던 안 좋은 일들 때문에 안 그래도 신경이 예민해질 대로 예민해진 희빈이 신경질적으로 되물었다.

　"예, 희빈마마."

　"궁녀라니…… 서가의 여식이 그런 일을 할 리가 없는데……. 그래서, 어디 소속이지?"

　귀족 가문의 아가씨가 갑자기 궐의 궁녀 일을 하고 있다는 건 아무리 생각해도 말이 안 되지만, 그게 서하연이라면 무슨 이유가 있는 게 분명했다.

　'도대체 무슨 일을 벌이고 있는 거지…….'

　"그, 그게 알아보니까 궁녀는 아니었고, 이번에 들어온 예문관의 신입 교육관이라고 합니다."

　'예문관'이라는 말을 듣기 무섭게 꽃잎을 만지작거리던 희빈의 손이 멈추었다. 그리고 표정이 날카롭게 변했다.

　"……그리고 영희궁에 출입하고 있다고 합니다."

　교육관. 세 번째 왕자 해랑이 있는 영희궁으로의 출입. 이유를 알 수 없는 궁녀 복장.

　길게 생각해 보지 않아도 답이 나왔다.

설마 그때 자신을 이겨 먹은 그 아이가 다시 궐에 들어온 것으로도 모자라, 예문관에 들어가 해랑의 교육관을 맡고 있었을 줄이야. 아주 앙큼한 계집이로군.

"그 아이가 해랑의 교육관이 되었다고? 하지만 내가 알기로 해랑은 지금까지의 모든 수업을 거부……."

"지금까지 아무런 거부 반응이 없다고 합니다."

"……."

희빈은 더 이상 아무 말도 하지 않았다.

서하연이 어떤 아이인가. 조금 건방지기는 해도 자신조차 마음에 들어 할 정도로 당당하고 매력적인 여인이 아닌가.

해랑이라고 다를 리 없었다. 빠지면 더 빠졌겠지.

"설마 서가의 여식을 이용해 해랑을 왕으로 만들 생각은 아니겠지……."

다른 사람이면 몰라도 서하연, 그 아이라면 위험했다.

무슨 수를 썼는지 몰라도 삼간택에서 벗어난 것 하며, 하고자 하는 일은 반드시 이뤄 내고 마는 그 성격.

"잠깐. 그렇다면 굳이 궁녀 차림을 하지 않아도 될 텐데……."

"저도 그것이 의문이라……."

"아, 어쩌면."

잠시 생각에 잠겨 있던 희빈의 입가에 희미하게 미소가 자리 잡았다.

"……해랑이 모르는 걸 수도 있다. 서하연이 자신의 교육관이라는 걸 말이야. 그리고 분명 삼간택에 오른 적이 있다는 것도 모르고 있겠지. 만약 알았다면 바로 내쳤을 테니까. 그 녀석은 워낙 조심스러워서, 나랑 조금이라도 관련이 있을 거 같으면 바로 피해 버리니."

"예. 의심이 많은 분이시라는 건 익히 들어 알고 있습니다. 때문에 궁녀나 궁인을 따로 두지 않으시지요."

"하지만 그 아이는 믿는다…… 이 뜻인데……."

"어떻게 하시겠습니까. 역시 더 가까워지기 전에 손을 써서 둘을 떨어뜨려 놓는 게……."

"아니."

궁녀의 말에 희빈은 작게 웃으며 고개를 저었다.

왠지 모르게 즐거워 보이는 게 분명 나쁜 생각을 하고 있는 게 분명했다.

"좋지 않느냐. 의심 많은 그 아이가 겨우 믿을 만한 사람이 생겨 정을 붙여 보겠다는데."

"하지만……."

"혹 삼간택 때 작성한 명단, 아직 보관하고 있느냐?"

"간택된 아가씨들의 명단을 말씀하시는 겁니까? 예…… 찾아보면 있을 겁니다. 그런데 그건 어찌……."

아주 살짝 불안하게 흔들렸던 희빈의 눈빛이, 궁녀의 말에 반짝이기 시작했다. 그리고 입가에는 사악한 미소가 지어졌다.

"지금 당장 그걸 갖고 오너라."

"네?"

"겨우 마음을 연 상대가 알고 보니 거짓말쟁이에, 자신이 이 세상에서 가장 두려워하는 사람과 관련이 있다는 걸 알게 된다면, 그것도 본인이 아닌 제3자에 의해 그 사실을 알게 된다면…….”

“억장이 무너져 내리는 기분이겠군요.”

궁녀의 말에 희빈이 크게 고개를 끄덕였다.

“하지만 내가 아무리 말을 해도 그 녀석은 내 말을 믿지 않을 테니까 빼도 박도 못 할 증거가 필요하겠지.”

희빈의 손안에 쥐어졌던 꽃이 다시 손을 폈을 때는 으스러져 바닥으로 툭 하고 떨어졌다.

“훗. 이것 참, 일이 재미있어지겠군. 내일이 기대되는구나. 하하하.”

七花
그동안 생각이 짧았지

"네?"

아니, 기껏 모든 준비를 다 하고 이렇게 서 있는데 눈앞에 있는 '유령'이라는 우스꽝스러운 이름의 부장이란 사람은 무슨 소리를 하는 건지.

계속해서 '네?'라는 말만 반복하고 있는 하연의 반응에, 나름대로 인내심을 발휘하며 몇 번이고 똑같은 말을 해 주던 부장은 슬슬 못 참겠는지 인상을 찌푸리며 고개를 들었다.

"못 들었어? 휴가라고. 서하연."

"……"

휴가라니. 뜬금없이 휴가라니.

그동안 엄청 일 시켜 먹을 때는 언제고, 슬슬 익숙해지려던 참인데 이렇게 갑자기 휴가를 주다니.

"신입생들 초반에 엄청 부려 먹고 수고했다고 휴가를 주는 게 전통이거든."

"어…….."

그러나 영희궁에 가지 않아도 된다는 말에 하연은 좋아하기는커녕, 오히려 마음이 복잡했다.

지금 이 감정을 뭐라고 표현하면 좋을까.

홀가분함? 당연하지만 왠지 모를 아쉬움도 남아, 뭐라 말하기 어려울 정도로 애매한 기분이었다.

"이틀 휴가야. 어차피 삼 일만 하겠다는 약속이었잖아. 그동안 잘 버텼어."

"네…….."

"왜, 너무 좋아서 말이 안 나와?"

인상을 찌푸리고 있던 하연의 반응을 너무나도 기쁜 나머지 말을 잇지 못하는 거라고 생각한 부장은 입꼬리만 살짝 올려 웃었다.

하긴, 아무리 일벌레라 불리는 그녀라고 해도 한때는 궐 밖에서 엄청난 인기를 독차지하던 여인이었는데, 이런 궐보다는 밖이 더 좋겠지.

"그럼 그동안 해랑 님의 교육은……."

"너 쉴 동안 다른 놈들에게 시킬 테니까 걱정하지 않아도 돼."

"아니, 그래도…….."

걱정을 하지 말라니.

하연은 한숨을 내쉬며 흘끗, 뒤를 바라봤다.

부장의 말에 눈물을 글썽이고 있는 선배들의 애처로운 시선이 그녀를 쿡쿡 찌르고 있었다.

왠지 이대로 집으로 돌아가 버리면 이 모든 이들의 기대를 저버리게 되는 것만 같아 마음이 불편했다. 집에 가도 두 다리 뻗고 쉴 수 있을 리가 없다.

그리고 결정적으로 자신을 기다리고 있을 구제불능 왕자가 너무도 신경 쓰였다.

자만이라고 생각할 수도 있겠지만, 자신이 없으면 울 사람이 한둘이 아닌 거 같은데.

"뭐야, 신경 쓰여?"

"……."

"진짜 정분이라도 난 거야?"

"집에 가겠습니다. 마음 써 주셔서 감사합니다, 유령 부장."

"너! 이름으로 부르지 말라고 했지!!"

속마음을 들킨 거 같아 하연은 깜짝 놀랐다. 마치 자신은 모든 걸 다 알고 있다는 듯한 유령의 미소가 너무나도 거슬렸다.

그래서 말이 더 길어지기 전에 알겠다는 말을 끝으로 재빨리 예문관에서 나왔다.

그러나 걸음이 쉽게 떨어지지 않는 건 어쩔 수가 없었다.

'내가 없다고 무슨 일이 생기거나 그렇지는 않겠지?'

그럴 리가.

궐 안 구석에 있는 작은 궁은 벌써부터 소란스러운걸?

　　　　*　　　*　　　*

"아, 안녕하세요. 해랑 님! 해랑 님? 해랑 님!"

"좋은 말로 할 때 돌아가라."

문이 열리는 소리에 하연이 온 줄 알았던 해랑은 가벼운 걸음으로 콧노래까지 흥얼거리며 밖으로 나왔다.

그런데 어째서인지, 밖에서 그에게 인사를 하고 있는 건 하연이 아닌 웬 남자였으니.

물론 생판 처음 보는 사람은 아니었지만 그래도 기대가 컸던 만큼 실망도 컸다. 그래서 예의가 아니라는 건 알고 있지만 바로 문을 걸어 잠갔고, 지금은 이렇게 대치 상태였다.

"그동안 안 와서 좋았는데 왜 또……."

"그러게요."

"서하연은 아직 안 왔어?"

"네."

갑작스러운 교육관의 등장 때문에 정문이 막혀 버려 못 들어오는 걸 수도 있으니 후문에 가 보라고 지시했던 돌쇠가 돌아와서 말했다. 기다리고 있던 소식이 들려오지 않자 시간이 지나면 지날수록 해랑의 마음은 점점 더 무거워졌다.

"해랑 님? 왜 그러세요?"

돌쇠가 지난 며칠 동안 셋이서 열심히 정리한 덕분에 이제는 꽤나 봐줄 만한 정원 안을 정신없이 돌아다니고 있는 해랑을 불러 세웠다.

"안 왔어. 서하연이 안 왔다고!"

원래라면 진즉에 오고도 남았을 시간인데, 아무리 기다려도 그녀의 그림자조차 보이지 않았다.

예전에 보름 동안 그녀가 걸음하지 않은 적이 있었기 때문에 해랑은 불안했다.

"왜 안 오는 거지? 시간을 헷갈렸나?"

"아가씨 성격에 그럴 일은 없을 거 같은데요."

"오는 길에 무슨 일이라도 생긴 건가?"

"대낮에, 궐 안에서요?"

"그럼 무슨 일인데, 이게!"

"아직 그렇게 시간이 지난 것도 아니니 조금은 진득하게 기다려 보시는 게 어떠세요?"

꼴불견이라며 돌쇠가 충고했지만, 발을 동동 구르고 있는 해랑의 귀에 그의 목소리가 들릴 리 없었다.

"네가 나가서 알아보고 와. 궁녀라고 했으니까 관리하는 사람에게 물어보면 알 수 있을 거야."

"……여전히 직접 나가지는 못하시겠어요?"

"무리니까 쓸데없는 말 하지 말고 얼른 다녀와."

"알겠습니다."

그렇게 돌쇠는 밖으로 나갔다.

기다리는 거 못 하는 해랑이 난리가 나기 전에, 좋은 소식이든 나쁜 소식이든 어떤 소식이라도 듣고 빨리 돌아가야 했다.

물론 이 작은 소동의 가장 아름다운 결말은 영희궁으로 돌아갔을 때 그 아가씨가 와 있는 거지만.

"저기……."

다만 아가씨를 찾는 데에 한 가지 문제가 있었다.

예전이야 소속이 중앙궁이었기 때문에 그쪽으로 가면 된다지만, 영희궁으로 소속을 옮긴 지금은 물어볼 이가 없었던 것이다. 그녀가 영희궁의 유일한 궁녀인데 누구에게 물어보면 좋단 말인가!

할 수 없이 원래 그녀의 소속이었던 중앙궁으로 가는 도중 마침 중앙궁에서 걸어 나오고 있던 궁녀들을 만날 수 있었다.

"실례합니다만, 혹시 궁녀 중에 '서하연'이라는 분을 알고 계십니까? 최근 중앙궁에서 영희궁으로 소속을 옮기셨는데……."

돌쇠의 질문에 스스로 중앙궁에서 일하는 모든 궁녀들의 이름은 다 알고 있다던 상궁의 표정이 살짝 찌푸려졌다.

벌써부터 안 좋은 예감이 들기 시작했다.

"음…… 중앙궁에 그런 이름의 궁녀는 없었는데……."

"아…… 그, 그렇습니까. 네, 감사합니다. 그럼……."

"어? 그런데 서하연이라면 그분이 아니신가?"

이름을 들었을 때부터 뭔가가 걸린다는 표정으로 고개를 갸웃거리고 있던 다른 궁녀 중 하나가 조심스럽게 입을 열었다.

"네?"

서하연이라는 이름을 알고 있다는 말에 걸음을 돌리려던 돌쇠가 재빠르게 반응했다.

"왜요, 궐 안에 모르는 사람이 없지 않습니까. 서하연."

"아~ 그분!"

모른다고 대답했던 궁녀 역시 그제야 누군지 알아차린 건지 고개를 끄덕이기 시작했다.

"저기, 그분이라면⋯⋯?"

물론 하연 아가씨가 아름답다는 건 알고 있지만, 설마 궐 안에 이렇게까지 소문이 퍼질 정도로 유명할 줄이야.

그것도 같은 궁녀들이 '그분'이라고 높임말을 쓸 정도로.

"왜 있잖아요, 예문관의 유일한 여성 교육관 말입니다. 대단하신 분이시죠. 그 젊은 나이에⋯⋯."

"최초의 여성 국시 합격생에, 그것도 수석의 자리를 꿰차지 않았습니까."

"저, 잠시만요! 한 가지만 더요! 나이! 혹시 그 아가씨 나이가 어떻게⋯⋯."

다급해진 돌쇠가 제 말만 하고 가려는 궁녀들을 붙잡으며 물었다.

잠시 생각에 잠겨 있던 궁녀가 쉽게 대답을 못 하고 있을 때, 그 옆에 있던 다른 궁녀가 눈을 반짝이며 말했다.

"아~ 저랑 동갑이세요. 올해로 18살!"

"⋯⋯네⋯⋯. 제가 알고 있는 분과 이름뿐만 아니라 나이도 같으시네요. 감사합니다."

시간을 뺏어서 미안하다며 꾸벅 인사한 돌쇠가 중앙궁에서 멀어지기 시작했다.

그러나 그 걸음은 얼마 가지 못해서 우뚝 멈추었다.

"지금 이게 무슨 일이래?"

그냥 평범한 궁녀로 알고 있던 사람이 알고 보니까 해랑이 그렇게나 싫어하는 예문관의 교육관이라니! 매번 궁녀 복장으로 찾아와서 의심해 볼 생각도 못 했는데 정말이지, 그 여인은……. 아직까지도 숨기고 있는 게 있었다니.

이거 해랑 님을 뭐라 할 때가 아니겠네.

"그나저나, 해랑 님께서 이 사실을 알게 되면 어떻게 생각하시려나……."

그만 돌아갈까 고민하던 돌쇠는 한숨을 내쉬었다.

분명 이대로 영희궁으로 돌아갔다가는 아무런 정보도 없이 돌아왔다고 혼날 게 분명했다.

안 그래도 지금 새롭게 알게 된 사실을 어디까지 전해야 하나, 그 생각만으로도 머리가 복잡한데!

"……예문관이라……."

예문관이라는 말을 중얼거리던 돌쇠의 표정이 점점 굳어지기 시작했다. 이런, 떠올리고 싶지 않은 사람이 떠올라 버렸다.

"그놈이 있는 곳이네."

*　　*　　*

예문관.

그나마 있던 대신들은 지금 외부 강의 때문에 거의 다 나가 있는 상태라, 넓은 제3관에는 부장인 유령과 몇몇 당번인 부원들만이 남아 조용했다.

갑자기 열린 창으로 날아 들어와 감히 부장의 머리를 강타한 감만 아니었다면.

"뭐야!"

자리에서 벌떡 일어난 유령은 자신을 공격해 온 감을 주워들고는 인상을 찌푸렸다.

"오랜만이야, 유령."

예문관의 다른 대신들에게 인사하며 안으로 들어오던 돌쇠가 자신을 노려보고 있는 유령을 발견하고는 싱긋 웃었다.

"소무향?"

갑작스럽게 예문관에 등장한 돌쇠를 보기 무섭게 유령은 한숨을 내쉬며 자리에 털썩 앉았다.

"뭐야, 그 망할 왕자님 보좌는 어쩌고 네가 여길 다 왔데? 휴식 시간?"

"오랜만에 보는 친구에게 너무하네. 예전 식구인데 이렇게 차갑게 굴 거야?"

"오랜만에 보는 친구에게 감을 집어 던지냐! 그것도 단감을!"

"역시 홍시가 좋았을까?"

돌쇠가 킬킬거리며 앞으로 다가가자 유령은 인상을 찌푸렸다. 그래도 돌쇠가 자신이 집어 던진 감을 돌려받더니 친절하게 껍질을 벗겨서 반을 나눠 건네주자, 그것을 덥석 받아먹었다.

말은 그래도 사실 둘은 집안끼리 가깝기도 했고, 어렸을 때부터 죽마고우이기도 했다.

지금은 서로 다른 길을 걷고 있다고는 해도 둘은 사이좋게 국시를 합격해 예문관에 들어온 동기이기도 했다.

"친구는 무슨. 예문관에서 나가 그 구제불능 왕자 뒤치다꺼리하니 좋으냐?"

"안 그래도 후회하고 있지. 예문관보다 더 힘들어."

"신세 한탄 하러 온 거면 빨리 돌아가라."

"사실은 사람을 찾아온 건데 말이야……."

마음이 급한 돌쇠가 갑자기 본론으로 들어가자, 바삐 움직이던 유령의 손이 멈추었다. 그리고 종이에 고정되어 있던 시선을 돌쇠에게로 옮겼다.

"네가 우리 예문관에서 찾을 사람이라면 한 명밖에 없겠네. 왜, 서하연이 거기서 무슨 문제라도 일으킨 거냐?"

역시나!

"아니, 그 반대라고나 할까. 오늘 영희궁에 오지 않아서 해랑 님께서 난리가 나셨거든."

"아……."

령이 돌쇠의 시선을 피하며 한숨을 내쉬었다.

오늘 아침 그녀에게 직접 휴가를 주어 내보낸 사람이 누구던가. 바로 자신 아닌가.

제 딴에는 부원을 생각하는 마음에서였는데, 이리 다른 곳에서 문제가 생길 줄이야. 생각해 보니까 휴가라는 말에도 기뻐하지 않고 왠지 모르게 불안해 보이던데 그게 다 이유가 있었구나.

"그 녀석 이틀 동안 휴가야."

"뭐? 그럼 난 이틀 동안 어떻게 버티라고!"

"재주껏."

자신이 모시고 있는 분보다도 제 걱정이 앞서는 걸 보면, 돌쇠도 그렇게 좋은 사람은 아니었다.

"……그나저나 그 여자 정말 예문관의 교육관이었던 거야? 스스로 궁녀라고 했다고. 차림도 궁녀였고."

"제 딴에는 생각이 있어서 그랬겠지. 그리고 그 편이 더 낫지 않나? 해랑 님께서는 교육관들을 싫어하시니까."

처음부터 어딘가 이상하다고 생각하긴 했지만, 설마 이렇게 어마어마한 일이 벌어지고 있었을 줄이야.

계속 영희궁 안에 있어 밖의 동태를 알 수 없던 돌쇠로서는 새로이 받아들여야 하는 것들이 너무 많았다.

그동안 영희궁을 찾아왔던 비밀스러운 여인의 정체는 사실 평범한 궁녀가 아닌 예문관의 교육관이었고, 그녀의 임무는 구제불능 해랑을 밖의 세상으로 데리고 나오는 것. 좋아, 여기까지는 이해했어.

"하지만 그 아가씨가 교육관이었다면 이야기가 달라졌을지도."

"……뭐야, 둘이 정말 정분이라도 난 거야?"

설마 그동안 늘 장난삼아 하곤 했던 말이 사실이라는 건가?

"음…… 굳이 말하자면, 해랑 님이 지금 후회와 반성을 하고 계시는 위치라고 할까나?"

좀 더 자세히 말하자면 하연이 해랑에게 고백 비슷한 것을 한 것부터 이야기했어야 하지만, 돌쇠는 그녀의 자존심을 지켜 주기 위해 굳이 그렇게 자세한 과거 이야기까지는 하지 않기로 했다.

"마음이 있는 건 해랑 님 쪽이었나 보네. 미리 와서 말하지. 그랬으면 하연에게 휴가를 주지 않았을 거 아니야."

"네놈이었냐. 오늘 이 난리의 원인은!"

"피곤에 지친 부원을 차마 그냥 두고 볼 수가 없더라고. 마음 넓은 부장의 배려라고 생각해 주라. 하하."

유령은 웃고 넘어갈 속셈이었지만, 유난히 당한 게 많은 돌쇠는 그냥 넘어갈 수가 없었다. 그는 여전히 웃고 있는 유령의 멱살을 붙잡으며 분노했고, 결국 령은 졌다는 듯 두 손을 들어 올리며 알았다는 말만을 되풀이했다.

"알았어, 알았다고. 하루면 되잖아, 하루! 내일부터 다시 출근하라고 서신을 보낼 테니 오늘 하루만 버텨라."

"하루는 쉬운 줄 알아?"

도대체 지금까지 어떻게 버텨 왔대?

갑자기 푸념을 늘어놓기 시작한 돌쇠의 말을 건성으로 들어주고 있던 령은 너무나도 피곤했다. 하연이 나간 지 몇 시간밖에 안 지났는데 벌써부터 이 난리라니. 만약 정말 이틀을 꽉 채운다면 아주 난장판이 될지도 몰랐다.

"……만약 그 왕자가 하연을 마음에 들어 한다면, 꾸물거리지 말고 빨리 잡아야 할 거야."

"안 그래도 그 아가씨 마음이 점점 멀어지는 거 같아서 열심히 해랑 님을 부추기고 있기는 한데, 여전히 뭔가를 두려워하고 계셔."

"아니, 하연의 마음이 멀어지느니 뭐니보다 더 큰 문제가 있어서 그래."

"여기서 문제가 더 있을 수도 있나?"

제발 이보다 최악이 있을 거란 말은 하지 말아 달라며 돌쇠가 령을 바라봤지만, 매정하게도 그는 고개를 저었다.

"곧 있으면 환 님께서 돌아오실 거야."

유령의 말에 돌쇠는 멈칫했다. 이름만 들어도 이상하리만큼 과하게 반응을 보인다.

그만큼 잊을 수 없는 존재이기도 했다.

잠시 멀리 나가 있느라 궐 안이 조용했는데 벌써 돌아올 때가 되다니. 게다가 둘만 내버려 둬도 계속해서 어긋나는데 거기에 한 사람이 더 끼어든다니.

"너도 알겠지만, 모든 교육을 주관하는 예문관으로서 우리는 한 쪽 편을 들 수가 없는 위치야. 물론 우리는 해랑 왕자님의 교육을 담당하는 3관에 속해 있지만 부서 배치는 바뀔 수도 있는 거고, 그 왕자의 전속 교육관이 정해진다면 이야기는 달라지겠지만 지금은 그것도 아니야. 그건 예문관 대신 중 한 명인 하연도 마찬가지야."

"그 말은……."

"그러다가 다른 왕자님께 빼앗길지도 몰라. 그렇게 되면 네 쪽은 꽤나 곤란할 텐데? 과연 해랑 님께서 하연을 적으로 받아들일 수 있을까?"

"……."

아마도 절대 불가능하겠지. 그동안 자신을 제외하고는 그 누구에게도 마음을 연 적이 없던 해랑이었다. 자신 역시 몇 달이나 고생해서 겨우겨우 열린 마음의 문이란 말이다.

그런 해랑이 유일하게 먼저 다가가고 있는 게 바로 그녀인데, 만약 적의 위치에 서 버린다면······.

"하지만 하연이라면 미련 따위 남기지 않고 돌아설 수 있겠지. 그런 녀석이니까 말이야."

맞은 말이었다. 처음에 고백할 때는 둘째 치고 지금은 이렇게나 아무렇지 않게 잘 지내고 있는 걸 보면 벌써 마음을 정리했다는 뜻인데, 그만큼이나 하연은 자신의 감정 조절이 뛰어났다.

"아 그리고, 희빈마마를 조심하는 게 좋을 거야. 마마께서 특히나 하연을 눈여겨보시고 있다더군."

"이것 참, 평범한 여인인 줄 알았는데 엄청난 게 들어왔네."

더 시간을 끌어 봤자 좋을 거 하나 없다.

지금 당장 영희궁에 돌아가 일단은 반 정도만 솔직하게 말할 생각이었다.

그녀는 휴가를 얻어 집에 돌아갔고, 오늘 하루만 지나면 다시 돌아온다. 딱 이 정도만 설명해야지.

물론 오늘 하루 해랑의 짜증을 다 받아줘야 한다는 문제점이 남아 있었지만, 원래 이틀이었던 것을 하루로 줄였으니 이것도 못 참으면 말이 안 되지.

문을 열기 전에 최대한 해랑의 기분을 상하지 않도록 설명할 대략적인 흐름을 머릿속에서 생각하고 또 생각하던 돌쇠는 깊게 심호흡을 한 뒤 비장한 표정으로 문을 열었다.

그런데, 나갈 때는 교육관과 해랑의 대립 때문에 소란스러웠던 영희궁 안이 웬일인지 불안하게 조용했다.

"······해랑 님?"

문을 열고 안으로 들어서려던 돌쇠는 깜짝 놀라 그 자리에 굳어 버렸다.

도대체 어째서? 어째서 이 여자가 영희궁에서 나오는 거지?

어렴풋이 지어진 미소 하며 뭐 하나 마음에 드는 게 없었다. 밖으로 나오던 희빈과 딱 마주친 돌쇠는 재빠르게 그녀의 뒤를 바라봤지만, 그곳에 해랑은 없었다. 방 안에 계시는 건가?

고개를 갸웃거리면서도 예의를 잊지 않은 그가 한 박자 늦게나마 희빈에게 인사했다.

"오, 오랜만에 뵙습니다. 희빈마마, 영희궁에는 어쩐 일로······."

"그냥 지나가던 길에 한 번 들렀다."

지나가던 길? 너무나도 뻔뻔하게 거짓말을 늘어놓는 그녀의 말에 돌쇠는 티 나지 않게 인상을 찌푸렸다. 영희궁은 구석에 박혀있는 궁인데 아무리 주변이라고는 하나, 이곳까지 그녀가 올 일이 없었기 때문이었다.

"건강해 보여서 다행이야. 앞으로도 곁에서 많이 신경 쓰도록."

"예, 알겠습니다. 마마."

의미심장한 미소와 말을 늘어놓으며 싱긋 웃던 희빈이 정문을 지나 문 너머로 보이지 않게 되자, 돌쇠는 다급하게 몸을 돌려 해랑이 있는 궁을 향해 달려갔다.

"해랑 님? 해랑 님!"

"······."

방 안에 들어선 돌쇠는 순간 멈칫했다.

희빈이 다녀갔다면 분명 지금쯤 자리를 깔고 누워 있어야 할 해랑이었지만, 무슨 일인지 그는 가만히 앉아 있었다.

아니, 치밀어 오르는 화를 참고 있었다. 그리고 그 손에는 정체를 알 수 없는 웬 종이 한 장이 들려 있었다.

참을 수 없는 분노로 인해 구겨져 버린 종이에는 어렴풋이 '삼간택 명단'이라는 글자가 적혀 있었다.

*　　　*　　　*

영희궁으로 향하는 하연의 걸음이 가벼웠다.

물론 기껏 휴가를 주고는 단 몇 시간 만에 반을 철회시킨 부장에게는 화가 났지만. 잠시라도 좋은 부장이라고 생각했던 자신이 바보였지.

기숙사에 있었을 때는 '내가 집에만 돌아가면…….'이라는 생각에 하고 싶은 일들이 수두룩했는데, 어제 내쫓기듯 돌아간 집에서는 뭘 했는지 생각이 나지 않을 정도로 쓸데없이 시간을 보냈다.

딱히 가고 싶은 곳이나 밖에서 하고 싶은 일이 없어 일단은 바로 집에 돌아갔다. 시종들에게 인사를 받으며 대문을 지났고. 그 뒤에는 곧바로 방으로 직행.

"……."

그리고 그냥 있었다. 그렇게 그냥 시간이 가고. 예문관에서도 그러했듯 그냥 책도 읽었다. 근무 시간에 몰래몰래 읽을 때는 재미있던 책이 그렇게 재미가 없을 줄이야. 뿐만 아니라 하기 싫어했던 필사의 감각마저 그리웠다.

그렇게 하루를 거의 다 보내었을 때 그녀는 깨달았다.

이런, 자신은 이미 몸과 마음이 예문관의 일원이 되었고 궁은 삶의 일부가 되어 버렸구나. 영희궁의 교육관이라는 자리가 사명이 되어 버린 자신을 발견하고 만 것이다.

"한때 동네를 휩쓸었던 서하연이 이렇게 한곳에 정착하게 되다니."

스스로 생각해도 이렇게 변해 버린 자신이 우스웠다.

그렇게 하루를 별다른 소득 없이 보내고 있을 때 단이 다급히 뛰어 들어와서는 내일부터 다시 출근하라는 악덕 부장의 서신을 전해 준 것이다.

서신에 적힌 짤막한 명령문 형식의 '돌아와라.'라는 글을 읽기 무섭게 화가 났지만, 정말 신기하게도 금방 마음이 편해졌다.

그랬는데. 자신은 그랬는데!

과장을 보태어 말하자면 이 순간을 기다리기도 했고, 하루 종일 걱정도 했고, 자신의 뜻은 아니었다고는 하나 어제 오지 못한 미안함에 최대한 웃으면서 영희궁에 들어섰는데.

"죄송합니다, 아가씨……."

이상한 가면을 쓴 그가 바보같이 실실 웃으며 버선발로 달려 나올 줄 알았건만 그녀의 예상은 보기 좋게 무너져 내렸다. 달려 나오기는커녕 하연의 앞에 있는 문은 굳게 닫혀 있었고, 어쩔 줄 몰라 하는 표정의 돌쇠가 그 앞을 지키고 서 있었다.

"무향 님께서 아가씨의 출입을 금지시키라고……."

"좋아요. 이번에는 또 뭔데요?"

이제는 무슨 일이 일어나도 당황하지 않는 방법을 습득한 그녀가 차분히 물었다.

그때였다. 굳게 닫혔던 문이 살짝 열리더니 안에서 익숙한 목소리가 새어 나왔다.

"오늘부로 해고야. 원래 있던 중앙궁으로 돌아가든지, 아니면 희안궁으로 가든지 해."

그러고는 매정하게 다시 닫히려는 문틈에 하연이 재빨리 발을 끼워 넣었다.

"그럼, 해고 사유라도 알려주세요. 이런 일방적인 해고 선언은 받아들일 수가 없다고요!"

이대로는 너무 억울해서 그냥 갈 수가 없었다. 그렇게 필사적으로 매달릴 때는 언제고, 이제 와서 갑자기 해고라니. 기가 막히잖아.

"아, 물론 그렇겠지. 그 잘난 희빈의 지시로 나를 감시하기 위해 들어왔으니 그냥은 못 가겠지. 안 그래?"

"네?"

뜬금없이 여기서 왜 희빈이 나오는 거야!

어이가 없었다.

그동안 쭉 잊고 있던 '희빈'이라는 존재를 이런 식으로 다시 듣게 될 줄이야.

물론 '감시'라는 말을 부정할 수는 없었다. 미묘하게 다르기는 하지만, 그렇다고 감시가 아니라고도 할 수 없었으니까. 다만 그것을 지시한 사람은 그가 말한 '희빈'과는 거리가 멀었다.

"다 아니까 모르는 척해도 소용없어. 본인에게 전부 들었거든. 너…… 희빈이 직접 간택한 사람 중 한 명이었다며."

가면에 가려 보이지는 않았지만 해랑은 인상을 찌푸리고 있었다. 이렇게 그녀를 보고 있으니 어제 들은 말도 안 되는 어떤 이야기가 또다시 머릿속에 떠올랐다.

'제가 보낸 아이는 마음에 드셨습니까?'

물론 그럴 리가 없다고 생각했지만, 그의 믿음을 단숨에 꺾어놓기에 충분한 증거의 등장에 해랑은 무너져내렸다.

'얼마 전에 현우 왕자님의 왕자빈 간택이 있었다는 걸 알고 있겠지요? 그 아이는 제가 직접 뽑은 아이랍니다.'

꼴도 보기 싫은 희빈이 내민 명단을 훑어보는데, 그것에는 정말 하연의 이름이 있었다. 만들어 낸 문서일수도 있었지만 명단 끝에 날짜와 함께 찍혀있는 것은 옥쇄가 분명했다.

놀랍게도 사실인 것이다.

"……그래, 이렇게 된 마당에 안 묻고 넘어갈 수 없겠지. 너는 내가 누군지 알고 있었어. 그렇지?"

해랑의 질문에 다시 닫힌 문에 기대어 있던 하연은 한숨을 내쉬었다.

난데없이 희빈이라니. 그리고 자신이 그녀가 보낸 사람이라니, 이건 또 무슨 말인지.

깊게 생각해 보지 않아도 불 보듯 뻔했다.

해랑을 경계하기 시작한 희빈이 해랑의 옆에 있는 자신을 방해꾼이라고 생각해 떨어뜨려 놓으려고 미리 손을 쓴 것이다.

조금만 생각해도 답이 나오는데 이 바보 같은 남자는 홀라당 넘어가 버리기나 하고. 이렇게나 한심할 수가.

결국 본성을 참을 수가 없던 하연은 폭발하고 말았다.

"천유국의 왕 신후왕의 아들이자 세 번째 왕위 계승자, 시해랑. 이 정도면 당신에 대해서 충분히 알고 있다고 해야 할까요?"

"언제부터였지? 설마 처음 만날 때부터 의도적으로 접근한 거였나?"

"안타깝게도 첫 만남은 완벽한 우연이었어요."

"예전에야 믿었겠지만, 지금은 그 말도 못 믿겠어. 네가 희빈의 편이 아니라는 걸 어떻게 증명할 수 있지?"

"증명할 수 없어요. 다만 저 역시 희빈마마의 손에서 벗어나기 위한 일이었어요."

"그럼 내가 널 어떻게 믿어?"

"딱히 믿지 않아도 괜찮아요. 변명을 할 생각도 없어요."

하연은 한숨을 내쉬었다. 이제 모든 것이 다 귀찮게만 느껴졌다.

애초에 자신과는 이 중대한 임무가 어울리지 않았다. 자신을 믿고자 했던 신후왕의 판단이 잘못되었던 것이다.

천유국에 그녀를 제외하고도 얼마나 많은 여인이 있는데, 굳이 그녀가 아니더라도 신후왕의 뜻을 이루어줄 이는 많겠지.

"······이해를 못 하겠어."

문 너머, 하연과 마찬가지로 등을 기대고 있던 해랑이 인상을 찌푸렸다.

"너 도대체 정체가 뭐야?"

어차피 이렇게 된 마당에 무얼 더 숨기랴.

기왕 들통 났으니 자신의 입으로 모든 사실을 말하고 싶다고 생각했다.

"서하연. 사실 궁녀는 아니에요. 저는 당신이 그렇게나 싫어하는 예문관 사람이에요. 교육관으로서 당신을 만나러 왔지요. 그 밖에 무슨 오해를 하고 계시는 건지는 모르겠지만 이게 다예요. 물론 지금 이 말을 믿느냐, 안 믿느냐는 당신에게 달려 있겠지만."

가시가 박힌 그 말에 해랑은 움찔했다. 그리고 계속 마음속으로 자신은 아무런 잘못도 하지 않았다고 스스로를 다독였다.

"그래도 나는 너를 믿으려고 했어."

"아니요. 그랬다면 진즉에 본명을 알려주고, 얼굴을 보여 줬었겠지요."

"……."

문득 이게 뭐하는 짓인가 싶은 하연은 몸을 돌려 문을 발로 뻥하고 찼다.

그러자 안쪽에서 기대고 있던 해랑이 깜짝 놀라 문에서 떨어졌고, 문을 막고 있던 장해물이 사라지기 무섭게 둘 사이를 가로막고 있던 문이 끼이익 열렸다.

닫혀 있던 문이 열리고 잔뜩 화가 나 있는 하연의 얼굴이 보이자 해랑은 당황했다.

왜? 화를 내야 하는 건 그녀가 아니라, 자신인데?

그런데 더 이해할 수 없는 건 그 역시 마치 잘못한 사람이라도 된

듯 그녀의 눈을 똑바로 바라볼 수가 없다는 사실이었다.

"아, 이제 다 귀찮아. 다 때려치울래. 내가 미쳤지, 미쳤어. 이런 덜떨어진 왕자의 정신 상태를 고작 석 달 안에 어떻게 바꿔? 다시 생각해 보니 어이가 없네! 원하시는 대로 앞으로 눈에 띄는 일은 절대 없을 테니 걱정하지 마세요!"

아침부터 즐거운 마음으로 찾아온 영희궁이었지만 지금은 아니었다. 다 때려치우고 집으로 돌아가고 싶어졌다.

그래, 이런 생활은 애초에 나에게 어울리지 않았던 거야.

"평생 그 안에서 혼자만의 세상에 빠져 사시든가!"

그 말을 마지막으로 하연은 바람을 휘날리며 휙 하니 등을 보였고, 그대로 빠른 걸음으로 영희궁에서 멀어졌다.

예문관도 들르지 않고 곧장 집으로 향한 하연을 맞이한 건 갑작스러운 그녀의 퇴근에 놀라 뛰쳐나온 단이었다.

"어…… 어어? 아가씨! 오늘부터 다시 궐로 돌아가신다고 하시지 않으셨어요?"

"아, 몰라!"

그녀는 제정신이 아니었다. 그래도 그녀 나름대로 의무감이라는 건 갖고 있었기 때문에 설마 이런 날이 올 줄은 그동안 상상도 못했다. 무단 퇴근이라니!

너무 화가 나서 예문관에 들러 말하고 나온다는 걸 깜빡하고 말았다.

"정말 되는 게 없네."

지금 이게 무슨 상황이냐며 끈질기게 뒤로 따라붙는 단을 쌩하니 지나친 하연은 곧장 자신의 방으로 향했다. 거칠게 문을 열고 들어가서는 털푸덕 바닥에 누워 버렸다.

"그래. 내가 잠시 제정신이 아니었던 거야."

이제 와서 하나하나 생각해 보니 그동안 자신의 모습은 퍽이나 우스웠다.

아무리 움직이기 불편하다고는 해도 언제나 지나가는 사람들이 한 번쯤 돌아볼 정도로 화려하고 예쁜 옷을 입고 있던 그녀가 편리함만을 위해 만들어진 궁녀 옷을 입었다.

심지어 그것은 밝고 화사한 색을 좋아하는 그녀의 취향에 반하는 칙칙한 색이기까지 했다.

손에 물 한 번 묻혀 본 적 없는 그녀가 정원의 잡초들을 직접 뽑아도 보았고, 팔이 빠질 정도로 엄청난 양의 필사 작업을 하기도 했다.

아름답고 우아한 모습만을 보이기 위해 노력했던 예전과 달리 남자들과 함께 쓰는 기숙사에서는 종종 흐트러진 모습을 보이기도 했다.

'그것들은 서하연의 모습이 아니지!'

바닥에 누워 있던 하연은 자리에서 벌떡 일어났다. 그리고 열 받아서 궁녀 옷을 그대로 입고 나왔다는 걸 뒤늦게 깨닫고는 그 자리에서 홀러덩 하고 벗어 던졌다.

방구석에 있는 의걸이장으로 가 가장 화려한 옷을 꺼내 입고, 구석에 밀어 뒀던 경대를 끌어다가 그동안 자제했던 화장도 했다.

모든 준비를 끝낸 하연이 밖으로 나오니, 그녀가 걱정된 건지 불

그동안 생각이 짧았지 269

안한 눈빛으로 문 앞에서 발을 동동 구르고 있던 단이 눈에 들어왔다.

"아, 아가씨. 이게 갑자기 무슨…… 뭐가 어떻게 되신 거예요, 궐은 어쩌시고……."

"지금 그게 중요한 게 아니야. 단아."

하연이 마침 잘됐다며 그녀를 붙잡았다. 그러고는 씨익 웃으며 말했다.

"지금 당장 나가서, 중매소에 전해. 앞으로 다시 중매 좀 서 달라고."

"네?"

"그리고 최대한 빨리 진행할 수 있는 순서대로 중매 일정을 잡아와. 많으면 많을수록 좋아."

"네?! 아가씨 갑자기 왜……."

"빨리 시집을 가든지 해야지, 원."

하연의 중얼거림에 단은 어쩔 줄 몰라 하다가 결국 방을 나섰다.

그런 그녀의 뒷모습을 바라보고 있던 하연은 끓어오르는 짜증을 애써 억누르며 작게 중얼거렸다.

"그동안 생각이 짧았지. 아까운 시간을 그 바보 같은 남자에게 투자해 봤자 아무것도 안 나오는데 말이야."

八花
모셔옵시다

"그것 보십시오! 제가 뭐라고 했습니까?!"

기세등등한 목소리들이 어느 방에서부터 흘러나오고 있었다.

"이래서 제가 반대했던 겁니다! 여성 인재 등용이라니, 말도 안 되는 계획을!"

"진정하세요. 뭐, 이번 일을 계기로 전하께서도 다시는 그 일에 대해서는 말씀하시는 일 없을 테니, 오히려 좋지 않습니까. 이게 다 경험입니다, 경험."

"그렇기는 하지만……."

하나둘 목소리를 높이며 여성 인재 등용 반대를 외쳐 대던 예문 관 대신들이 갑자기 입을 다물고 서로의 눈치를 보기 시작했다.

얼마간의 침묵이 이어졌을까. 눈치를 보고 있던 대신들 중 한 명이 용기를 내어 말했다.

"······하지만 정말 열심히 했습니다."

"······그동안 수업 거부를 일삼던 해랑 님마저 별다른 거부 없이 받아들이지 않았습니까. 물론 실제로 수업이 어느 정도 진행되었느냐도 중요하지만, 늘 문전박대를 당하던 다른 교육관들에 비하면 엄청난 발전이었습니다."

"덕분에 바닥을 치던 예문관의 기세도 오르기 시작했습니다. '어떤 문제아도 길들인다!'라며 말이죠."

"뿐만 아닙니다. 물론 전부는 아니지만, 여인의 사회적 진출에 반대하던 이들의 시선 역시 달라졌습니다. 남녀가 평등한 세상을 만들겠다고 선포하신 전하의 뜻대로 흘러가고 있습니다."

이제 인정할 것은 인정해야 할 때였다. 처음에 그들이 눈엣가시라며 무시하던 서하연이라는 여인은 이제 예문관의 보석이고, 인재가 되었다. 그녀는 궐 안에 엄청난 변화를 갖고 왔고, 혹자는 이를 '서하연 효과'라고 부르기도 했다.

문제가 있다면 이런 깨달음은 늘 있을 때는 모르다가, 손에서 놓쳤을 때 뒤늦게 찾아온다는 것이다.

"······하지만 그녀는 스스로 그 자리를 버리고 나갔습니다. 이게 도망이 아니고서야 무엇이겠습니까."

"그거 말인데요······. 그 아이 성격을 봐서는 이리 무책임하게 도망치는 건 어울리지 않는다고나 할까요. 필시······ 뭔가 사정이 있었던 게 아니었을까요?"

"······아무리 사정이 있다고 해도 말입니다, 제 발로 나간 아이에게 우리가 찾아가서 제발 와 달라고 불러와야 합니까?"

"아니, 이유라도 알아보는 게……."

방 안의 대신들은 끙끙거리며 고민에 빠졌다. 그녀를 찾아가서 부탁을 해야 하나, 아니면 이대로 두고 봐야 하나.

"……혹시…… 우리가 너무 몰아붙였기 때문이…… 아닐까요……."

그들 스스로도 찔리기는 했던 모양인지, 누군가의 말에 나머지 대신들의 표정이 굳어졌다. 그리고 불안한 눈동자들이 왔다 갔다를 반복하기만 했다.

"무, 물론 억지를 부린 감도 있지만, 설마 그런 일에……."

"여자들의 마음은 섬세하니 말입니다…… 어쩌면 우린 아무렇지 않게 한 말들이 상처가 되었을지도……."

"그, 그러고 보니! 다른 남자들과 함께 기숙사에서 생활하라고 한 분이 누구입니까?"

"맞아요. 저도 그건 좀 심한 거 아닌가, 하고 생각했습니다."

"저는 아닙니다."

"저 역시 아닙니다."

결국 서로의 탓으로 미루기가 되어 버린 긴급회의는 본래의 목적을 상실하고 말았다.

그때 방문이 아주 조심스럽게 열렸고, 한 남자가 조용히 안으로 들어왔다. 투닥거리며 서로의 잘못을 지적하기 바쁜 그들은 얼마간 그 남자의 존재를 알아차리지도 못했다.

멀뚱히 서 있어도 아는 척해 주는 사람이 한 명도 없으니 조금은 섭섭했던 건지, 결국 새로 등장한 중년의 남자는 미소를 지으며 자신의 존재를 그들에게 알렸다.

"다들 무슨 일이기에 이리도 목소리를 높이십니까?"

갑작스러운 남자의 등장에 놀란 대신들이 하나같이 자리에서 벌떡 일어났다. 그리고 모두의 시선은 문 앞에 서서 싱긋 웃고 있는 남자에게도 향했다.

"서건우 님! 어, 언제 오셨습니까?"

"아, 그동안 맡았던 일이 지금 막 끝나서 방금 예문관으로 돌아왔습니다. 그나저나 제 부재중에 무슨 일이라도 있었습니까?"

자신도 이 심각해 보이는 대화에 끼워 달라는 말을 하며 상석에 앉는 그를 본 다른 대신들이 하나같이 시선을 피하기 시작했다.

예문관에서 가장 높은 자리에 있는 사람, 예문관의 대선인 그에게 이런 추태를 보이다니. 쥐구멍이 있다면 다 함께 손 붙잡고 들어가고 싶었다.

어떻게 설명을 하면 좋을까.

당신이 없는 동안 웬 여인이 국시에 합격해 예문관 관리로 들어왔고, 의외의 실력을 발휘해 나름대로 예문관의 위상을 높여 주는 행운의 여신이 되었다.

그런데 요 며칠간 그녀가 갑자기 출근을 안 하기 시작한 탓에 긴급회의를 하다 보니, 자신들이 그녀를 정신적으로 괴롭혔다는 결론이 나왔다.

……라고 했다가는 예문관 대선인 그를 제대로 바라볼 수가 없을 거 같았다. 지금도 인자한 미소를 지으며 대신들의 입에서 설명

이 나오기를 기다리고 있는데.

하물며 대선 서건우는 신후왕의 왕자 시절부터의 지인인 동시에 그와 같은 뜻을 갖고 있는 사람이었다. 그런데 대놓고 여성 인재 등용에 반대해 조금 괴롭혀 주려다가 결국 이 꼴이 되었다고 말했다가는……!

"그, 그보다 말입니다, 서건우 님. 오늘 막 일이 끝나셨으면 쉬시지 않고, 어찌 바로 예문관으로……."

자신들에게 불리한 설명을 피하고자 다른 화제를 생각하던 대신 중 한 명이 말했다. 그러자 깜빡 잊고 있었다는 듯 건우가 눈을 반짝였다.

"아, 여러분에게 꼭 해야 하는 말이 있어 집으로 가기 전에 먼저 이곳에 들렀습니다."

"해야 하는 말이라고 하시면……."

예문관의 대신들이 바짝 긴장했다.

꼭 예문관이 아니라 해도 상사가 무게 잡고 해야 하는 말이 있다고 하면 그 밑에서 일하는 사람은 누구든 긴장하는 게 당연하다.

긴장하고 있는 다른 대신들의 분위기에 휩쓸려 아주 잠시 동안 무게를 잡던 건우가 다들 긴장 풀라는 듯 웃더니 표정을 진지하게 바꾸고 말했다.

"제가 없는 사이 제 딸아이 때문에 다들 고생이 이만저만이 아니셨다고 들었습니다. 그 녀석이 어미를 닮아서 그런지 워낙에 기가 세서 말입니다. 하하. 아비 된 자로서 대신 사과드리겠습니다."

"……네?"

갑자기 이게 다 무슨 말이란 말인가. 뜬금없이 웬 딸? 고생? 사과?

"우리 하연이 말입니다. 서하연."

"아, 서하연. 그 아이…… 네?"

순간, 대신들의 사고 회로는 너무나도 큰 충격 때문에 정지하고 말았다.

예문관 대선인 그에게 아들과 딸이 하나씩 있다는 사실은 모두 잘 알고 있었다. 아들은 현재 중앙궁의 부대장을 맡고 있을 정도로 실력이 출중하다는 것 역시 알고 있었다.

하지만 딸, 그가 그렇게나 아끼는 공주님에 대한 이야기는 그동안 들어 본 적이 없었는데…… 설마 그 서하연이 서건우의 딸이라니, 자신들이 잘못 들은 거겠지? 그렇지?

"아, 다들 모르셨습니까? ……전하께서 말씀하지 않으신 모양이군요."

"……."

"서하연은 제 딸아이랍니다."

"……네에?!"

*   *   *

"……오늘도 다른 놈인가."

"네?"

문가에 삐딱하게 기대어 밖을 응시하던 해랑은 눈앞에 서 있는 남자를 보며 인상을 찌푸렸다.

옆에서 돌쇠의 못마땅하다는 시선이 느껴지고 있었지만 그러거나 말거나.

녀석의 입이 씰룩거리는 것으로 보아 분명 또 잔소리를 늘어놓을 게 분명했다. 그는 이쯤 해 두고 물러서야겠다며 뒤늦게 걸음을 돌렸다.

"아, 영희궁 안에 한 발자국이라도 들어왔다가는 가만두지 않을 테니까."

깜빡했던 경고도 잊지 않고 날려 주며.

요즘 해랑은 기분이 좋지 않았다. 정확히는 삼 일 전에 하연과 싸운 뒤부터 쭉.

글을 쓰는 것도 아니면서 방 안에서 나올 생각도 하지 않고, 어쩌다 한 번 나갈 때라고는 매일같이 하연이 찾아오던 시각 영희궁의 정문에 나가는 것뿐.

내쫓은 것은 저이면서 이렇게 문으로 나와 방문자의 얼굴을 확인하고, 매번 실망하며 돌아선다. 그 모습을 삼 일째 보고 있는 돌쇠로서는 할 말이 많았다.

"이러실 거면 그날 그렇게 아가씨를 내쫓지 마시지 그러셨습니까."

"그럼 얌전히 내 목숨 맡겨 놓고 있으란 거야?"

"……꼭 그런 뜻은 아니었는데요."

씩씩거리며 앞장서는 해랑의 뒤를 조용히 따르던 돌쇠는 한숨을 내쉬었다.

그를 모신 지 벌써 몇 년인가. 너무 잘 알고 있다는 게 이럴 땐 좋지 않았다. 속마음을 훤히 들여다볼 수 있게 되는 바람에 그냥 두고 볼 수가 없다.

"정말 아가씨께서 희빈마마의 사람이라고 생각하세요?"

"증거가 있잖아."

"본인이 아니라고 하셨잖아요."

"거짓말하는 걸 수도 있잖아."

"그렇게 따지면 희빈마마께서 거짓말을 하셨다는 쪽이 더 신빙성이 있는데요."

해랑이 자리에 멈췄다. 그리고 잠시 생각에 잠겼다. 안 그래도 계속 머릿속에서 어떠한 외침이 울려 퍼지고 있었는데 너무 많은 생각을 한 탓인지 이제는 아무것도 모르게 되어 버렸다.

"너 같으면 어떻게 했을 거 같아?"

"글쎄요. 적어도 그렇게 쫓아내지는 않았겠지요. 이야기는 들어 보려고 노력했을 거예요."

"그럼 내가 잘못한 거야?"

"아니요. 해랑 님께서 잘못하신 건 없으십니다."

"그럼 그 녀석 잘못이란 거냐?"

"아가씨 잘못도 아닙니다."

이도 아니고 저도 아니라고 한다.

지금 장난하자는 거지? 자신이 기분이 좋지 않은 이 상황을 즐기고 있는 게 분명했다.

"그럼 누가 잘못한 건데."

"굳이 누가 잘못했는지는 가릴 필요가 있나요?"

"당연하지. 그래야 결론이 날 거 아니야. 누가 잘못한 건지 가려야지."

"글쎄요, 결론 낼 필요가 있나요? 어차피 이제는 안 볼 사이인데? 해랑 님 생각대로, 아가씨께서 나쁘다는 결론으로 만족하시면 되는 거 아닌가요?"

해랑이 점점 더 보기 안 좋은 표정으로 변해 가자, 요리조리 정확한 대답을 피하던 돌쇠는 피식 웃었다.

"제가 볼 때는 이미 오래전에 해랑 님께서 지셨습니다."

"뭐?"

"누가 잘못했는지 아직도 모른다는 건, 아가씨가 사실은 희빈 쪽 사람이었다는 말을 믿지 않는다는 거나 다름없지 않습니까."

정곡을 찔린 해랑은 또다시 입을 다물어 버렸다.

그 말 그대로, 아직까지도 누구의 잘못인지 결론이 나지 않은 이유는 지금 돌쇠의 말대로였다.

오히려 지금 그는 하연에 대한 의심보다도 자신이 그녀에게 잘못한 것들에 대한 기억이 새록새록 피어나는 것만 같아 괴로웠다.

"지나치게 감정적이었던 건 사실이야."

희빈이라는 말에 민감하게 반응한 것이 문제였다. 저도 모르게 흥분해 침착하면 충분히 볼 수 있었던 사실들을 놓치고 말았으니까.

"서하연은 권력에 빌붙을 녀석이 아니야."

"그걸 잘 알고 계시면서 왜 그러시는 건데요? 결국에는 이렇게 후회하실 거면서."

쯧쯧.

아니, 한두 번도 아니고 이미 몇 번의 경험으로도 알 수 있는 사실이란 게 있는데, 꼭 이렇게 매번 일을 터트리면서까지 깨달아야 하나?

"……희빈이 찾아온 날 내 두 눈으로 증거를 봤을 때, 난 분명 그 녀석을 믿고 있었어. 그런데 오히려 그게 두려워. 무슨 짓을 저질러도, 눈에 보이는 뻔한 거짓말을 해도 나는 그 녀석의 말을 믿을 거 같아서."

나름대로 변명을 중얼거리던 해랑은 서서히 침울해졌다. 그리고 그 모습을 바라보고 있던 돌쇠 역시 침울해지기는 마찬가지였다.

자신은 어쩌다 이런 인간을 모시게 되어 이렇게 고생을 하고 있는 것일까.

"가서 사과하세요. 이번에는 해랑 님이 직접 가서."

결국 어찌 됐든 간에 이 문제를 해결할 방법은 해랑이 직접 사과를 하는 것밖에 없었다. 그도 그 사실을 잘 알고 있었던 건지 아주 살짝이었지만 몇 번인가 고개를 끄덕이더니 한숨을 내쉬며 자리에 풀썩 주저앉아 버렸다.

"그런데 괜찮을까?"

"뭐가요."

분명 또 쓸데없는 소리일 거야.

나름대로 심각해 보이는 해랑을 본체만체하며 예의상 물어봐 주니, 그가 바로 붙잡고 늘어지기 시작했다.

"이, 이대로 찾아가도 되는 걸까? 문전박대를 당할지도 모르고…… 수상한 사람으로 착각해 집 안에 들어가는 것조차 힘들지도……."

돌쇠가 뒤늦게 깨달았다.

아, 이 인간. 일상적으로 하는 '미안'이라는 말 제외하고는 '사과'라는 걸 해 본 적 없는 인간이지, 참.

"……일단 그 말도 안 되는 가면부터 벗으시는 게 좋지 않을까요?"

"이거 벗어야 해?"

"안 그러면 사과를 해도 장난하는 줄 알 겁니다."

다른 것들보다도 가면이 신경 쓰였던 건가.

"……아가씨께서는 해랑 님과 달라, 마음이 바다와 같이 넓은 분이시기 때문에 괜찮을 겁니다."

"……뭐? 너 그게 무슨 뜻이야! 내가 속이 좁다는 거냐!"

"그럼 아니라는 겁니까? 양심 있는 인간으로서, 본인 입으로 그렇게 말할 수 있으십니까?"

"너 죽었어!"

침울해할 때는 언제고. 해랑은 은근히 비꼬기 시작한 돌쇠를 가만두지 않겠다며 자리에서 일어났다.

영희궁 정원 안이 해랑의 외침으로 가득했다.

해랑은 돌쇠를 붙잡기 위해 뒤쫓고 돌쇠는 그런 그에게서 최대한 멀어지기 위해 걸음을 빨리하고 있을 때, 누군가가 유유히 영희궁의 문턱을 넘어 안으로 들어오고 있었다.

"기운이 넘치십니다. 그러다가 몇 년간 쌓아 오셨던 허약한 연기가 와르르 무너지면 어쩌시려고."

익숙한 목소리에 분주히 움직이던 돌쇠와 해랑의 걸음이 멈추었다. 그리고 시선은 동시에 문을 향했다.

"하하하. 오랜만입니다!"

껄껄 웃고 있는 유쾌해 보이는 중년 남성의 등장에, 돌쇠는 방긋 웃었고 해랑은 살짝 인상을 찌푸렸다.

그러거나 말거나, 기분이 좋아 보이는 남자는 가벼운 걸음으로 총총총 문을 넘어 그들을 향해 달려오기 시작했다.

"서건우?"

왜일까. 특별히 좋은 일도 없는데 늘 저렇게 웃고 있는 얼굴을 보니 반대로 기분 나빠지는 이유는 뭘까.

그나저나 정말 왜 온 거지. 얼핏 듣기로는 궐 밖에 일이 있어 당분간 밖에 나가 있다고 들었는데, 설마 벌써 그 일이라는 것들을 해치우고 돌아왔다는 건가.

"궐에 계실 줄은 몰랐습니다."

해랑의 곁에서 죽을상을 하고 있던 돌쇠는 언제 그랬냐는 듯 두 눈을 반짝이며 서건우의 앞으로 달려갔다.

"아, 이제 막 돌아왔단다."

아무리 예문관의 교육관들을 거부하는 해랑이라고 해도 그를 무시하기란 어려운 일이었다.

웃는 얼굴에 침 못 뱉는다는 말이 있듯 지금도 방긋방긋 웃고 있는데, 아무리 싫은 소리를 들어도, 기분이 나빠도 미소로 일관하는 그는 감정 조절이 약한 해랑에게 있어서는 무서운 대상이었기 때문이다.

하여, 아무리 그래도 왕자를 바보로 방치할 수는 없다는 신후왕의 부탁에 그는 종종 몰래 해랑의 공부를 봐주고 있었다.

반대로 돌쇠에게 있어서 그는 동경의 대상이었다.

보통 귀족 가문에서 태어난 이상, 아무것도 하지 않아도 충분히 먹고살 수 있을 만큼의 재력과 회의에서의 투표권이 주어지기 때문에 굳이 힘들게 일을 할 필요가 없다는 게 일반적인 귀족들의 주장이었다.

하지만 서건우는 달랐다. 그는 당당하게 국시를 통과해 오로지 자신만의 힘으로 고위 대신 자리에 올라 천유국에서 이름을 날리고 있었으니, 그를 시기하면 모를까 그를 모르는 이는 아무도 없을 정도였다.

"하하. 여전히 서체가 깔끔하십니다."

"누구한테 배웠는데."

방 안으로 들어오기 무섭게 바닥을 굴러다니고 있던 종이를 발견한 서건우가 그것을 펼쳐 보며 말하자, 먼저 방 안에 들어와 자리에 앉아 있던 해랑은 퉁명스럽게 반응했다.

그러거나 말거나, 탁자 위에 곱게 접혀 있는 종이 한 장을 발견한 서건우는 그것 역시 펼쳐 보았다. 그러고는 살짝 고개를 갸웃거리기 시작했다.

"아, 이건 필체가 조금 다르네요."

"아…… 그건 비슷하긴 해도 내 글씨가 아니야."

잠시 동안 뚫어져라 종이를 바라보던 그가 뭔가 알았다는 듯 갑자기 혼자 피식 웃었다. 그러고는 고개를 끄덕이며.

"아, 자세히 보니 하연이의 글씨네요. 해랑 님과 너무 비슷해서 착각을 할 정도입니다. 하긴, 그 아이 역시 제가 글을 가르쳤으니 둘이 서체가 비슷할 만도 하네요."

그렇게 말한 건우는 시선을 옮겨 들고 있던 종이가 아닌 다른 종이를 보기 시작했다.

그와 동시에 앞자리에 앉아 턱을 괴고 있던 해랑은 삐끗했고, 때마침 차를 끓여 오던 돌쇠는 제자리에 우뚝 멈춰 섰다.

둘이 묘한 시선을 주고받으며 당황하거나 말거나, 정작 폭탄선언을 한 장본인은 혼자 여유롭게 독서 삼매경에 빠져들고 있었다.

"……뭐? 잠깐, 방금 뭐라고 했어?"

한참 정신없어 하던 해랑이 몇 번의 심호흡을 반복한 끝에 힘겹게 숨을 토해 내며 물었다.

그의 질문에 서건우는 깜빡했다며 고개를 번쩍 들어 올렸다. 그러고는 다시 활짝 웃으며 인사를 했다.

"아, 맞다. 오늘 이곳에 온 목적은 인사를 드리기 위해서였는데 말입니다. 잊어버렸네요."

"인사?"

"아, 글쎄. 하연이가 해랑 님의 교육관이 되었다는 걸 저한테까지 비밀로 했지 뭡니까. 저도 오늘에서야 알고 뒤늦게라도 인사를 드리기 위해 온 겁니다."

"……뭐?"

도대체 이게 다 무슨 말인가.

엄청난 사실을 알게 된 사람치고는 표정이 좋지 못했다. 반면 서건우는 그런 그의 반응이 재미있었다. 괜히 말을 뱅뱅 돌리고 싶을 정도로.

"아, 하연이가 말하지 않던가요?"

"하연? 서하연?"

말 그대로 해랑의 머릿속은 난장판이었다. 안 그래도 자신의 인생에 갑작스럽게 끼어든 '서하연'이라는 여인 때문에 머리에 쥐가 날 거 같은데. 또다시 그 이름을 듣게 되다니. 그것도 이런 형식으로, 저 남자에게서.

심지어 익숙하게 그 이름을 부르는 걸 보면 예사롭지 않은 사이인 게 틀림없었다.

도대체 둘이 무슨 사이냐는 해랑의 질문에 서건우가 활짝 웃으며 말했다.

"네. 서하연, 그 아이가 제 딸이랍니다."

"너…… 서거…… 서건우…… 따, 딸…… 서가의?"

"네."

돌쇠 역시 놀랐다.

유령에게 들어 그녀가 신후왕이 보낸 사람이라는 건 이미 알고 있었지만, 설마 자신이 존경하는 서건우의 딸이었을 줄이야.

"여성 인재 등용에 반대하는 예문관 대신들을 설득시키기 위해 하연이가 궐에 들어왔지요."

"왜, 왜 하필 그 녀석인데? 절대 스스로 들어오겠다고 할 녀석이 아닌데, 어째서."

"희빈마마께서 하연이를 탐내서서 말입니다. 전하께서 하연이에게 간택 후보에서 제외시켜 주는 조건으로 해랑 님의 교육을 맡으라고 하셨다더군요."

"……그럼 아버지가 보낸 거였어? 희빈마마가 아니라?"

아까부터 해랑의 입은 다물어질 생각을 안 했다. 너무 많은 정보들이 한꺼번에 몰려들어 와 받아들이기가 힘들 정도였다.

"예, 전하께서 지시하신 겁니다. 해랑 님의 대인기피증을 고칠 수 있을 거라는 확신을 갖고 계셨던 게지요. 대충 들어 보니 완벽하지는 않지만 어느 정도 호전되셨다니 서로 좋은 일 아니겠습니까?"

"……나한테 그런 말은 안 했는데?"

들으면 들을수록 해랑은 머릿속이 새하얗게 변해 갔다.

어째서 그녀는 자신에게 그러한 말을 단 한 마디도 하지 않았던 걸까. 차라리 처음부터 솔직하게 모든 걸 말했다면 이렇게 되지는 않았을 텐데.

이해할 수 없다는 해랑의 표정에 서건우는 어색하게 웃었다.

굳이 묻지 않아도 해랑은 아무것도 모르고 있었다는 걸 알아차릴 수 있었다. 하연이라면 충분히 가능한 일이었다. 자신의 딸은 원래부터 그런 아이였으니까.

"글쎄요. 그 아이는 뭐든지 혼자 해결하는 걸 좋아해서 말입니다. 보세요, 해랑 님의 교육관이 된 거 역시 저에게 말도 안 하지 않았습니까. 하하."

"……."

"원래 그런 녀석입니다. 그러니까 해랑 님께서 이해해 주세요."

눈앞에서 서건우가 웃고 있었지만 해랑은 그럴 수가 없었다.

그 말 그대로 다시 생각해 보니, 하연은 웬만해선 자신의 이야기를 하지 않았다. 물론 이름과 같은 것들을 말하기는 했지만, 그건 그녀 스스로 말한 게 아니라 순전히 자신에 의해서 어쩔 수 없이 입을 열었던 것뿐.

"……지금 예문관에 있어?"

"누구요?"

누구냐고 묻는 건우의 얼굴에는 장난기 담긴 미소가 자리 잡고 있었다. 그 '누구'가 누구를 지칭하고 있는지 뻔히 알고 있는 주제에 아무것도 모른다는 표정으로 되묻는 것이 해랑은 불쾌했다.

"누구겠어. 네 딸이라는 그 여자지."

"아, 하연이를 말씀하시는 거군요~"

저, 저…….

괜히 어색한 연기력이나 뽐내고 말이야.

"하연이라면 지금 병가를 내고 집에서 쉬고 있습니다."

"병가? 어디 아파?"

화를 낼 때는 언제고, '병가'라는 말이 나오기 무섭게 해랑은 당황하며 벌떡 일어났다.

병가라니, 그녀와는 전혀 어울리지 않는 단어이건만.

"……해랑 님께 문전박대를 당한 것에 마음의 상처를 입으신 거 아닐까요? 여인들은 그런 것에 민감하다고 들었는데."

옆에서 조심스럽게 끼어든 돌쇠의 말에 해랑은 움찔했다.

그 말이 사실인지는 모르겠지만 어쨌거나 자신 때문이라는 건데, 신경이 안 쓰인다면 거짓말이다. 만약 정말 돌쇠의 말대로 자신 때문에 무슨 일이 생긴 거라면…….

"아닙니다, 아니에요. 단순한 감기몸살입니다."

가만히 앉아 둘의 대립을 흥미로운 시선으로 보고 있던 서건우가 재빨리 말했다.

돌쇠의 말에 충격받은 건지 서서히 표정이 새하얗게 변하는 해랑을 그냥 두고 볼 수가 없었기 때문이었다.

다행히 그의 말에 제정신으로 돌아온 해랑은 안도의 한숨을 내쉬었다.

만약 정말 자신 때문에 그녀에게 무슨 일이 생겼다고 생각하면…….

"하긴, 그렇게 당돌한 아가씨가 겨우 이런 일에 마음의 상처니 뭐니 그건 어울리지 않네요. 반대로 감기몸살이라는 것도 어울리지는 않지만."

약한 모습 한 번 보이지 않던 하연이 감기몸살이라는 병명으로 끙끙거리며 앓고 있는 모습을 상상해 보려고 해도 쉽게 떠오르지 않았다.

그만큼이나 그녀는 강한 여자였다.

단순한 감기라는 말에 그나마 다행이라는 생각이 들기는 했지만 그나마 다행인 거지 아직 마음을 놓은 건 아니었다. 어쨌거나 아프다는 건 변함없는데 걱정이 안 될 리가 없다.

"녀석도 참, 갑자기 기합이 들어가서…… 며칠 동안 하루에 스무

명 정도의 사내들과 맞선을 봐서 말입니다. 계속 밖을 돌아다니는 바람에 감기에 걸려 가지고는…… 하하. 하여간에 적당히 하는 게 없어요. 아, 물론 아버지의 입장에서는 아직 시집은 이르다고 생각되지만……."

지금 저건 또 무슨 말인가.

그녀가 뭘 봐? 그리고 몇 명? 분명 잘못 들은 거겠지?

멍하니 굳어 버린 해랑을 흘끔거리던 돌쇠는 이번 기회 역시 놓치지 않고 깐죽거리기 시작했다.

"……마음의 상처 따위는 애초에 존재하지 않았나 봅니다. 반대로 해랑 님과 작별한 걸로 마음의 '짐'을 던 거 같아 즐거워 보이십니다."

"너 진짜 죽는다."

"저를 죽이기 전에, 어떻게, 그냥 내버려 두실 겁니까?"

확실히, 그냥 두고 넘어갈 수만은 없는 말을 들어 버렸지.

어떻게 하면 좋을까. 그냥 지켜보자는 선택지는 애초에 없다. 그럼 남은 건 한 가지밖에 없다는 건데…….

얼마나 시간이 지났을까. 서건우가 돌아간 뒤로도 그 자리에서 꼼짝 않고 굳어 고민에 빠진 해랑은 큰 결심이라도 한 듯 자리에서 일어났다. 그리고 방구석에 놓여 있던 의걸이장에서 외출복을 꺼내 입었다.

"어디 가십니까?"

"어디겠어."

문 앞에서 계속 기다리고 있던 돌쇠가 씨익 웃으며 묻자, 해랑은 건성으로 대답했다.

"……가시는 건 좋지만 말입니다."

또 뭐가 남은 건지, 자신의 뒤를 졸졸 따르던 돌쇠가 갑자기 손을 뻗으며 눈치를 주기 시작했다.

"알았어, 알았다고."

해랑은 한숨을 내쉬며 고개를 끄덕였다.

어쩌면 목숨보다도 더 중요히 여기고 있지 않을까 하는 생각이 들 정도로, 절대 벗으려고 하지 않았던 가면을 벗은 해랑은 그것을 돌쇠의 손에 넘겨주었다. 그러고는 여전히 불안한 듯 멀어져 가는 가면을 바라보며 중얼거렸다.

"나 지금 꽤 노력하고 있는 거야."

아가씨께서도 이런 그의 노력을 알아주신다면 정말 좋을 텐데.

*　　　*　　　*

"……아직 멀었나요?"

웬일로 적극적으로 앞장서기에 따라왔는데…….

돌쇠는 뒤늦은 후회를 하며, 지금이라도 당장 영희궁으로 돌아가고 싶어 안달이었다.

서가(家)는 궐에서 꽤 가까운 곳에 위치했기 때문에 도착하는 데 그리 오래 걸리지 않았다. 문제가 있다면 지금 이렇게 정문에 도착했음에도 불구하고 그 앞을 뱅글뱅글 돌고만 있는 바보 왕자에게 있지.

"도대체 그 마음의 정리라는 건 언제쯤 끝나시는 겁니까?"

가만히 서서 그 꼴을 지켜보고 있는 것도 더는 못 하겠는지 돌쇠가 참다못해 투덜거리기 시작했다. 그러자 문 앞에 서서 벌벌 떨고 있던 해랑이 그의 앞으로 다가오더니 겁에 질린 표정으로 말했다.

"역시 오늘은 안 되겠어. 돌아가자."

"이봐요."

"이봐요?"

"아, 죄송합니다."

사실은 전혀 죄송하지 않았지만, 어쩌겠는가. 누구든 좋으니 희생양이 되어 줄 사람을 찾고 있는 해랑의 눈빛을 보면 바로 사과할 수밖에.

하지만 여기까지 와서 돌아가는 것도 뭐했다. 애당초 지금 이렇게 물러났다가는 다음은 물론, 그 다음까지 영향을 끼칠 게 분명했으니까.

"기껏 여기까지 왔는데, 돌아가는 건 좀 그렇지 않나요? 영희궁에서 나설 때의 그 용기는요!"

돌쇠는 이제 대놓고 혀까지 차 가며 완벽하게 그를 훈계하기 시작했다.

왕자에게 함부로 대하는 것은 예의가 아니었지만, 남의 집 대문 앞에 주저앉아 길 잃은 아이처럼 징징대는 꼴을 보고 있으니 이 정도는 아무것도 아니었다.

왕족의 체통이니 뭐니 이미 다 던져 버린 건지 쭈그리고 앉아 긴 소매로 얼굴을 가리고 있는 꼴 역시 돌쇠의 눈에는 우습게만 보였다.

"맨 얼굴이라 자신감 따위 없어진 지 오래야."

결국 돌쇠는 폭발하고 말았다.

"당신이 여자입니까? 화장 안 하면 밖에 못 나가는 여자입니까! 맨 얼굴의 자신감이 도대체 뭡니까!"

"시끄러워!"

"시끄럽습니다!"

해랑이 버럭 하고 외침과 동시에, 그들의 앞에 있던 대문이 벌컥 열리면서 비슷한 외침이 들려왔다.

깜짝 놀란 돌쇠와 해랑의 시선이 대문을 향했다. 한 손에 빗자루를 쥐고, 화가 난 듯 씩씩거리며 나오는 중년 여인의 모습에 그들은 바짝 긴장해야 했다.

"아까부터 남의 집 앞에서 이 무슨 소란들이십니까! 이 집에 볼일이라도 있으신가요?"

대답을 해야 하는데…… 뭐라고 대답을 해야 하는데! 해랑과 돌쇠의 입은 열릴 생각을 안 했다.

함부로 대들 수 없을 만큼 박력 있는 분위기를 풍기는 그녀. 특히 한쪽 손에 소중한 듯 쥐어져 있는 빗자루 때문에 그들의 입은 더더욱 열릴 생각을 안 했다.

"아…… 죄송합니다…… 그럼 이만…….."

"아, 네. 사실은 서하연 아가씨께 볼일이 있어서 그런데…… 혹시 집에 계시나요?"

'서하연'이라는 말에 여인이 움찔했다. 덧붙여 볼일 있다고 대답한 돌쇠 옆에서 고개를 푹 숙이고 있던 해랑 역시 깜짝 놀랐다.

그냥 돌아가자니까! 이렇게 되면 그냥 갈 수도 없고, 설마하니 그럴 일은 없겠지만 들어오라는 등의 말을 듣게 된다면 거절할 수도 없다.

그런데 이상하게도, 해랑보다도 눈앞에 있는 여인의 표정이 더 좋지 않았다. 어렴풋이 '아, 진짜. 또야……'라고 중얼거리는 말이 들리는가 싶더니 곧 그녀의 목소리가 전에 비해 더더욱 날카로워졌다.

"예, 아가씨께서 계시기는 하는데…… 그런데 무슨 일로 찾아오신 거죠? 맞선이라면 저에게 말씀하고 가시면 후보 명단에 넣어 드리겠습니다. 이력서와 자기소개서를 제출해 주세요."

역시. 문을 가로막고 서 있는 여인은 첫인상만큼이나 호락호락한 상대가 아니었다.

집을 방문한 손님에게 인상을 쓰며 '맞선 응모 요령'을 줄줄이 읊고 있는 것을 보니, 대체 얼마나 많은 남자들이 이 집 대문을 두드렸는지 알 수 있을 정도였다.

그러고 보니 서건우가 하루에 스무 명 어쩌고 했던 거 같은데 그게 사실일 줄이야. 신경 안 쓰이는 척해도 사실은 그렇지 않았다. 신경 쓰이는 게 당연하지!

"자, 그럼."

"아, 아닙니다. 저희는 예문관에서 왔습니다."

"……예문관이요?"

"네."

징말, 연기력 하나는 끝내준다는 생각이 들 정도였다.

아무렇지 않게 거짓말을 하는 돌쇠를 보며 해랑은 고개를 절레 절레 저었다. 대단하다, 대단해.

그런데 의외로 그것이 통한 건지, 그들을 경계하던 눈빛이 순식 간에 풀리는가 싶더니 이제는 반짝거리기까지 했다.

"아, 아아~ 아가씨 동료분이셨어요? 어머, 죄송해요~ 요즘 들어 도련님들이 줄을 잇고 있어서 저도 모르게 경계를…… 호호호."

"괜찮습니다. 그럴 수도 있죠, 뭐. 하하."

"아, 그런데 어쩌죠? 아가씨께서 지금 몸이 편찮으셔서…… 못 만나실 거 같은데요……."

"많이 아픈 건가?"

고개를 푹 숙이고 누구와도 눈을 마주치지 않으려고 했던 해랑 이 걱정 가득한 얼굴로 물었다.

그러자 조금은 그들을 경계하던 여인이 얼굴을 붉히며 헛기침을 했다.

자고로 여자는 나이가 몇이든 잘생긴 남자에게는 끌린다는 말이 있듯, 그녀 역시도 그러했다. 그렇지 않았다면 할 수 없이 돌아가야 겠다는 그들을 이리 붙잡지도 않았을 테니 말이다.

"그, 그래도 손님을 그냥 보내는 건 예의가 아니지요! 네! 들어오 셔서 차라도 한잔하시고 가시는 건 어떠신가요, 도련님들?"

"아니, 저희는 그냥……."

"그럼 염치불구하고 그렇게 할까요?"

이번 역시 해랑과 돌쇠는 각각 다른 대답을 했다.

도대체 무슨 생각인 건지는 몰라도 넙죽 안으로 들어가 버린 돌쇠 때문에 해랑의 심장은 다시 한 번 쉴 틈 없이 뛰어 댔다.

하긴.

'그래, 차라리 사람 많은 바깥보다는 집 안이 더 낫겠지.'

그렇게 생각한 해랑도 돌쇠의 뒤를 따랐다.

"그래서, 이제 어쩌실 생각이십니까? 잠입은 성공적이었어요."

"그래서? 어쩌실 생각? 네놈이 들어오자고 한 거잖아. 생각이 있어서 그런 거 아니었냐! 그리고 잠입? 지금 넌 이게 놀이로 보이냐?"

"……그럼 이대로 그냥 돌아갈까요?"

간단한 차로 시작한 것이 어느새 식사로까지 이어졌다. 괜찮다고 사양은 했는데 이상하게도 음식이 줄줄이 들어와 그들의 발목을 붙잡았다.

"……그래도 여기까지 왔는데, 그럴 순 없지."

"그렇죠?"

해랑은 돌쇠가 실실 웃는 게 마음에 들지 않았다. 그러나 이대로 가만히 있다가는 또다시 그가 말도 안 하고 먼저 일을 벌일 게 분명했으니, 그럴 바에야 자신이 먼저 움직이는 게 나을 거 같았다.

괜찮다는데도 또 다른 먹을 걸 갖고 오겠다는 여인이 방을 나간 틈에 밖을 내다보던 해랑이 조심스럽게 밖으로 나갔다.

"잠깐만요. 어디 가십니까?"

"네 말대로 가만히 있을 수도 없잖아."

"그렇다고 아가씨 방을 찾겠다고요? 함부로 돌아다녀도 괜찮을까요?"

"못 할 것도 없지."

"에이, 아무리 그래도 외간 남자가."

말보다도 손이 먼저 올라가 버린 해랑은 웃는 얼굴로 자신을 막아서는 돌쇠의 머리에 꽁하고 꿀밤을 먹였다. 아니, 지금까지 제멋대로 굴어서 여기까지 들어와 놓고 이제 와서 마음에도 없는 소리를 하다니.

"넌 꼭 시작은 먼저 벌여 놓고 이런 식으로 나한테 책임전가하려고 하더라?"

"이해해 주세요. 전 일개 호위무사에 불과하자만 해랑 님은 다르시잖아요. 그래서 어떻게 할까요, 나눠서 찾아볼까요? 여기 꽤 넓은 거 같은데."

"아니, 같이 가는 게 좋겠어."

"제가 없으면 불안하세요?"

"그게 아니라 안 찾아봐도 될 거 같아서 말이야. 왠지 저곳일 거 같아."

해랑이 아까부터 조금씩 신경 쓰였던 어느 건물을 가리키며 말하자, 옆에 서 있던 돌쇠가 의미심장한 미소를 지으며 그 뒤를 따랐다.

"아, 이런 게 그 유명한 '이끌림' 뭐, 그런 건가요?"

"그렇게 웃지 마라. 짜증 나니까. 빨리 따라와."

"네, 그러죠. 큭큭."

괜히 까불다가 돌쇠는 또 한 대를 맞아야만 했지만.

차마 대놓고 뭐라고는 못 하겠고, 돌쇠는 해랑의 뒤에서 투덜거리기 바빴다.

"……."

"왜? 할 말 있으면 어디 한번 해 보지그래?"

"그랬다가 또 무슨 봉변을 당하라고요. 모르시나 본데, 제 목숨은 한 개입니다?"

"아, 그랬어? 하도 기어오르기에 나는 한 열두 개는 되는 줄 알았지."

평소의 그였다면 진즉에 짜증을 내고도 남았겠지만, 아무래도 장소가 장소이다 보니 할 수 없이 참고 있었다.

뿐만 아니라 지금 그들은 무언가를 찾기 위해 남의 집을 몰래 뒤지고 다니는 중이었으니, 더더욱 은밀하게 행동해야만 했다.

"감은요? 이끌림은요?"

"내가 무당이냐?"

"남자잖아요."

뜬금없는 돌쇠의 대답에 어이가 없어진 해랑은 바삐 움직이면서도 뒤를 돌아보았다.

"그래, 남자지."

그러는 저도 남자이면서, 뜬금없이 무슨 소리를 하는 거지?

해랑이 어이가 없다면 돌쇠는 답답했다. 너무 답답해서 한숨이 나올 정도였다.

그의 어리둥절한 표정을 보아하니 방금 전 자신의 말뜻을 알아들은 거 같지는 않고, 저래서 어떻게 연애를 하려는 건지 참.

일단 지금은 도망간 선생님을 찾는 게 우선이었다. 물론 찾는다고 해서 모든 게 다 해결될 거 같지는 않아 보이지만, 아니 어쩌면 지금보다도 더 답답한 상황이 눈앞에 펼쳐질지도 모르는 일이지만. 예를 들면 만났음에도 불구하고 입도 뻥끗하지 못한다는 상황이……

"송구하지만 무슨 자신감으로 나서신 건지 여쭤 봐도 될까요?"

"화려하잖아."

"아, 그렇군요."

맨 처음 해랑이 지목했던 곳은 이 집에 있는 건물 중 가장 크고 화려한 건물이었다. 예쁜 걸 좋아하는 도도한 아가씨가 머물기에는 딱 적합한 장소라나 뭐라나.

그러나 그의 감과 이끌림은 보기 좋게 빗나갔고, 문을 열고 확인한 방은 누군가의 방이기는 했지만 확실히 그녀의 방은 아닌 거 같았다. 그래서 바로 문을 닫고 나왔고 그 뒤로부터는 이렇게 집 안을 뱅뱅 돌고 있는 상황이다.

"사람들이 우리를 찾겠어요."

"그러게."

"도둑놈처럼 이리저리 돌아다니다 잡히면 볼만하겠네요. 저보다도 해랑 님이 더더욱이요. 관청에 끌려가서 왜 남의 집을 뒤졌냐는 질문을 받으면 뭐라고 대답하죠? 한 여인을 찾기 위해서였습니다, 라고 솔직하게 대답하면 죄목이 늘어날까요? 아니면 관청에서 남녀 사랑싸움 정도로 알고 흐뭇하게 웃어넘겨 줄까요?"

잠시도 조용히 있지 못하겠는지, 돌쇠의 입은 쉴 틈 없이 움직였다.

그러거나 말거나 조심조심 앞장서던 해랑이 갑자기 걸음을 멈추었다. 그 덕분에 그의 뒤에 따라붙고 있던 돌쇠는 해랑의 등에 머리를 부딪치고 말았다.

"왜 그러십니까?"

"여기 같은데?"

어느 방 앞. 그러나 이번에는 평범한 방이었다. 화려한 것을 좋아할 거라는 첫 번째 예상과는 너무 반대인 게 문제일 정도로.

"이번에도 감이신가요? 이끌림이신 건가요?"

이미 그 감이란 것은 믿을 만한 게 되지 못한다는 판단을 내린 돌쇠는 끈질기게 묻기 시작했다.

하지만 이번만큼은 무슨 확신이 들었던 건지 해랑이 돌쇠의 귀를 잡아당겨 앞으로 끌고 왔다. 고통에 몸부림치며 앞쪽으로 끌려온 돌쇠의 눈에는 방문 앞에 수북하게 쌓여 있는 무언가가 들어왔다.

책. 한 마디로 책 더미. 그가 하연과 처음 만나게 된 계기이기도한 책이었다.

방문 앞의 책들을 바라보던 돌쇠는 고개를 끄덕였다.

"제 생각에도 이곳이 맞는 거 같네요."

"들어가 볼까?"

"그러려고 찾아다니신 거 아니셨어요? 설마 여기까지 와서 물러나려는 건 아니시겠지요?"

"……."

그럴 리가. 해랑 역시 그럴 생각은 추호도 없었다. 여기까지 왔으니 하다못해 얼굴 정도는 보고 가야 하지 않겠는가?

벌써 삼 일째 그녀를 보지 못했다. 더 바라자면 대화를 나누는 것까지고, 거기서 조금 더 욕심을 부리자면 오해를 푸는 것까지.

"좋아."

결국 그는 책들이 한가득 쌓여 있는 그 방의 문을 열었다.

"……의외네요."

여인의 방 안이 어떻게 생겼는지 그들이 알 리가 없었다. 그러나 한 가지 확실한 건, 모든 여인의 방이 지금 눈앞에 펼쳐진 장소와 같지는 않을 거라는 점이다.

밝은 빛이 들어오는 아주 커다란 창. 그리고 책.

"그러게."

우선 방문이 열리기 무섭게 그들을 반기는 건 여러 가지가 장식되어 있는 벽이었다.

특이한 점이 있다면 꽃이니 그림이니 그런 여성스러운 것들로 장식된 벽이 아니라, 화려하고 기품 있어 보이는 검들이 진열되어 있다는 것.

와르르. 이제 겨우 한 발자국 내디뎠는데, 근처에 있던 책 탑이 쓰러지는 소리가 방 안을 맴돌았다.

그 소리에 놀란 해랑이 재빨리 뒤를 돌아보니, 무슨 생각인 건지 쌓여 있는 책들에 관심을 보이고 있는 돌쇠가 보였다.

"너는 그냥 나가 있어라."

"해랑 님을 아가씨와 단둘이 있게 내버려 뒀다가 무슨 일이라도 생기면 어쩌려고요."

"무슨 일을 걱정하는 건지 모르겠지만, 그런 일은 아마 없을 거야."

"아까 말씀하시지 않으셨나요? '남자'라고."

"……."

"우와. 이 책들 좀 보세요. 미모 유지, 미용, 화장법……. 아가씨의 미모는 모두 노력의 결과였군요."

어색하게 시선을 회피하며 책으로 관심을 돌려보는 돌쇠였지만, 해랑의 손은 이미 올라가 있었다.

"아."

책들을 헤치고 더 안쪽으로 들어가니 발끝에 푹신한 무언가가 걸렸다. 이거다 싶은 생각에 근처의 책 몇 권을 조심스럽게 치워 보니 웬 이불이 보였다. 이불? 뜬금없이 이불?

"하하. 이거 완전히……."

살짝 들어 본 이불 속 역시 책으로 한가득. 그리고 그 책들에 묻혀 한 권을 껴안은 채로 잠들어 있는 하연의 모습에 해랑은 그만 웃고 말았다.

애초에 환상이란 것이 너무 컸던 탓일까? 하연의 방이라고 하면 비단이니 뭐니 화려한 물건들로 둘러싸여 있고, 이것저것 뒤섞인 향이 날 줄 알았는데…….

그런데 안이고 밖이고 할 거 없이 책에 묻혀 있는 모습이 이렇게나 귀여울 수가 없었다.

"귀엽지요?"

"넌 밖에서 기다려라."

"네?"

"뭘 놀라? 밖에서 망보라고. 네 말대로 괜히 들키면 큰일이잖아."

"참 변명하기 어려운 이유를 대시네요."

투덜거리면서도 알겠다고 대답한 돌쇠는 꼼짝도 하지 않았다. 가만히 서서 눈치를 보는 걸 보니, 하고 싶은 말이 아직 남아 있는 게 분명했다.

"……점잖게 이야기만 하시는 겁니다. 아셨지요?"

결국 그는 해랑이 던진 책 한 권을 맞고 투덜거리며 밖으로 퇴장했다. 예의상 문을 살짝 열어 두기까지 하며.

"……미인은 잘 때도 미인이네."

이러다 책에 깔려 죽지 않을까 걱정된 해랑은 재빨리 그녀를 누르고 있던 책들을 치워, 한쪽으로 모았다.

덕분에 그녀를 뒤덮고 있던 책들이 하나둘 사라지자, 편해졌는지 인상을 찌푸리고 있던 그녀가 희미하게 미소 지었다.

주위가 소란스러워도 깨지 않는 하연을 흐뭇한 미소로 지켜보던 해랑이 잠시 주위를 재빠르게 둘러보더니 조심스럽게 손을 뻗었다. 툭하면 돌쇠에게 향했던 손과는 확실히 다른 손이었다.

무슨 꿈을 꾸는 건지는 몰라도 하연이 인상을 찌푸리며 끙끙거리자 당황한 해랑은 아이 재우듯 조심스럽게 그녀를 토닥여 주었다.

"……."

그러다 문득 '이러고 있어도 되나?' 하는 생각이 뒤늦게 들었다.

지금쯤이면 슬슬 사람들이 자신을 찾기 시작했을 것이다. 끌려 나가기 전에 빨리 볼일을 끝내야만 했다.

할 수 없이 잘 자고 있는 그녀를 깨워야겠다 생각한 해랑은 살짝 미안하다는 표정으로 하연을 흔들어 깨우기 시작했다.

그런데 그때.

"누구냐!"

밖에서부터 엄청난 소리가 들려오는가 싶더니, 곧 화가 나 보이는 한 남자가 문을 벌컥 열고 방 안으로 들어왔다.

해랑에게 있어서는 익숙한 얼굴. 만나 본 적 있는 사람. 바로 하연의 오라버니, 이완이었다.

이완 역시 해랑과 만난 적이 있었지만, 그의 반응은 달랐다. 만난 적이 있다고 해도 해랑이 얼굴을 보인 적이 없었기 때문에 그에게는 해랑이 초면이나 다름없었다.

즉, 이완의 입장에서 지금 이 상황은 생판 모르는 망할 놈이 소중한 여동생의 방에 무단 침입을 한 것으로밖에 보이지 않았다.

"웬 놈이냐……. 지금 당장 하연에게서 떨어져!"

"잠깐, 잠깐만! 우리는 수상한 사람이 아닙니다!"

이완의 손에 들린 칼을 본 해랑은 다급히 말했다. 그러나 이완의 경계는 풀리지 않았다.

"저희는 하연 아가씨의 지인으로, 아프시다는 말을 듣고 걱정이 되어……."

"뭐야, 하연이랑 알고 있는 사이인가?"

"그래!"

해랑이 너무나도 당당하게 말하니 이완은 긴가민가하기 시작했다. 일단은 정말인 건가 싶어 검을 들고 있던 손을 내렸다.

그런데 그때, 정말 안 좋은 이 분위기에서 하연이 인상을 찌푸리며 잠에서 깨어났다.

"아, 진짜…… 왜 이리 소란……."

"아, 서하연!"

막 잠에서 깬 그녀를 냅다 끌어안은 해랑은 이제 안전하겠지, 하고 생각했다.

하지만 안타깝게도 하연 역시 해랑의 맨 얼굴을 보는 건 이번이 처음이었다.

즉, 그녀의 기억 속에 그는 존재하지 않는 사람.

왜인지 모르게 자신의 방에 들어와 있는 남자. 그리고 냅다 자신을 끌어안아 버리는 남자. 더 생각할 필요가 있을까?

"꺄아아악! 변태야!"

"뭐? 자, 잠깐. 아니야, 그게 아니라…… 윽."

뒤늦게 그녀를 진정시켜 보려고 했지만 소용없었다. 해랑의 얼굴에는 이미 하연의 손바닥 모양이 정확히 찍혀 버렸고, 의심이 풀려 내려가 있던 이완의 검은 다시 높게 들려 그를 향했다.

방 안에는 억울하다는 해랑의 목소리만이 메아리를 쳤다.

"서하연! 나라고, 나!"

그러자 그의 얼굴을 뚫어져라 바라보던 하연이 단호한 목소리로 외쳤다.

"난 너 같은 놈 모르거든!"

*   *   *

무슨 고집이었던 건지는 모르겠지만, 지난 삼 일 동안 연달아 맞선을 보러 밖을 돌아다닌 탓에 하연은 몸살이 나 버렸다.

오늘 하루는 느긋하게 쉴 생각으로 그동안 못 읽은 책을 몰아 보다가 잠이 들었다. 그리고 갑작스러운 소란스러움에 지금 막 눈을 떴는데…….

"……가관이네…….."

웃어야 하나 울어야 하나, 하연은 당황스러웠다.

눈앞에 펼쳐진 상황은 말 그대로 가관이었다.

자고 있는데 웬 낯선 남자가 눈에 들어왔고, 본능적으로 한바탕 소리를 지른 거 같기는 한데 설마 그것이 꿈이 아니었을 줄이야.

"이제는 집까지 기어들어 와? 그것도 모자라서 성역과도 같은 우리 하연이 방에 멋대로 들어오다니!"

밖이 소란스럽기에 나갔더니, 어제 야근을 하고 돌아왔을 터인 오라버니가 마당에서 난리를 피우고 있는 게 보였다.

화가 난 듯 날뛰고 있는 그의 앞에는 건장한 남자 둘이 죄 지은 사람처럼 무릎을 꿇고 있었다.

꽤나 흥미로운 상황에 잠시 구경하고자 마루에 앉은 하연은 두 남자를 바라보다가 고개를 갸웃거렸다. 두 명의 침입자 중 한 명이 너무나도 낯이 익었기 때문이다.

"돌쇠 씨?"

"하연 아가씨!"

돌쇠가 자신을 알아보는 하연에게 저 좀 살려 달라며 울먹이기 시작했다. 그를 오라버니의 손 안에서 구출시키는 건 별로 어렵지 않지만 그래도 몇 가지가 마음에 걸렸다.

우선 궐에서 그 바보 왕자를 보필하고 있어야 하는 돌쇠가 왜 지금 이곳에 있는 건지, 또 그의 옆에 있는 낯선 남자는 누구인지 등등.

"새로운 일자리라도 찾으신 건가요?"

"하하……."

호위에서 손을 뗐냐는 그녀의 완곡한 질문에 잠시 그 말을 이해 못 하던 돌쇠가 어색하게 웃었다. 그리고 서운하다는 표정으로 하연을 뚫어져라 바라보고 있는 해랑의 눈치를 봤다.

그는 지금 삐친 게 분명했다. 그녀가 자신을 못 알아본다는 이유로.

물론 그것은 완벽하게 그의 잘못이었다. 그동안 얼굴을 가리고 있었으니, 맨 얼굴로 이리 마주하면 못 알아보는 게 당연하지.

"궐 안에 계시는 그분, 혼자 내버려 둬도 괜찮아요?"

"내가 무슨 어린애도 아니고."

돌쇠 대신에 해랑이 대답했다. 그러나 하연은 그 대답을 그냥 흘려듣듯 넘겼다.

"하연, 너 이 녀석들 알아?"

도대체 무엇을 할 생각이었던 건지, 한 손에 목검도 아니고 제대로 날이 선 쇠붙이 검을 들고 있던 이완이 분노에 가득 찬 눈으로 하연에게 물었다.

그러자 하연은 고민에 빠졌고, 그녀에게 시선을 고정한 해랑이 불안한 표정을 지었다.

"한 사람은 아는데, 한 사람은 몰라."

역시나.

그녀의 말이 끝나기 무섭게 이완은 하연이 가리킨 돌쇠를 옆으로 빼고, 낯선 이로 지목된 해랑만을 바닥에 꿇려 놓고는 심문에 들어갔다.

"잠깐. 잠깐. 잠깐! 나라고, 나!"

계속되는 다급한 해랑의 외침에 자신은 이만 방으로 돌아가겠다며 자리에서 일어선 그녀의 걸음이 멈추었다. 그러고는 말없이 해랑을 뚫어져라 바라봤다. 그러다가 잠시 옆으로 제외되어 있는 돌쇠와 눈이 마주쳤다. 어색하게 웃고 있는 걸 보니, 문득 그녀의 머릿속에 떠오르는 한 가지 가설.

"아."

설마, 그럴 리가.

만약 그렇다고 한다면 이 상황, 엄청나게 복잡한 상황이었다.

급격하게 몰려드는 피곤함에 하연은 인상을 찌푸리며 옆 기둥에 풀썩하고 기대었다.

"하연아? 이 녀석 알아?"

또다시 신원을 확인하려는 이완에게 하연은 어떻게 말하면 좋을까 고민하다가 입을 열었다.

"……오라버니, 당장 그 인간 일으켜 세워."

"뭐?"

"내 예상이 맞다면 아마도 그 인간, 이 나라의 세 번째 왕자야."

아마도 왕자라니. 대낮에 여인의 방에 몰래 침입하다가 걸려 이리 마당에 꿇어앉혀져 있는 남자가 왕자라니.

그녀의 말이 끝나기 무섭게 이완은 지금 무슨 소리를 하냐는 표정으로 해랑을 바라봤다. 고개를 갸웃거리며 그를 바라보던 이완은 돌쇠에게로 시선을 옮겼다. 그러고는 어느샌가부터 돌쇠의 손에 들려 있던 영희궁 호위대장의 증표를 보고는 얼굴이 새하얗게 질렸다.

"잘못은 그쪽이 했으니까, 혹시라도 이번 일로 오라버니에게 무슨 일이 생기면 가만두지 않을 거예요."

"다 알고서도 아직 뒤에서 노려보고 있는 걸 보면 저는 잘못한 게 없다고 생각하는 거 같은데, 뭐."

과연 그 오라버니에 그 동생이었다. 누가 남매 아니랄까 봐.

아까 마당에서의 일은 그가 왕자라는 걸 몰랐기 때문이라고 해도, 정체가 다 밝혀진 지금조차 이완의 태도는 굽혀지지 않았다.

오히려 경계가 더 심해졌다.

"오라버니, 방해됩니다."

문틈으로 해랑을 죽일 듯이 노려보고 있는 이완에게 하연이 말했다. 한숨 소리가 들려오는가 싶더니, 뒤이어 문이 닫히는 소리가 들려왔다.

그렇게 사나워 보이는 인간이 동생 말은 참 잘 들었다.

"그래서? 무슨 일로 이런 누추한 곳까지 오신 걸까요?"

말에 가시가 박혀 있었다.

돌쇠가 함께 있었다면 이런 상황에서도 불쑥불쑥 끼어들어 분위기를 띄웠겠지만, 안타깝게도 지금은 그럴 여유가 없었다.

"안 보려고 했지만 그래도 한 가지 깜빡한 게 있어서 왔어."

"미운 사람 다시 보게 할 만큼 깜빡한 게 뭔지 참 궁금하네요."

"생각해 보니까, 변명을 못 들었더라고."

"변명 따위 듣자고 여기까지 오신 건가요? 그것도 그 소중한 가면까지 벗어 던지며?"

그녀의 비꼬는 말에도 해랑은 진지했다.

솔직히 그의 얼굴을 처음 보는 하연으로서는 지금 이 상황이 너무나도 신기하기만 했다. 그렇게 보여 달라고 할 때는 절대 안 된다며 거절했으면서 왜 지금은 이렇게 당당하게 얼굴을 드러내고 자신을 찾아왔는지, 그 이유가 궁금했다.

"……말해 봐."

"전 변명 같은 거 못 해요."

"뭐든 좋으니 말해 봐."

"말해 봤자 바뀌는 건 없어요."

"그건 모르는 일이지."

마치 자신이 무슨 말을 해도 이해하고 넘어갈 수 있다는 듯한 그의 말에 하연은 불안해졌다.

어떻게 궐에서 나왔는데. 기껏 벗어났는데.

"……"

그녀는 고집이 셌다. 이는 해랑도 잘 알고 있었다. 그러니 지금 이렇게 예상했던 전개라며 웃고 있지.

말해 보라는 그의 명령 아닌 명령에 하연은 오히려 입을 다물어 버렸다. 그렇다고 그를 피하는 건 아니었다. 그녀의 시선은 여전히 똑바로, 해랑을 향하고 있다.

결국 해랑은 이 의미 없는 기 싸움에서 한 발자국 물러서 주기로 했다. 그녀의 말대로 본인의 잘못이 더 크기도 했고, 어쨌거나 자신은 지금 사과를 하러 온 입장이니 말이다.

"예문관 그만두는 거야?"

"생각 중이에요. 병가 다 쓸 때까지 생각할 거구요."

"……그때 내가 한 말 때문이라면, 그냥 나와."

"딱히 그것 때문은 아닌데요. 아니, 그 전에 무슨 자신감이에요? 제가 왜 무향 님을 피해야 하는 건데요?"

해랑은 인상을 찌푸렸다. 아니, 그러려고 했다. 지은 죄만 없었더라면.

그녀의 입에서 나온 이름은 '무향'이었다. 자신의 진짜 이름인 '해랑'이 아닌, 어쩌다 보니 갖다 붙인 저 밖에 있는 녀석의 이름!

"그래. 너는 돌려 말하면 못 알아듣지. 앞으로는 직설적으로 말하도록 할게."

"……"

"내가 너 안 보고는 못 살겠으니까 나와. 이렇게 말할 자격 따위 없다는 거, 알고 있지만."

그의 입에서 이런 말이 나오리라 생각해 본 적 없는 하연은 크게 놀랐다. 순식간에 커진 눈동자로 그를 바라봤다. 과연 저 말이 사실일까?

"거짓말쟁이에 사실은 내숭 덩어리기는 하지만 난 네가 꽤 마음에 들어."

"이제 와서 아부해 봤자 소용없거든요."

"……."

"그리고, 무슨 근거로 저를 믿으시는 건데요? 전에 하신 말씀대로 제가 나쁜 사람이면?"

하연이 그렇게 말했지만 해랑은 전혀 고민되지 않는 여유로운 표정이었다. 그 얼굴을 뚫어져라 바라보고 있던 하연은 생각했다. 가면을 쓰지 않으니 이런 점이 좋구나. 표정을 보면 그가 하고 싶은 말이나 마음을 조금이나마 추측할 수가 있으니, 이런 점이 좋구나.

"그건 그때 가서 생각하면 되고."

"……원래 이렇게 긍정적인 분이셨나요? 제 기억으로는 아니었던 거 같은데?"

"사람은 언제든 바뀔 수가 있지. 누가 곁에 있느냐에 따라 다르겠지만."

"저 때문에 바뀌었다는 말씀이신가요?"

"때문에보다는 덕분에가 더 어울리겠네."

가만히 그를 바라보던 하연은 한숨을 내쉬며 고개를 돌렸다.

그렇게 궁금해하던 얼굴을 보게 되었는데, 이상하게도 그와 눈을 못 맞추겠다.

언젠가 흘러 들은 이야기로는 돌아가신 그의 어머니이신, 전 왕후께서 생전에 절세가인이셨다던데…… 과연, 그 미모 하나는 제대로 물려받은 게 틀림없었다.

글을 쓰느라 툭하면 밤을 새는 사람치고는 그리 혈색이 나빠 보이거나 하지는 않았다. 오히려 밖에 나갈 때마다 쓰는 가면 덕분인 건지 피부가 자신보다 더 하얀 거 같았다.

어떻게 보면 창백해 보이기까지 했지만, 그럼에도 잘 자리 잡은 이목구비라든가 졸음이 약간 내려앉은 나른한 눈매라든가, 하연은 그의 얼굴이 개인적으로 마음에 들었다.

아니, 지금 이렇게 외모나 감상하고 있을 때가 아닌데.

"알아. 널 내쫓은 건 나야. 이제 와서 이러는 게 뻔뻔한 건 알지만, 어쩔 수가 없어. 난 네가 필요해."

그 나름대로 많은 용기를 내서 한 고백이었다. 아마 돌쇠가 방 안에 있었다면 그의 용기에 박수를 쳤으리라. 어쩌면 지금 밖에서 듣고 있을지도.

하지만 감동이나 부끄러워하는 반응을 기대했던 해랑의 바람과는 달리, 하연은 고개를 절레절레 저으며 웃고 있었다.

"하하. 이제 안 속아요. 그거 스승으로서 필요하다는 말이죠? 암요, 제가 좀 능력이 있기는 하지요."

해랑은 곁에 없는 돌쇠의 목소리가 들려오는 거 같았다.

'자업자득입니다.'라고.

뭐…… 좋아. 그건 일단 좋아. 시간만 주어지면 언제든 만회할 수 있을 테니까.

"예문관으로 돌아와라, 서하연. 그리고 영희궁으로 와. 이번에는 궁녀가 아니라 제대로 된 교육관으로 말이야."

그러나 하연은 바로 대답하지 않았다. 쉽게 결정 내릴 문제가 아니었다.

밖에서 언제 이야기가 끝나느냐고 재촉하며 문을 두드리고 있는 이완 때문에 더 있기는 눈치가 보였다. 조금만 더 있다가는 정말 그 손에 들린 검에 당할지도.

아쉽지만 이쯤에서 물러나야겠다고 판단한 해랑은 자리에서 일어났다. 그리고 문까지 따라와 배웅해 주는 하연을 돌아보며 말했다.

"기다릴 거야."

그의 말에 하연은 아무런 대답도 하지 않았다. 언젠가의 해랑은 대답을 들을 때까지 그녀를 끈질기게 괴롭히고는 했는데, 이번에는 뒤에서 버티고 계시는 형님 때문인지는 몰라도 순순히 물러났다.

그렇게 해랑과 돌쇠가 서가에서 나가고, 집에 남은 건 하연와 이완, 두 남매였다.

직접 문을 닫던 이완이 멍하니 서 있는 하연에게 다가오더니 불안한 얼굴로 물었다.

"서하연, 어쩔 거야? 갈 거야? 안 갈 거지?"

"……."

"기껏 나왔는데 다시 들어가겠다느니 뭐니, 그런 소리 안 할 거지? 응?"

"……."

그러나 아무런 대답도 들리지 않았고, 이에 이완의 불안감은 더

더욱 심해졌다.

"무슨 말이라도 좀 해 봐. 애가 멍하니 왜 이래?"

"음……."

"또 뭐가 문제인데?"

답답한 이완이 옆에서 난리법석을 떨든 말든 멍하니 닫힌 문을 바라보고 서 있던 하연이 작은 목소리로 중얼거렸다. 살짝 곤란하다는 듯 인상까지 찌푸리며.

"하필이면 얼굴이 딱 내 취향이야."

*　　*　　*

"힘들어요."

"못 해 먹겠습니다."

벌써 며칠째 예문관에서는 우는 소리가 끊이질 않고 있었다.

평소보다 해야 하는 일이 엄청나게 늘어난 것도 아니었지만, 그들이 느끼기에는 그렇지 않았다.

"부장…… 서하연은……."

"나도 몰라. 그러니까 우는 소리 해 봤자 소용없어. 일이나 해."

예문관이 예전과 달라진 점. 그것은 바로, 하연이 있느냐 없느냐였다.

그녀가 출근하지 않은 지 어느새 보름이 지나고 있었다.

보통 병가는 몇 달 정도 쉬는데, 만약 그녀가 그 몇 달을 조금의 아쉬움도 없이 꽉꽉 채운 뒤 돌아온다면 그 다음은 자신들이 병에 걸릴 것만 같았다.

그만큼이나 현재 예문관에서는 하연앓이를 심하게 앓고 있었다.

지금 예문관의 가장 큰 문제는 다름 아닌 왕자의 교육이었다. 문제의 원인은 바로 해랑.

나날이 늘어나는 그 짜증을 교육관에게 푸는 바람에 하루가 멀다 하고 계속해서 담당이 교체되었고, 이로 인해 괜히 제3관만 죽어나고 있었다.

"이대로는 안 되겠습니다."

해랑의 교육을 담당하는 제3관이 울부짖는 소리에 깐깐한 성격으로 유명한 예문관의 고위 관리들 역시 백기를 든 상황이었다.

"모셔옵시다."

"……."

예전이면 '데려옵시다.'라든가, 조금 더 과격하게 말해 '끌고 옵시다.'라고 했을 그들은 이제 하연에게 예의를 차리고 있었다.

그도 그럴 것이 그녀의 부재중에 너무 많은 것들을 깨달아 버렸기 때문이다.

첫째, 예문관은 그녀가 없으면 돌아갈 수 없을 정도로 그녀에게 너무나 많은 의지를 하고 있었다. 가장 큰 예가 영희궁의 교육이었고, 또 한 가지를 말하자면 예문관의 중요 임무 중 하나인 시험 문제 출제였다.

그냥 며칠 정도 쉬고 올 줄 알았는데 아주 작정을 한 건지 돌아올 기미가 보이지 않는 하연 때문에 어느새 다가온 예문관에서 주관하는 시험을 그들끼리 감당해야만 했다.

당장에 있을 일반 관리들의 승급 시험부터 궁녀를 대상으로 한 승급 시험까지.

그리고 둘째, 그녀가 예문관의 대선 서건우의 딸이라는 사실!

그동안 자신들이 괴롭혔던 기억들이 하나둘 떠오르고, 이를 어떻게 만회하면 좋을지 막막했다.

하연을 괴롭혔던 대신들은 이제 둘로 나뉘었다.

노골적으로 그녀를 눈엣가시로 여기며 괴롭히다가 이제 와서 후회하는 사람과, 비교적 사소한 일로만 괴롭히다가 그저 다수결의 의견을 물을 때 손 정도만 들었던 이들로.

그들의 입장에서 볼 때는 배가 아팠다. 다시 생각해 보면 하연은 완벽한 며느릿감이었기 때문이다.

외모는 뭐, 따져 묻지 않아도 그녀가 미인이라는 건 세상 사람들이 다 알고 있는 사실이고 최초의 여성 관리가 될 정도로 영특하기까지 하다. 심지어 집안마저 탄탄해 그녀를 며느리로 들이면 예문관 대선인 서건우와 사돈지간이 되는 것이다!

이렇게나 완벽한 며느릿감을 옆에 두고도 몰라 봤다니!

해랑이 알면 난리가 나겠지만, 하연과 비슷한 나이대의 아들이 있는 대신들의 머릿속은 아주 빠르게 돌아가고 있었다.

고위 관리들뿐이 아니었다.

예문관에서도 그녀와 비슷한 또래의 신입이며 선배들이 그녀가 오기만을 기다리고 있었다. 당사자가 나타나야 다리를 놓든 꼬셔 보든 뭐든 하지.

그때 침울한 기운만이 맴돌던 예문관의 방문이 벌컥 열리더니 다급한 걸음의 누군가가 안으로 뛰어 들어왔다.

"서하연! 서하연이 궐 안에 나타났다고 합니다!"

"뭐야? 그게 정말인가!"

"네!"

그 이름 하나가 궐 안에서 울려 퍼지는 것만으로도 침울하기만
했던 예문관 안에 꽃향기가 퍼지고, 어둡기만 하던 분위기가 갑자
기 밝아지는 착각마저 드는 거 같았다.

"그래서 지금 어디에 계십니까? 3관으로 가셨나요?"

"아니요. 바로 영희궁으로 향하셨다고 합니다."

입궐과 동시에 일하기 위해 영희궁으로 향했다는 말에 대신들은
다시 한 번 감탄사를 내뱉어야 했다.

물론 그녀의 목적은 그것이 아니었겠지만.

*　　*　　*

영희궁.

하필이면 오늘 해랑의 교육 담당인 강우는 당황스러웠다. 그리
고 때마침 영희궁으로 들어오고 있던 하연은 그 상황이 흥미로웠
다.

이곳에 온 지도 꽤 시간이 지났는데 강우, 그의 위치는 여전히 마
당. 진전이 없다.

진전은커녕 뭔가가 계속 자신을 향해 날아와 조심스럽게 피하고
는 있는데, 계속 이렇게 있을 수는 없었다.

"하아……."

"……이, 이제 그만 돌아가시는 게……."

결국 밖에 서서 그의 눈치를 보던 돌쇠가 말했다. 아무리 자신이 해랑의 사람이라지만, 그의 눈에도 아무것도 못 하고 있는 강우가 불쌍해 보였기 때문이다.

가뜩이나 성격 안 좋은 사람이 요즘 들어 짜증이 더 늘었다.

애도 아니고 한 대 쥐어박고 싶었지만 그럴 수도 없고. 참아야지, 참아야지.

정말 마음 같아선 뭐라고 소리라도 치고 싶은데!

"지금 이게 무슨 일이에요?"

때마침 영희궁 안으로 들어오던 하연은 고개를 갸웃거렸다.

가장 신경 쓰이고 걱정되었던 인간을 만나기 위해 궐에 들어오기 무섭게 일단 영희궁에 왔는데, 무슨 일이 있었던 건지 강우가 방 안에서부터 날아오고 있는 것들을 피하고 있었다.

"아, 서하연."

"오랜만이네요, 강우 형님. 그동안 별일 없으셨지요?"

"별일은, 아무 일도 없었어. 너 때문에 야근을 밥 먹듯 한다든지, 이렇게 영희궁 교육관이 된 거 빼고는."

가시 박힌 그 말에 할 말이 없어진 하연은 그저 웃었다.

대책 없이 갑자기 병가를 냈으니 그럴 만도 했다.

"그런데, 이것들은 다 뭡니까?"

정원 바닥을 이리저리 굴러다니고 있는 책들과 붓을 가리키며 하연이 물었다.

그러자 안 좋은 기억이라도 생각난 건지, 강우는 한숨을 내쉬며 아예 눈을 감아 버렸다.

　"선물······은 아닐 테고."

　"만약 이것들이 선물이라면, 넌 저분에게 타인에게 물건을 건네는 방법부터 가르쳐야 할 거야."

　"그거 끔찍한데요."

　하연은 고개를 절레절레 저으면서도 웃었다. 그러나 강우는 그녀를 따라 웃을 수가 없었다.

　어떤 일이라도 꾹 참고 해낼 수 있을 거라 생각했는데, 영희궁의 왕자는 소문보다도 더했다.

　벌써 다섯 번째의 방문이었지만 얼굴은커녕 그림자조차 볼 수 없었다. 뒤늦게 찾아온 사춘기의 반항도 아니고, 나잇살도 먹을 대로 먹어서 저러는 인간을 얌전히 만들 수 있는 사람이 정말 존재하기는 한 건지······.

　"포기야. 나는 못 해."

　"어라? 형님 입에서 '포기'라는 말도 나오네요?"

　"사람에게는 할 수 있는 일이 있고, 할 수 없는 일이란 게 있지. 참고로 저 인간을 다루는 건 거의 기적 같은 능력이 필요해."

　처음 들어보는 강우의 투덜거림에 하연이 큰 소리로 웃었다.

　그때였다. 절대 열리지 않을 것만 같았던 방문이 벌컥 열리더니 그 안에서 절대 만날 수 없을 것만 같던 남자가 뛰쳐나왔다.

　"서하연!"

　그것도 한 여인의 이름을 외치며.

"안녕하세요, 해랑 님."

마치 외출했던 주인의 목소리를 알아차리고 제 집에서 달려 나오는 강아지 꼴.

신발은 한 쪽만 신고 있었고, 안에서 뭘 하고 있었는지는 모르겠지만 한 손에는 붓을 쥐고 있었다. 그리고 얼굴에는 가면을 뒤집어쓰고 있었는데, 너무 급하게 써서 그런가 뒤로 묶은 끈이 풀리기 일보직전이었다.

"휴가 끝내고 오늘부터 다시 출근하게 되었습니다."

순식간에 달려와 하연을 대뜸 끌어안은 그의 행동에 강우는 절로 인상을 찌푸렸다. 이유는 모르겠지만, 왠지 그냥 그랬다. 기분이 썩 좋지만은 않았다.

하연은 그러거나 말거나, 자신이 누구에게 안겨서 뜬금없는 애정 표현을 받고 있다는 사실에 놀라거나 불쾌해하기보다도. 해랑의 손에 들려 있는 붓에서 후두둑 떨어지고 있는 먹물이 자신에게 튈까 걱정이었다.

"언제 온 거야?"

"방금요."

"가장 먼저 여기에 들른 거 맞지?"

"안 그랬다가 무슨 소리를 들으라고요."

애도 아니고. 쓸데없는 우선순위 확인부터 하는 해랑에 하연은 피식 웃어 버렸다.

사실 이곳에 가장 먼저 들른 이유도 왠지 그가 이걸 꼭 물어보고 넘어갈 거 같았기 때문에서였다.

"애 좀 놔 주시지요. 그러다 질식사하겠습니다."

"아직도 안 갔나."

한술 더 떠 이제 해랑은 강우를 방해꾼 취급하기 시작했다. 그러
자 강우도 더는 지고만 있을 수 없다며 피하지 않고 그를 노려보길
얼마, 생각이 바뀌었는지 그럼 돌아와야 할 사람이 왔으니 자신은
이만 물러나겠다며 영희궁을 나섰다.

"자, 그럼 감동적인 재회는 여기까지."

하연이 찰싹 달라붙어 있는 해랑의 불만 가득한 목소리가 들려
오는 걸 살짝 무시하며 그에게서 벗어났다.

"우선은 여기에 먼저 서명 좀 해 주세요."

"……이게 뭔데?"

뜬금없이 종이를 내미는 하연에, 해랑은 그것을 받아 들며 물었
다. 그러자 그녀가 별거 아니라는 듯 싱긋 웃었다.

"앞으로 있을 수업과 관련된 일종의 서약서 같은 건데요, 뭐 별거
는 아니에요. 그냥 우리 둘만의 작은 약속 같은 거?"

"……."

별거 아니라고 했는데 경계심이 강한 건지 의심이 강한 건지, 해
랑은 쉽게 그 서약서에 서명하지 못하고 머뭇거렸다.

"아, 혹시 여전히 저를 못 믿으시는 건가요? 왜요, 제가 이상한 내
용이라도 썼을까 봐서요?"

"……믿어. 당연히 믿지. 내가 어떻게 널 못 믿겠어."

하연을 믿지 못해 일을 벌인 게 바로 며칠 전이었다. 해랑은 그와
같은 실수를 반복하지 않기 위해 안타깝게도 앞장의 몇 줄만을 간단

히 읽었고, 뒤에 있는 내용은 읽지도 않고 서명란에 지장을 찍었다.

"좋아요."

해랑의 지장이 찍힌 서약서를 들어 보던 하연은 만족스럽다는 듯 웃었다. 단순하긴. 어렸을 때 부모님께서 안 가르쳐 주셨나. 서명은 함부로 하는 게 아니라고.

"자, 그러면⋯⋯."

혹시라도 그의 입에서 이 서약서와 관련된 이야기가 나올까 싶어 하연은 재빠르게 그 종이를 접어 품 안에 집어넣었다.

"그럼 이제 본격적으로 수업을 시작해 볼까요?"

하연이 씨익 웃었다.

"아시죠? 제 성격. 안 봐드릴 겁니다."

"얼마든지."

이제부터가 시작이었다.

그저 좋다고 웃는 해랑과 달리, 하연은 다른 의미의 미소를 짓고 있었다.

'어디 한번 제대로 날뛰어 주마. 이 궐 안에서.'

九花
공부만 할 생각이야?

"하연아!"

"서하연!"

"서하연 님!"

여기저기서 자신을 불러 대는 통에 하연은 정신이 없었다. 안 그래도 슬슬 영희궁에 있는 낯가림이 심한 바보 왕자를 가르치러 가야 할 시간인데, 이렇게 사람들에게 붙잡혀 있을 때가 아니었다.

무단으로 출근하지 않는 동안 못 시킨 일을 한꺼번에 시킬 작정인 건지, 하연은 머리가 깨질 거 같았다.

'제발 날 좀 쉬게 해 달라고!'

영희궁으로 향하고 있는 지금도 그녀는 혼자가 아니었다. 그렇게 괴롭힐 때는 언제고 왜 이제 와서 친한 척인지 나이가 지긋한 예문관 고위 대신들이 그 뒤를 열심히 쫓고 있었다.

"……도대체 저에게 왜들 이러시는 겁니까?"

지나친 관심에 결국 참다 못한 하연이 돌아서며 물었다.

3관을 나설 때부터 지금까지 자신의 뒤를 졸졸 쫓아오는 것으로
보아, 아무래도 저에게 할 말이 있는 눈치였다.

그런데 막상 자리를 깔아 주면 서로 시선 피하기 바쁘고, 딱 보니
그들과 대화한다는 것은 시간낭비일 거 같았다.

"이거 받거라."

우물쭈물거리던 대신들 중 한 명이 대뜸 그녀의 품 안에 둘둘 말
린 두루마리 하나를 안겨 주었다. 이를 시작으로 몰려들었던 대신들
역시 비슷한 것을 그녀에게 내밀었다. 그러고는 어색하게 웃으며.

"흠…… 한번 살펴보고…… 그냥 네 마음에 들면 말이다…… 언
제 한번 자리를……."

"아."

지금 이게 어떤 상황인지 알아차려 버린 하연은 한숨을 내쉬었
다. 척하면 척이지. 맞선 하면 또 서하연이 아니던가.

지금 대신들의 행동은 그녀와의 선 자리를 잡기 위해 부탁받고
찾아온 중매쟁이들과 별반 다를 게 없었다.

"네, 알겠습니다. 한번 보고 생각해 보겠습니다."

이런 상황에 꽤 익숙한 하연은, 과연 경험자답게 어색하지 않은
미소를 지어 보이며 말했다. 사실은 절대 그럴 마음이 없었지만 일
단 이 상황에서 벗어나기 위해 형식적인 거절 방법을 선택한 것이다.

그러나 하연의 노력에도 불구하고 눈치가 없는 대신들은 눈을

반짝이며 오히려 그녀에게 더더욱 달라붙었다.

"커흠, 꼭 내 자식이어서 하는 말이 아니라…… 내 아들 녀석이 어려서부터 수재라는 소리를 들으며 자랐는데……."

"에이, 머리만 좋으면 뭐하나. 보시게, 저 어여쁜 외모를! 저런 미인을 얻으려면 응당 그에 견주어도 처지지 않는 외모를 갖고 있어야지. 안 그런가? 허허. 해서 말인데, 우리 아들 녀석이 도성에서 한미남으로 유명……."

저마다 아들 자랑하기 바쁜 대신들의 대화는 어느새 다툼으로 번졌다. 하연은 주저앉고 싶은 마음을 애써 추스르며 힘겹게 서 있었다. 그냥 여기에서 벗어나고 싶었다.

그런데 그때.

쾅쾅쾅쾅!

등 뒤에서 들려오는 엄청난 소리에 싸워 대던 대신들은 물론, 어느 정도 정신 줄을 놓고 있던 하연까지 소음의 근원지를 향해 고개를 돌렸다.

그것은 굳게 닫힌 영희궁의 정문에서 나는 소리로, 특이하게도 안쪽에서 바깥쪽을 향해 들려오고 있었다. 즉, 저 안의 누구 씨께서 문을 열어 달라는 목적이 아닌 다른 목적으로 문을 저리도 세차게 두드리고 있다는 뜻이었다.

그게 누군지는 뭐, 생각해 보지 않아도 답이 나왔고 분노에 차 문을 두드리는 이유 역시 어느 정도 예상 범위 내에 있으리라.

"죄송하지만 가 봐야겠습니다. 수업 시간에 늦으면 큰일이니까요."

"아, 그렇지. 암. 얼른 가거라, 얼른."

"우리가 바쁜 사람을 붙잡고 있었구나. 미안하다."

대화가 끊길 정도의 소음이었지만 하연은 마치 아무것도 듣지 못했다는 듯 태연하게 행동했다. 그제야 그들에게서 벗어나는 데 성공한 그녀는 재빨리 영희궁으로 향했다.

그러고는 좀 전에 누가 그랬던 것처럼 문을 두드렸다.

"서하연입니다."

이름을 밝히기 무섭게 닫혀 있던 문이 열렸다.

단순히 열리기만 한 게 아니라 그 안에서 손이 불쑥 나오더니, 밖에 서 있던 하연을 낚아채듯 붙잡아 단숨에 안으로 끌어당겼다.

*   *   *

요즘 따라 왜 이럴까.

물론 서하연 인생, 남자가 안 꼬이던 날은 없었지만 요즘 들어 더했다. 예를 들면 조금 전의 대신들이나 눈앞에 있는 이 남자라든가.

"책에서 본 적 있어요. 지금 이 상황."

등 뒤에는 돌담이나 문 따위가 있고, 앞으로는 남자의 두 팔에 갇혀 있다는 건 언젠가 아가씨들 사이에서 한창 인기를 끌었던 연애소설에서 본 적 있는 상황이었다. 물론 몇 가지가 조금 다르다. 일단 소설 속에서의 시간은 지금처럼 낮이 아닌 밤이었다. 때문에 더욱 효과적으로 주인공들 사이에 묘한 기류가 흘렀던 걸지도. 또한 책에서 꽃미남으로 묘사된 남자는 여주를 아주 사랑스럽다는 눈으로 바라봤지, 이렇게 노려보는 도깨비 가면이 절대 아니었다. 당시 여주인공의 반응은 '당황한 듯 얼굴을 붉히며 그의 시선을 피했다.' 였지만 이 역시 아니었다. 당황은커녕 이런 침착이 없다.

"저 안 늦었어요."

"나도 알아."

하연은 자신이 무슨 잘못이라도 했나 싶어 생각에 잠겼다. 그러나 아무리 생각해도 자신은 잘못한 게 없다.

"그럼 왜 화가 나신 건데요."

"몇 가지 이유가 있는데, 궁금해? 듣고 싶어?"

"안 들어도 되는 거예요?"

괜히 들었다가는 후회할 거 같아서.

"그럴 리가 없잖아, 들어!"

우회적으로 듣기 싫다는 그녀의 답변에 해랑이 버럭 외쳤다. 이에 하연도 슬슬 짜증이 나기 시작했다.

"알았어요. 안에 들어가서 들을 테니까, 일단 이 팔 좀 치워 주세요."

"……."

도깨비 가면 속에 감춰진 얄미운 그를 노려보며 말했지만 해랑은 꼼짝도 하지 않았다.

"……돌쇠 씨, 보고만 있지 말고 저 좀 도와주시죠?"

말로 해서 통할 상대가 아니라는 걸 알고 있는 하연이 때마침 영희궁에서 나와 그들을 이상한 눈으로 바라보고 있는 돌쇠를 발견하고는 도움을 요청했다.

그러나 돌쇠는 어떻게 하면 좋을지 모르겠다며 우왕좌왕할 뿐, 멀어졌으면 멀어졌지 가까이 다가올 생각은 하지 않았다.

뻔하지, 뭐. 눈앞에 있는 도깨비의 후환이 두려운 것이다.

"요즘 남자들은 왜들 이리 겁이 많은 건지……."

남자들이 이 모양이니 별수 있나.

갈 곳 잃은 그녀의 두 손에 힘이 들어갔다. 그리고 그것은 곧장 눈앞에 있는 상대의 복부를 향했다.

픽!

꿈쩍도 하지 않던 도깨비가 그녀의 주먹 한 방에 배를 붙잡고 주 저앉아 버렸다. 그러게 비키랄 때 순순히 비키면 좀 좋아.

켁켁거리는 그를 내려다보던 하연은 손을 뻗어 해랑의 얼굴을 가리고 있는 가면을 순식간에 벗겨냈다. 그리고 아주 깜찍하게도, 두 눈을 크게 깜빡이며 실감 나는 연기를 펼치기 시작했다.

"어머, 죄송해요! 가면 때문에 해랑 님인 줄 몰랐어요. 저는 또 도 깨비인 줄 알고 놀라서 그만……."

"서하연, 너……."

정말 아팠던 건지 고통스러운 표정으로 자신을 올려다보고 있는 그를 바라보던 하연이 가소롭다는 듯 피식 웃으며 그를 지나쳤다.

"그러게 사람이 좋게 말할 때 비켰어야죠. 이제부터 내 말 잘 들 을 거죠?"

"허."

"참 가르칠 게 많아서 좋네요. 보람은 있겠어, 아주."

해랑은 어이가 없었다.

"큭큭큭…… 아, 진짜 아파…….."

뭐가 웃긴 건지는 모르겠으나, 아픈 배를 붙잡고 웃는 그 모습이 상당히 우스웠다.

"제자를 이렇게 막 때려도 되는 거야? 그것도 보통 제자가 아닌데."

"사랑의 매입니다. 제 사랑을 듬뿍 담아 그대에게."

그러고 있지 말고 빨리 따라오라는 말에 벌떡 일어난 그가 하연의 뒤를 졸졸 따라 방 안에 들어섰다. 그렇게 그들은 책상을 사이에 놓고 마주 앉았다.

"그래서, 어쩔 건데?"

"네?"

책을 펴라는 말에 건성으로 책장을 팔랑거리던 해랑이 하연의 옆에 놓여 있는 두루마리들을 가리키며 물었다.

차마 보는 앞에서 버릴 수가 없어 일단 예의상 받아 왔던 것들. 보아하니 초상화나 상대방에 대한 간단한 인적사항 등이 적혀 있는 소개장이겠지.

그것들을 바라보던 하연은 곧 그가 말하고 있는 게 '선을 볼 거냐.'라는 질문이었음을 깨닫고 고개를 저었다.

"당연히 아니죠. 아무래도 지금은 교육관 일이 더 중요하니까요."

예전 같으면 오는 선 자리 마다 않고 다 나갔겠지만, 요즘의 그녀는 달랐다. 확실한 이유는 모르겠지만 그냥 마음이 내키지 않았다. 때문에 아직까지도 그녀를 포기 못 한 중매쟁이들은 눈물을 삼킬 수밖에 없었다.

"즉, 지금 저에게 가장 중요한 건 해랑 님이라는 뜻이에요."

"……."

"일단은."

솔직한 그녀의 말에 해랑은 당황했다. 만약 본다고 했으면 교육관으로서 어디 제 할 일을 뒷전으로 미루느냐며 한 소리 할 예정이었지만 이건 뭐 도리어 한 방 먹은 기분이었다. 그의 손이 슬금슬금 옆으로 밀쳐 두었던 도깨비 가면으로 향했다.

"이제 얼굴도 다 아는 마당에 제 앞에서 가면 쓸 필요는 없지 않아요?"

"아니, 지금은 절실하게 필요하네."

뭐가 그리 급한 건지 허둥지둥 가면을 뒤집어쓰는 그를 보며 하연은 작게 한숨을 내쉬었다. 저 가면을 벗기고 이 작은 세상에서 그를 끄집어내는 게 자신의 임무일 텐데, 아직도 갈 길이 멀어 보였다.

"그래요, 그냥 쓰세요. 그게 저한테도 좋을 거 같네요. 집중도 더 잘 되고."

"그 말은 뭐야, 내 얼굴 보면 설렌다는 뜻?"

"잘생긴 남자를 보고 두근거리는 건 여인으로서 자연스러운 반응이겠죠."

퉁명스럽지만 너무도 솔직한 그녀의 대답에 하연이 얼굴을 붉혀야 하는 상황임에도 해랑이 얼굴을 붉히고 있었다.

"게다가 하필이면 딱 제 취향이라."

그에게 싱긋 웃어 준 하연이 어제 배운 것을 제대로 복습했는지 확인을 위해 치러진 쪽지시험을 채점하기 시작했다.

그러나 훈훈하게 시작해서 훈훈하게 끝날 줄 알았던 수업 분위기는 이 쪽지시험에 의해 다시금 위기를 겪게 되었으니…….

"공부를 못한다는 게 다 연기인 줄 알았는데."

'안 해서 그렇지 사실은 머리 좋은 수재. 그림자 속에 숨어 있는 보석.'이라는 전개를 바랐던 하연의 기대는 산산조각이 되어 흩뿌려졌다.

"설마 진짜로 못할 줄이야."

종이를 물들인 반타작이라는 비를 응시하던 그녀가 작은 목소리로 중얼거리다 고개를 들었다.

"이 얼굴이 아까워서 어째요? 자신의 얼굴한테 미안하지도 않으세요?"

안타까워할 부분이 지나치게 벗어났지만, 하연은 나름대로 진지했다.

"얼굴이 밥 먹여 주는 건 아니잖아요."

바보인데 미남인 사람과 천재인데 박색인 사람. 둘 중에서 반드시 한 명을 골라야 한다면 하연은 미남인 사람을 선택할 것이다. 부족한 지식은 자신이 채워주면 되니까. 그리고 지금이 바로 그 상황.

그러나 사태가 이렇게 심각할 줄은 몰랐다.

"오늘 쪽지시험 통과하기 전에는 점심도 없을 줄 아세요."

"허, 밥 한 끼 가지고 협박하면 내가 넘어갈 줄 알았……."

"설마요. 제가 해랑 님을 모를까 봐서요."

목소리에서 여유가 느껴지는 하연은 자신의 협박 같지도 않은 발언에 코웃음을 치던 그를 바라보며 싱긋 웃었다.

"해랑 님이 아니라 제가 굶습니다."

"……젠장."

결국 그는 내려놓았던 붓을 들어 올렸다. 그에게는 점심시간이 되기 전까지 어떻게든 이 쪽지시험을 통과해야만 하는 이유가 생겨 버렸다.

*　　*　　*

"지금 장난해? 하라는 대로 다 했잖아."

말을 들어 보니, 자신은 시키는 대로 다 했는데 자신에게 왜 이러 냐는 투였다.

"그러게요. 잘 따라오고 계세요. 스승으로서 뿌듯합니다."

오랜 기간 사용하지 않은 머리치고는 의외로 회전 속도가 빨라, 하연은 깜짝 놀랐다. 이제는 텅 비어 버린 그의 머릿속을 채워주는 일뿐.

다만 말이 너무 많다는 것과 아이처럼 고집이 어마어마해서 종 종 그녀를 곤란하게 한다는 게 문제였다.

"책 펴세요."

"정말 공부만 할 생각이야?"

"그럼 공부 시간에 공부만 하지, 또 뭘 해야 할까요?"

"장난해?"

결국 해랑이 폭발했다. 공부를 핑계로 그녀와 마주하는 건 좋았지만 요즘 들어 진도를 너무 빠르게 빼는 바람에 조금의 쉴 틈이 없었다.

"우리 약속했잖아요."

"언제?"

자신은 그런 약속 한 적 없다 크게 외치는 그를 바라보던 하연은 그럴 줄 알았다며 언젠가 그가 제대로 읽지도 않고 서명한 서약서를 꺼내 눈앞에 내밀었다.

어쩐지 눈에 익은 종이의 등장에 바락바락 외쳐 대던 해랑이 조용해졌다.

하얀 건 종이요, 검은 건 글씨요, 그리고 그 아래 적혀 있는 것은 자신의 이름과 서명이 분명했다.

그런데 문제는 그 중간에 가득 채워져 있는 것들이 하나같이 생소한 내용이라는 점이었다.

"스승과 제자 사이에 준수해야 하는 기본적인 규정 사항이랄까요?"

"잠깐, 스승과 제자 사이의 거리는 항상 7자(약 2m) 이상?"

"네, 그러니까 주의해 주세요."

"이건 또 뭐야, 반 시진에 20회 이상 눈을 마주치지 말 것?"

"저를 보지 마시고, 책을 보셔야죠."

그는 불만이 많아 보였지만, 이는 반드시 짚고 넘어가야 하는 문제였다.

"이게 다 수업을 위해서입니다. 남녀가 한 방에 단둘이 있는데 아무렇지 않다면 이상하겠죠. 심지어 그냥 여자도 아니고 제가

눈앞에 앉아 있는데. 이런 규제라도 걸어 놔야 제대로 공부에 전
념…….”

“서하연, 정신 차려. 넌 지금 ‘교육관’이라는 자리에 이상한 사명
감을 갖고 있다고.”

“전 멀쩡합니다. 오히려 이보다 더 좋을 수가 없어요. 그러니까
그만 책 보세요.”

“잠깐.”

“우선 책부터 펴세요. 그럼 발언권을 드리겠습니다.”

말이 끝나기 무섭게 해랑은 짜증 난다는 얼굴을 하고도 책을 펼
치더니, ‘됐지?’라는 표정으로 고개를 들어 올렸다.

그 모습을 바라보던 하연이 흐뭇하게 미소 지었다. 말은 참 잘
들어요. 예뻐, 아주 예뻐.

“참고로 이 규칙은 저도 지킬 테니까요. 저는 공평한 걸 아주 좋
아하거든요.”

“공평은 무슨!”

이렇게 되면 오히려 낭패였다. 아무것도(?) 안 하고 묵묵히 공부
만 한다면 서로 감정이 상했으면 상했지 좋은 감정이 쌓일 여유가
없었다.

해랑은 고민에 빠졌다. 저 말도 안 되는 서약서라는 걸 없애야 할
텐데 강제로 빼앗을 수도 없고, 무효라 주장할 수도 없고…… 그렇
다면 할 수 없지.

“좋아, 그럼 이렇게 하자. 다음 시험에서 절반 이상 맞으면 그 목
록에서 하나를 지워 줘.”

나름대로 재미있는 제안이기는 했지만 하연은 여전히 인상을 찌푸리고 있었다. 일종의 무언의 거절.

"목표 점수가 너무 낮은 거 같은데요?"

"우리 스승님께서는 '동기부여'라는 말을 들어 본 적이 없으신가 봐?"

일리가 있는 말이었기에 하연은 잠시 고민했다.

"……좋아요. 그럼 이렇게 해요. 쪽지시험이 아니라 며칠 뒤에 있는 정기시험으로 해요. 1위까지는 바라지도 않으니, 2위만 해보세요."

신후왕이 후계자 경쟁을 선포함과 동시에 시작된 정기시험은 한 달에 한 번씩 있는 공식적인 시험으로, 모든 왕자들은 필수적으로 참가해야만 했다. 또한 성적에 따라 1,2, 3위로 나뉘기 때문에 누구의 실력이 더 뛰어난지 고스란히 드러나는 시험이었다.

그런데 지금 하연은 그 시험에서 2위를 하라고 하고 있다.

"너무하네."

"우리 제자님께서는 꿈은 높게 잡으라는 말을 들어 본 적이 없으신가 봐요?"

"하여간…… 한 마디도 안 지지. 좋아, 알았어. 타협하자."

해랑이 싱긋 웃었다. 그러자 하연은 불안해졌다. 설마 진짜 해내는 건 아니겠지? 어차피 곧이곧대로 받아들일 생각은 없지만.

그의 손이 분주하게 움직이더니 종이 한 장과 붓을 꺼내 들었다.

"그럼 네 거 하나 지우고, 내가 하나를 늘리는 거로."

"늘려요?"

"그래, 네가 너한테 유리한 것들만 가득한 종이를 내세우니까 나도 비슷한 걸 갖고 있어야 할 거 아니야. 그래야 공평한 거지, 안 그래? 공평한 거 좋아한다며."

윽. 그렇게 말하니 할 말이 없네.

거절할 수 없는 상황에 내몰린 하연은 한숨을 내쉬며 제 무기이기도 했던 서약서를 내려다보았다.

아무것도 아닌 듯 보이는 글 속에 교묘하게 포함시켜 놓았던 두 개의 조항. 이럴 줄 알았으면 좀 더 많이 쓸 걸 그랬다는 후회가 밀려왔다.

"좋아요. 알겠습니다."

그러나 지금은 서하연이 아닌 스승으로서, 제자의 발전을 위해서 희생할 수밖에.

"자, 그럼 이제 의욕이 생기셨겠지요?"

그녀의 입에서 긍정적인 답변이 들려오자 줄곧 시무룩해 있던 해랑의 표정이 순식간에 밝아지더니 활짝 웃기까지 했다.

"어디 한번, 최선을 다해 저한테 한 방 먹여 보세요."

"그래, 정신 차리고 덤벼야겠네."

* * *

"……님!"

다급한 목소리가 궐 안에 울려 퍼졌다. 마찬가지로 다급한 걸음이 누군가의 뒤를 쫓고 있었다. 그러거나 말거나, 뒤쫓아 오는 이 따위 배려하지 않는 남자의 걸음은 여전히 매정했다.

"환 님!"

환이라 불린 남자가 겨우 걸음을 멈췄다. 그러나 그는 여전히 아무런 말이 없었으니.

"헉헉…… 환 님!"

그의 빠른 걸음을 쫓느라 진땀을 뺀 시종이 숨을 헐떡이며 외쳤다. 잠시 그를 돌아보던 환이 살짝 인상을 찌푸리더니 곧 싱긋 웃으며 남자에게 가까이 다가갔다.

"미안, 미안. 생각 좀 하느라…… 혹시 나한테 무슨 말 했어?"

"왜…… 왜 이렇게 빨리 돌아오신 겁니까?"

"곧 있으면 시험이니까."

당연한 걸 뭐하러 묻느냐며 환이 눈을 동그랗게 뜨고 물었다. 그러자 그 뒤를 따르던 남자가 곤란하다는 표정을 짓는다.

"왜, 또 지난번처럼 대리 시험이라도 치르게 할 생각이었나 보지?"

"……."

"난 그런 거 싫다. 어머니라면 내가 설득할 테니까 너희는 걱정하지 마라."

싱긋 웃으며 그렇게 말한 환은 남자가 뭐라 말하기도 전에 쌩하니 어느 궁으로 들어가 버렸다. 그가 시야에서 사라지자, 주변을 맴돌던 궁녀들이 얼굴을 붉히며 발을 동동 구르고 한바탕 난리가 났다.

"역시, 환 님! 생각이 바른 분이셔!"

"게다가 저 외모, 권력, 지성, 성품! 거기에 승부욕까지. 완벽하지, 완벽해!"

"당연히 환 님께서 왕위에 오르시겠지?"

"두말하면 잔소리지."

활짝 웃으며 잔뜩 들뜬 궁녀들과 마찬가지로 그 이야기를 들으며 생글생글 웃고 있는 이가 있었으니, 궁 안의 닫힌 문에 바짝 달라붙어 바깥의 이야기를 듣고 있던 환이 씨익 웃으며 뒤에 서 있는 검은 옷의 호위, 운에게 작은 목소리로 말했다.

"들었냐, 운아."

"예, 들었습니다."

고개를 끄덕인 그는 즐거워하는 환을 바라봤다.

그래, 그는 원래 이런 사람이었다. 다른 이들의 눈에는 한없이 따듯하고 마음이 넓은 이상적인 사람으로 보이겠지만 사실 그도 다른 이들과 별반 다를 게 없었으니, 평범하게 욕심이 많고 질투도 심했다. 거기에 장난기까지 갖춘 그는 어렸을 때부터 희빈의 강압적인 교육을 받으며 철저한 성군 연기를 펼쳐야만 했고 그러한 압박 속에 보이지 않는 가면을 쓴 채로 산 지 어언 십수 년.

걸음을 멈춘 환이 오랜만에 돌아온 궐 안의 공기를 깊게 들이쉬었다 내뱉더니 미간을 있는 대로 잔뜩 찌푸렸다.

"난 궐이 싫어."

조용한 내부에 그의 목소리가 메아리처럼 울려 퍼졌다.

"하지만 지고 사는 건 더 싫지."

'청화궁(靑花宮)'이라는 현판이 걸려 있는 궁은 들어서는 문이 하나였지만, 안으로 들어서면 건물 세 채가 따로따로 나뉘어져 있었다.

이곳은 신후왕이 세 아들을 위해 만들어 놓은 왕자들의 궁이었지만 정작 이곳을 사용하고 있는 사람은 단 한 명도 없었다.

"아, 그러고 보니."

세 개의 건물 중 한 곳으로 향하던 환이 운을 돌아보며 기대에 부푼 눈빛으로 물었다.

"내가 없는 동안 궐 안에 엄청난 게 들어왔다며?"

*　　*　　*

지난 며칠 동안 차로 배를 채워야만 했던 하연은 이 생활이 그다지 마음에 들지 않았다. 그나마 위안이 되는 게 있다면 그제는 깜깜한 밤이 되어서야 정해 둔 목표치의 공부가 끝났고, 어제는 어둠이 내려앉기 시작할 즈음에, 그리고 오늘은 아직 해가 떠 있을 때 끝났다는 것.

그의 이해력과 습득하는 속도는 나날이 빨라지고 있었다. 물론 하연이 원하는 수준에 도달하려면 멀었지만.

"형님, 우리 형님."

"서하연, 소름 돋는다. 나 따라오지 마."

하연이 폴짝폴짝 뛰며 강우의 뒤를 졸졸 쫓고 있었다. 이에 강우는 기분 나쁘다는 얼굴로 하연을 한 번 노려보고는 걸음을 빨리했다.

"강우 형님~"

"그래, 도대체 뭔데. 어디 한번 말해 봐."

결국 그는 한숨을 내쉬었다. 하연에게서 도망칠 수 없다는 걸 뒤늦게 깨달은 그는 걸음을 멈추었고, 뒤로 돌아 싱긋 웃고 있던 그녀와 마주했다.

"강우 형님, 한 가지 부탁드릴 게 있습니다."

"뭔데."

그는 불안했다. 서하연이 평범한 걸 부탁할 리가 없었다. 그래, 이번에는 또 뭘 계획하고 있는 건데.

"이번 정기 시험 출제 위원회에 강우 형님이 꼭 참가해 주셨으면 해서요."

"뭐?"

웃는 얼굴로 말하는 그녀와 달리 강우의 표정은 그리 좋아 보이지 않았다. 그녀의 생각을 읽겠다고 안간힘을 쓰고 있기는 하지만 여전히 이유를 모르겠다는 얼굴.

"각 관별로 지원자 3명을 받아, 한 문제씩 낸다고 들었습니다. 하지만 출제 위원에서 부장직은 제외되니까 유령 부장은 참가 불가능할 테고, 저는 해랑 님의 임시 교육관이니 불가능."

"내 질문은 왜 그걸 내가 했으면 좋겠냐는 거야."

"아버지께서 예문관 고위 대신들 중에 한 분이시라면 알고 계시겠죠?"

"⋯⋯."

"제가 못 풀 거 같은 문제, 한번 만들어 보고 싶지 않으세요?"

강우의 입가에 묘한 미소가 지어졌다. 그 이야기를 모를 리가 없지. 고작 한 사람 머리를 이겨 보겠다고 고위 대신들이 머리를 모아 가며 철야를 반복해야만 했던 그 일을.

"하지만 문제를 푸는 건 네가 아니잖아."

"제자의 실력이 곧 스승의 실력 아니겠어요?"

확실히, 재미있어 보이는 이야기이기는 했다.

"그거 참 구미가 당기는 이야기네."

그 대답에 안심한 하연이 미소 지었다. 혹시라도 싫다고 하면 어쩌나 아주 조금 걱정했는데.

"아, 그런데."

아직 할 말이 남아 있어 보이는 강우가 그녀를 붙잡았다. 곧 그를 돌아본 하연은 의미심장하고 사악한 미소에 잠시 불안해졌다.

"우리 부장 이름이 '유령'이었나?"

굳어 버린 그녀의 표정을 보아하니, 굳이 대답을 들을 필요도 없었다.

"크큭, 숨길 만하네. 이해해. 나 같아도 그러겠어."

강우는 웃었다. 그리고 어쩔 줄 몰라 하는 하연의 머리를 마구 헝클어뜨려 놓고는 유유히 지나쳤다. 그는 방금 아주 좋은 정보를 얻었고, 하연은 아주 큰 실수를 저지른 것이다.

"아. 싹싹 빌어야 하나."

*   *   *

"오랜만에 뵙습니다, 어머니."

지금 이곳은 희안궁.

환이 활짝 웃는 얼굴로 오랜만이라 인사하며 방 안으로 들어섰다. 그러자 자리에 앉아 있던 희빈이 벌떡 일어나 그를 와락 안았다.

"언제 돌아왔느냐?"

"오늘 아침에요."

거짓말. 사실은 어제 돌아왔으면서.

피곤하다는 이유로 하루 정도 여유롭게 쉬고 있다가, 그래도 어머니께 인사드리러 가야 하지 않겠냐는 운의 말에 뒤늦게 찾아온 것이다.

"잘 왔다."

"무슨 일이라도 있으신 겁니까?"

제발 심각한 일만은 아니길 바라는 마음으로 그가 물었다.

"네가 해야만 하는 일이 있다."

그 대답에 환은 작게 한숨을 내쉬었다. 물론 자신도 그랬지만, 어머니인 희빈은 그보다도 더 야망이 있는 사람이었다.

그러나 환은 어머니가 무슨 일을 벌이든 신경 써 본 적도 없었고, 딱히 파고들고 싶지도 않았다. 그냥 그 일에 개입하고 싶지 않았던 것이다.

내버려 둬도 실력으로 알아서 왕위에 오를 텐데, 아직도 자신을 어린아이로 생각하는 건지 아니면 못 미더운 건지 혼자 뒤로 여러 가지를 꾸미고 계시니…….

"혹시 서하연이라는 여인을 아느냐?"

뜬금없이 어떤 여자를 알고 있느냐는 그 질문에 환은 어리둥절했다. '서하연'이라면 최근에 들은 적이 있는 이름이기는 한데.

"예, 들었습니다. 이번에 예문관에 새로 들어온 여자 교육관이라고……."

"좋아, 잘 알고 있구나."

그 여자가 왜?

물론 최초의 여성 국시 합격자이자 최초의 여성 관리라는 그 이력은 어마어마했지만, 어머니께서 신경 쓰실 정도는 아니었다.

"그 아이를 우리 편으로 만들어야겠다."

"일개 교육관일 뿐인데 왜 그리 신경 쓰시는 겁니까?"

"그렇게 무시할 수 있는 문제가 아니다. 그 아이를 얕보면 안 돼."

이미 뒤통수를 맞은 경험이 있는 희빈으로서는 조심스러울 수밖에 없었다. 그리고 그녀의 그러한 반응은 환에게 신선한 충격을 주었다.

"흐음, 어머니께서 그렇게까지 말씀하시니 궁금하기는 하네요. 알겠습니다. 제 쪽에서도 한번 접근해 보도록 하겠습니다."

자신의 어머니께서 이 정도로 경계하는 여인이라니, 매우 흥미로운 일이 아닐 수 없었다. 도대체 얼마나 대단하기에.

"해랑의 임시 교육관이라고 했지?"

"네."

중요한 일이 있다는 말로 희안궁을 벗어나려던 환이 운에게 물었다.

"기대할 가치도 없겠네."

"네?"

"세상에 완벽한 사람이 어디 있어. 보통 그 정도로 머리가 좋으면 추녀이거나 성격파탄자이거나, 둘 중 하나겠지."

환의 말에 그의 뒤를 따르던 운이 멈칫했다. 그는 이미 다른 궁인들과의 교류에서 서하연에 대한 소문을 많이 들었기 때문에 어느 정도 그녀에 대해 알고 있었다.

자신이 모시는 주군께서는 지금 엄청난 착각을 하고 있었다. 그는 이 세상에 완벽한 사람이 있을 수도 있다는 걸 모르고 있었다. 그리고 희빈의 말대로, 그 완벽에 가까운 사람을 얕봤다가는 큰코다친다는 것 역시.

하지만 뭐, 말하지 않는다고 큰일이 나거나 하지는 않겠지. 상대도 어차피 사람이니까. 다만 환의 예상과는 반대로 그녀는 절세가인(絶世佳人)이었지만.

*   *   *

"못 외우면 기억이 날 때까지 쓰시면 됩니다. 그러므로 오늘 아침에 배운 부분은 앞으로 두 번을 더 쓰도록 하겠습니다."

"네."

"하하하. 대답은 참 잘하시네요."

하연은 웃고 있었지만, 맞은편에 앉아 있던 해랑은 웃지 못할 상황이었다. 그저 진땀을 빼며 그녀의 말대로 열심히 책을 베껴 쓸 뿐.

어느새 시간은 흐르고 흘러 오늘 역시 점심시간도 지나가 버린 지 오래였다. 그나마 남아 있던 식사를 할 수 있다는 희망의 끈이 뚝하고 끊어지는 소리가 들려오는 거 같았다.

"절 좋아하시는 줄 알았는데, 제 착각이었나 봐요."

"아니, 좋아하는데."

"아, 그러면 제 식사시간마저 빼앗고 싶다는 나름의 독점욕에 의한……."

"너 말이야, 며칠 동안 애가 밥을 못 먹어서 그런지 성격이 이상해졌어. 예전에 착한 척 얌전한 척하던 서하연은 어디 갔지?"

"이미 다 들통이 난 마당에 뭐하러 힘들게 연기를 한답니까."

본성을 다 들킨 마당에 군이 연기할 필요를 느끼지 못하겠다는 말에 해랑은 웃었다.

하긴, 그건 그렇지. 그리고 얼굴에 가면 같은 걸 뒤집어쓰고 있었을 때보다는 솔직히 지금이 더 나았다. 식사를 거부하고 있다는 것을 제외하고는.

단식투쟁도 아니고 단지 점심 한 끼를 굶는 것 갖고 호들갑 떠는 거 같기도 했지만, 해랑은 하연에 대해 잘 알고 있었다. 여기에서 그칠 그녀가 아니었다.

"밥으로는 부족한가……."

역시나, 그녀는 지금보다 강력한 무언가가 필요하다 생각하던 참이었다.

"그만. 도대체 너 자신을 얼마나 더 망가뜨릴 작정인거야?"

"하하. 이게 다 누구 때문인데."

그녀의 중얼거림에 얌전히 듣고 있던 해랑이 발끈하며 그녀에게 대들기 시작했다. 정말로 억울하다는 듯이.

"처음보다 양이 두 배로 늘었잖아. 그러면 시간도 두 배로 주는 게 당연하지."

"아니죠, 두 배로 노력하시면 됩니다."

스승께서는 이를 이해하지 못했다. 노력 부족이라는 말에 할 말이 없어진 해랑은 고개를 숙이고 다시 붓을 집어 들었다.

스승이 천재라면 이런 문제가 발생한다.

"일단 여러 가지를 생각해 봤는데……."

"아침도 굶으시겠다?"

"아니요. 아무리 그래도 아침까지 포기하면 살 수 없을 거 같아서……."

의외로 하연은 밥에 대한 집착이 강했다. 물론 밖에서는 여느 여인네들처럼 적게 먹는 척을 했지만, 그의 앞에서는 아니었다.

해랑은 저 새침한 얼굴로 툭하면 배가 고프다는 말을 입에 달고 다니는 그녀가 귀여웠다. 물론 지금은 짜증 났지만.

"역시 제 머리카락을 조금씩 자르는 거로……."

"제발 부탁이니까 그런 말은 진지하게 하지 마!"

제 머리카락을 만지작거리던 하연은 한숨을 내쉬었다. 물론 반은 농담이었지만 생각보다 진행되지 않는 진도 때문에 진지하게 고민하고 있던 건 사실이었다.

해랑을 가르쳐 보겠다고 당당하게 말하기는 했지만 사실은 그게 그렇게 쉬운 일이 아니었다. 물론 그동안 혼자서 책을 많이 읽고 글을 많이 써 와서 그런지 받아들이는 속도는 빨랐지만, 그동안의 진도를 따라 잡기 위해서는 한시가 급했다.

"할 수 없지요. 앞으로 제한 시간은 없습니다. 밤을 새서라도 하셔야 합니다. 그 대신 공부가 끝나기 전에는 저도 자지 않고 일하겠습니다."

"어차피 너는 퇴근하잖아."

대신들의 대부분이 그랬기 때문에 해랑은 그녀 역시 예문관으로 돌아갔다가 집으로 퇴근하는 거라고 알고 있었다.

"아, 모르셨구나."

"……난 너에 대해 꽤 많은 걸 알고 있다고 생각했는데 말이야."

"이래 봬도 신입인지라, 기숙사에서 생활하고 있습니다."

그녀가 계속 궐 안에 있는 신입 기숙사에서 생활하고 있었다는 말에 해랑은 놀랐다. 좋은 의미로. 퇴근해도 어차피 궐 안에 있는 거라면 조금 더 자신과 함께 있어 줘도 되는 거 아닌가? 아니, 잠깐. 그런데…….

"기숙사? 어디 기숙사?"

"신입 기숙사요."

"……궐 안에 여성 기숙사도 있었나?"

뒤늦게 해랑의 머릿속에 떠오른 것이 있었다.

기숙사라, 신입 기숙사.

그런데 여성 관리는 지금 눈앞에 있는 서하연이라는 여자가 최초였다. 즉, 처음이라는 말인데 그녀가 머물 수 있는 기숙사가 이곳에 있던가?

"없더라고요. 저도 처음에는 막막했어요. 기숙사 안에 조그마한 방이 있는데 거기서 지내고 있어요."

만약 하연이 지금 해랑의 표정을 봤다면, 이렇게 해맑게 웃으면서 대답하지 못했을 것이다.

그는 어이가 없었다. 그뿐만 아니라 화도 내고 있었다.

"잠깐, 다시. 어디서 지낸다고?"

"신입 관리 기숙사요."

"여성 기숙사가 있었던가?"

"없다고요."

도대체 몇 번을 이야기해야 하는 걸까.

하연은 인상을 찌푸렸다. 분명 이 남자는 공부하기 싫어서 일부러 이러는 게 틀림없었다.

"여성 기숙……."

"없어요, 없다고요."

해랑은 충격에 빠졌다.

"그럼 남자들 틈에서 같이 지낸다는 거야?"

"뭐, 그런 셈이죠."

당황한 해랑이 허둥지둥하고 있을 때, 그러거나 말거나 하연은 차를 들이켜며 침착하게 대답했다. 오히려 그게 뭐 문제되느냐는 태도로 당당하게.

"하아……."

해랑은 무너져 내렸다. 지금 책이니 공부니 그런 거 할 때가 아니었다.

아무것도 모르고 그저 공부하는 시간 동안은 자신이 그녀를 독점하고 있는 거라 생각하며 좋아하고 있었는데.

"······이것들이 미쳤구만, 아주 돌았어!"

*　　*　　*

신입 관리 기숙사.

해랑의 교육을 끝낸 뒤, 하연은 그녀의 본 소속인 예문관 제3관으로 가 교육관으로서 해야 하는 일을 했다. 그리고 여느 때와 마찬가지로 쉬기 위해 기숙사로 향했지만 그녀는 자리에 앉을 수도 없었다. 그저 멀뚱히 서서 주변을 맴도는 이들에게 눈치를 줄 뿐. 그리고 그런 그녀의 옆에는 강우가 마찬가지로 어이가 없다는 표정으로 서 있었다.

"······이게 바로 말로만 듣던 직장 내에서의 따돌림?"

"하아······."

귀찮은 일에 휘말렸다는 듯 재빨리 제자리로 가려는 강우였지만, 붙잡고 늘어지는 하연 때문에 불가능했다.

그녀는 눈앞에 벌어진 일에 매우 난감했다. 뭐지? 무슨 일이 일어난 거지?

원래 그녀의 자리였고 어제까지만 해도 분명 존재했던, 아니 오늘 아침 일어날 때만 해도 있었던 자리가 너무나도 깔끔했다. 누군가가 청소를 했다는 게 아니라 물건이 하나도 남아 있지 않았다. 마치 그녀가 이곳에 처음 들어와 자리를 배정받았을 때처럼.

물건들이 제 발로 도망쳤나? 아니면 누가 훔쳐 갔나?

"저기, 제 짐들은 다 어디로……."

"몰라."

모른단다. 대충 주변에 보이는 신입 관리들을 붙잡고 물었는데 다들 모른단다. 그럼 누가 알고 있는 거니? 내 물건들의 행방을.

"아."

"왜요. 누가 이런 짓을 한 건지 알아냈어요?"

슬그머니 뒤로 빠져 제 자리로 가려던 강우가 멈칫하더니 인상을 찌푸렸다. 짐작 가는 게 하나 있었다.

"나 네 짐들이 어디에 있는지 알 거 같아."

"어디요!"

버럭 외치는 하연을 바라보는 강우의 눈빛이 한심하다고 말하고 있었다. 정말 그걸 예상 못 하겠느냐는 표정으로.

"이게 무슨 짓입니까."

설마설마했는데 정말로, 강우 형님의 말대로 모든 물건들이 이곳에 있을 줄이야.

하연은 화가 난 듯 인상을 찌푸리고 팔짱을 낀 채 문 앞에 서 있었다. 그리고 그 앞에는 해랑이 이 심각한 분위기를 눈치채지 못한 건지 실실거리며 웃고 있다.

"남아도는 빈방을 필요한 사람에게 빌려주는 거뿐이야."

"안 필요합니다."

하연은 고민에 빠졌다. 이 남자를 어떻게 하면 좋을까? 저 당당하다 못해 칭찬해 달라는 표정을 어쩌면 좋지? 저 잘못된 뿌듯함을 바로잡아 주는 것도 스승의 일일 텐데 너무 당당해서 도리어 할 말이 없었다.

"애초에 네가 문제야, 네가! 아무렇지 않게 다른 남자들이랑 지낼 생각을 하다니. 그거 아주 큰 문제야!"

"그럼 해랑 님은요."

"나는 다르지."

이건 또 무슨 자신감일까.

뭐라 더 퍼부어 주고 싶었지만 안타깝게도 그럴 시간이 없었다.

"내일 중요한 시험이잖아. 가까이에 있으면 공부하다가 모르는 것도 바로 물어볼 수 있고, 그게 더 좋지 않겠어?"

설마 그의 입에서 저리도 바른 소리가 나올 줄이야. 게다가 가만 생각해 보면 틀린 말도 아니었다. 그 말대로 기숙사와 예문관 제3관, 그리고 영희궁 사이를 이동하며 허비하는 시간도 꽤 되었으니까.

"좋습니다. 말도 안 되기는 하지만, 이번만큼은 그 말에 일리가 있다고 판단했으므로, 일단은 넘어가 드리도록 하지요."

하연의 허락이 떨어지기 무섭게 해랑의 두 눈이 반짝반짝 빛나기 시작했다.

"일단 지금 중요한 건 내일 시험이니까요."

〈다음 권에 계속〉